UN CASO FRÍO Y DIFÍCIL

LOS MISTERIOS DE LUCA
LIBRO 5

DAN PETROSINI

ISBN impreso: 978-1-960286-28-4
Naples, FL
Número de control de la Biblioteca del Congreso: 2023901524

AGRADECIMIENTOS

Gracias especialmente a Julie, Stephanie y Jennifer por su cariño y apoyo, y gracias al sargento de brigada Craig Perrilli por sus consejos sobre el mundo real de las fuerzas del orden. Él me ayuda a que vea real.

OTROS LIBROS DE DAN

Cory's Shift

1

Fue una conversación extraña. La persona que llamó decía tener información para resolver un asesinato de hace veinticinco años. La mujer identificó a la víctima como Debbie Boyle, de diecisiete años. Al pedirle más información, se mostró cautelosa y dijo que era una especie de confesión en el lecho de muerte que quería discutir en persona. Anoté su dirección y colgué.

Llevaba varios años en Naples, Florida, y el nombre Debbie Boyle no significaba nada para mí. Por mucho que quisiera hacer algo distinto a perseguir ladronzuelos, necesitaba revisar los archivos de casos sin resolver antes de salir al sol.

El protocolo era pasar la información a los detectives que habían trabajado en el caso. Al teclear Debbie Boyle en la base de datos, apostaba a que hacía tiempo que se habían ido.

En la pantalla aparece la imagen granulada de una guapa joven de diecisiete años. El pelo rubio oscuro hasta los hombros enmarcaba una nariz menuda y unas cejas gruesas y oscuras. ¿Estaba teñido su cabello? La chica medía cinco pies tres pulgadas y pesaba ciento cinco libras. Parecía que llevaba una camiseta deportiva del colegio.

Debajo de la imagen había un resumen:

Número de caso 038231 - Detective Ernest Foster

Deborah Boyle, fecha de nacimiento 04/19/1976. Cuerpo encontrado en Delnor-Wiggins Pass Park la mañana del 15 de mayo de 1993. Múltiples puñaladas con un instrumento parecido a un cuchillo. Traumatismo por objeto contundente en la parte posterior de la cabeza.

No se encontraron armas en el lugar. El hermano de la víctima, Brian Boyle, de 7 años, estaba con ella pero no fue testigo del ataque.

Personas de interés:

John Wheeler - Novio - Con la víctima la noche del homicidio. Afirmó que también fue atacado, recibió un golpe en la frente que le hizo perder el conocimiento. Es incapaz de recordar los acontecimientos de esa noche.

Clem Walker - Estaba practicando la pesca de surf cerca de Wiggins Pass la noche del asesinato.

Spiro Papadakis y Diane Nielsen - Salieron por separado a pasear por la playa esa noche.

Matt Boralis - Hombre de 37 años del condado de Lee interrogado por atraer a chicas jóvenes al parque.

Lew Mackay - Ubicado en el parque por testigos pero negó estar allí.

Pruebas, documentos del caso y notas de entrevista archivadas en Expedientes, Sección 3, Fila L, el 15 de noviembre de 1996.

Qué extraño, el informe se presentó hoy hace exactamente veintidós años. Me recliné hacia atrás. El detective Foster había archivado el caso en menos de cuatro años. ¿Por qué? Parecía tener un desfile de sospechosos. En mi opinión, no se llama a alguien persona de interés si ha sido absuelto. Quizá tuviera que ver con la forma en que se cargaron los casos sin resolver cuando todo se puso en línea.

Marqué una extensión en el teléfono.

"Timmy, soy Luca. ¿Puedes buscar 038231 por mí? ... No, solo el expediente del caso... Genial, bajaré en diez minutos".

2

Una fina capa de polvo oscurecía la parte superior de la caja de cartón. Levanté la tapa con cuidado. Me recibió un olor rancio y dejé la tapa en el suelo.

Fue hace veinticinco años; ¿No usaban más papel en aquel entonces? Solo había cuatro carpetas que componían el expediente del caso y eran delgadas. ¿Se le había pasado alguna caja a Timmy? Revisé la pestaña en la carpeta principal: Deborah Boyle, 04/19/1976.

Se utilizó marcador negro para escribir el número del caso y tachar un sello rojo que decía *activo*. La carpeta preimpresa no tenía casilla para homicidios, que son poco comunes en el condado de Collier. Alguien marcó la casilla *otro* y escribió *homicidio* al lado.

Nadie había sacado el expediente desde que se puso en casos sin resolver. Eso era extraño. ¿No había surgido nada en veinticinco años?

Reprimí un estornudo y abrí el expediente principal. Una foto de Debbie Boyle estaba engrapada a la izquierda. Era la misma que estaba en línea pero mucho más nítida.

Al mirar detenidamente a la adolescente, una pequeña vibración recorrió la base de mi cráneo. Esa sensación no había aparecido desde mi primer homicidio, el caso Barrow. Ignorante en aquel momento, me dejé intimidar para arrestar a alguien que yo no creía que fuera el autor.

Tragarme mi orgullo no fue nada comparado con la culpa que sentí cuando Barrow se ahorcó en su primera noche en una celda. Sabía que seguiría arrepintiéndome de haber ignorado esa alarma biológica por el resto de mi vida.

No iba a volver a cometer ese error.

"HI, FRANK. ¿QUÉ ESTÁS LEYENDO?".

"Hola, Vargas. Recibí una llamada extraña sobre un caso: una joven, Debbie Boyle, fue asesinada en Wiggins Park".

"¿Un asesinato en Wiggins?".

"Hace veinticinco años".

"Oh, me asustaste".

"Fue hace mucho tiempo, y no quiero criticar al tal Foster que dirigió la investigación, pero hizo un trabajo pésimo en este caso".

"¿De qué se trataba la llamada?".

Busqué el bloc de notas. "Una mujer, Betty Kennedy, llamó diciendo que tenía información que resolvería el asesinato de la chica".

"¿Quién era el que dirigía?".

"El detective Ernest Foster".

"Debe estar jubilado".

"Probablemente. De todos modos, esa tal Kennedy llamó...".

"¿Estaba ella en el expediente del caso?".

"No, pero no lo terminé del todo".

"Ponme al corriente e iremos a verla".

"Boyle estaba en Wiggins con su hermano, que tenía solo siete años; y un novio, de veintidós.

"¿Cuántos años tenía Boyle?".

"Diecisiete".

"¿Y salía con un chico de veintidós años?".

"Lo sé, la joven perdió a su padre cuando tenía tres años. Probablemente buscaba una figura paterna".

"¿Una figura paterna de veintidós años?".

"Ya sabes lo que quiero decir".

"Adelante".

"Están en la playa hasta tarde, y sobre las ocho la chica desaparece".

"¿Tenían a un niño de siete años en la playa tan tarde?".

"Es una cuestión que debemos analizar. Entonces Boyle desaparece. El novio dijo que ella había ido al baño y cuando estuvo fuera demasiado tiempo fue a ver qué pasaba".

"¿Dejó al niño solo?".

Asentí. "El novio dijo que alguien lo atacó y lo golpeó en la cabeza. Afirma que estaba inconsciente y no recuerda nada".

"¿Cuánto tiempo estuvo desmayado?".

"Dijo que menos de una hora. Dijo que cuando volvió en sí fue a buscar a su novia y al hermano. El hermano estaba a la orilla del agua hablando con un tipo llamado Clem Walker, que estaba pescando. Este personaje Walker tiene un pasado turbio, un par de arrestos".

"¿Qué pasó? ¿Encontraron a la joven?".

"No, dijeron que peinaron el área pero no pudieron encontrarla".

"¿Crees que este novio sabía dónde estaba?".

"Sería el primero en mi lista. De todos modos, un chico que acampa encuentra el cuerpo temprano a la mañana siguiente. Había sido apuñalada repetidamente y murió en algún momento entre las 10 p.m. y la medianoche".

"¿Qué pasó con el novio? Dijo que fue atacado".

"Tenía una herida en la frente causada por un objeto contundente, pero no parecía demasiado grave".

"¿Crees que fue auto infligido?".

"Muy conveniente, ¿no crees? Parece muy sospechoso".

"Lo sé. ¿Estuvo desmayado el tiempo suficiente para decir que no sabe lo que pasó?".

"No llegué a eso todavía, pero es mejor que sus registros médicos respalden un golpe lo suficientemente fuerte como para dejarlo fuera de combate".

"¿Qué dijo el hermano que pasó?".

Negué con la cabeza. "Escaneé una entrevista y parecía que Foster estaba guiando al niño. Es otra cosa que debemos revisar cuando lo abramos".

"¿Vas a reabrir el caso basándote en una lectura rápida?".

"Y la llamada. Además, ¿por qué no? No tenemos nada más que perseguir a esa banda que roba bolsos".

"Tienes un presentimiento sobre esto, ¿no?".

Ella me conocía mejor que yo mismo. "Hay algo aquí, Vargas".

"Está bien, vayamos a ver a Kennedy".

"Inmediatamente después de que revise la caja de pruebas físicas".

El catálogo de objetos recogidos en la escena del crimen fue decepcionante. ¿Qué esperaba? Los objetos de la escena parecían la lista de la compra de un picnic: una nevera roja con patatas fritas y Coca-Cola, una manta, la cartera de la víctima, pelo de la víctima, de su hermano y de John Wheeler, el novio. Había una baraja de cartas, una revista, una pala para arena y una cubeta azul.

Los artículos obtenidos de la autopsia eran estándar: ropa manchada de sangre, las joyas de la víctima, catorce dólares en efectivo y su licencia de conducir.

Rebusqué entre las bolsas de plástico. El moho era visible y extenso. Me pregunté cuándo se había producido el cambio a las bolsas de papel y volví a tapar la caja.

3

Seis agentes participaban en una operación de vigilancia que habíamos montado en Saks, en Waterside Shops. Durante el último mes, un equipo de ladrones había irrumpido dos veces en el departamento de bolsos, llevándose treinta y dos bolsos cada vez.

Miami había sufrido el mismo robo, y estábamos seguros de que se trataba de la misma banda. Apuntando solo a los bolsos más caros, en menos de un minuto, cuatro ladrones se apoderaron de ocho bolsos de Chanel y Prada cada uno. Saks recibía un golpe de setenta mil dólares cada vez. ¿Quién dijo que el crimen no era escalable?

Vargas y yo estábamos instalados en la oficina de seguridad de Waterside viendo videos. Dos mujeres oficiales, vestidas como vendedoras, patrullaban el departamento de bolsos. Dos agentes se arremolinaban alrededor de cada una de las salidas, y otros dos permanecían inactivos en autos sin identificación en el estacionamiento.

Era un juego de espera y, aunque era mi operación, estaba más interesado en un homicidio de hace veinticinco años que en atrapar a ladrones de bolsillo. Llamé por radio al sargento que cubría la entrada del centro comercial.

"Bill, soy Luca. Necesito que manejes esto desde la oficina de seguridad. Vargas y yo tenemos que ver a un testigo en una investigación de homicidio".

BETTY KENNEDY VIVÍA en Egret's Walk, una comunidad de casas rodantes en Pelican Marsh. Me encantaba la ubicación de Marsh, y sus cuatro entradas proporcionaban un gran acceso. Yo mismo consideré este lugar y me habría instalado en uno si tuvieran garajes para dos autos.

La unidad del segundo piso de Kennedy daba a un lago donde una fuente rociaba un enorme volumen de agua en forma de V. Nunca me gustaron las fuentes en los lagos. A menos que tuvieras que cubrir el ruido de la carretera, eran kitsch.

Kennedy abrió la puerta vestida con unos vaqueros blancos impecables, una blusa azul rey y una sonrisa. El moderno interior desmentía su edad y el exterior tradicional de la vivienda. Había acristalado la terraza con vistas al lago, ampliando así su espacio habitable. Le di un codazo a Vargas y le señalé con la barbilla un fresco tratamiento de la pared principal. Era algo que me encantaría hacer en nuestra casa.

La cocina era de color blanquecino con encimeras de cuarzo gris. Nos sentamos alrededor de una mesa hecha del mismo material, lo cual era excesivo.

Kennedy dijo: "¿Puedo ofrecerles algo de beber?".

Mary Ann me criticaba por no beber lo suficiente, así que dije: "Agua estaría bien".

"Yo también".

Abrió el refrigerador de acero inoxidable, repartió botellas y se sentó.

Vargas dijo: "Gracias. Le agradecemos que nos haya facilitado información".

"Tengo que ser sincera, cuando mi hermana me lo dijo me quedé atónita. No sabía qué hacer".

Vargas dijo: "Tomó la decisión correcta".

Dije: "¿Hermana? ¿Por qué no nos cuenta lo que sabe, señora Kennedy?

Kennedy se tocó la manga y dijo: "Mi hermana Cheryl falleció hace dos semanas. Tenía un caso grave de cirrosis hepática. No fue por beber ni nada por el estilo. De alguna manera contrajo un tipo viral de hepatitis. Dijeron que podría haber sido una aguja cuando fue hospitalizada después de un accidente automovilístico hace veinte años". Sus ojos se entrecerraron. "Pero ese hombre con el que se casó, creo que jugueteaba con prostitutas y se lo llevó a casa a Cheryl".

Le dije: "¿Cuál es el nombre completo de su hermana?".

"Cheryl Mackay".

¿Mackay? Estoy bastante seguro de que era una de las personas cerca de la escena del crimen.

Al anotar el nombre, Vargas dijo: "Por favor continúe".

"Cheryl estaba muy enferma. Era terrible; se moría un poco cada día. Fue muy triste".

Kennedy bajó la cabeza y Vargas le dio unas palmaditas en la mano.

"Dos días antes de morir, estaba en cuidados paliativos en casa y muy débil. Yo estaba con ella constantemente. Sentía que quería decirme algo. Intenté seguir hablándole de cuando éramos niñas, ya saben, para distraerla".

Le dije: "¿Qué le dijo sobre el asesinato de Boyle?".

"Dijo que su marido, Lew, lo hizo. Que ella mintió para protegerlo".

"¿Mintió sobre qué?".

"Después de que ocurriera, hubo informes de que Lew fue visto en la zona. Era sospechoso y fue interrogado. Pero Cheryl dijo que él estaba con ella cuando ocurrió el asesinato, así que lo dejaron ir".

"¿Su hermana mintió sobre su coartada?".

"Sí. Dijo que se sentía mal todos estos años por mentir".

"¿Cómo surgió el tema del asesinato de Debbie Boyle?".

"Sabía que se iba y quería reconciliarse con Dios. Llamé al padre Ahearn para que la confesara. Cuando él se fue, me dijo que había algo que tenía que sacarse de encima, y entonces me lo contó. Créanme, me sorprendió. Al día siguiente le pregunté si estaba segura y me dijo que había mentido para ayudar a Lew. Créanme, nunca me gustó Lew, pero no pensé que pudiera hacer algo como matar a esa pobre chica".

"¿Qué puede decirnos de Lew, el marido?".

Kennedy arrugó la nariz como si hubiera olido un trozo de pescado en mal estado. "Él estaba por debajo de ella. Es un hombre grosero. Nunca trató bien a Cheryl".

"¿A qué se dedica?".

"Trabaja para el sistema de parques del condado".

Vargas dijo: "¿Fue violento alguna vez?".

"No lo vi mucho hasta que ella se enfermó. Me hizo algunos comentarios muy inapropiados".

"¿Puedes compartir lo que dijo?".

"No, pero te diré que eran sugerentes y lascivos".

"¿Engañó a su hermana?".

"Sí".

"¿Está segura?".

"Absolutamente. Cheryl me contó sobre una de sus aventuras y le dije que debería dejarlo. Ella no quería y tuvimos una gran discusión al respecto. Créanme, le dije que era una tonta por quedarse con él. Después de eso, no volvió a decir nada más sobre que él le era infiel. Si me preguntan, ella lo estaba protegiendo, no quería decírmelo".

"¿Le gustaban las mujeres más jóvenes?".

Kennedy sonrió. "Muéstreme un hombre que no sea así".

Le dije: "¿Lew Mackay tenía algún historial de interesarse por chicas muy jóvenes o adolescentes?".

"No puedo decir que supiera yo eso. Pensaría que lo mantendría en secreto".

"¿Alguna vez lo vio mirando a una chica más joven? ¿O ser amigable? ¿Algo que pareciera inofensivo en ese momento?".

Ella apretó los labios y negó lentamente con la cabeza. "Realmente no puedo decirlo".

Vargas dijo: "Está bien". Le tendió una tarjeta. "Piénselo un poco más y llámenos con cualquier cosa que recuerde".

Nos subimos al Jeep Grand Cherokee y nos dirigimos a ver a Lew Mackay.

"Si atrapamos a Mackay por esto, Chester debería darnos una oficina con vistas al Golfo".

"No empaques todavía, Frank. Todo lo que tenemos es una confesión escuchada en el lecho de muerte. No tenemos ni la más mínima prueba".

"Si seguimos trabajando concienzudamente, conseguiremos las pruebas".

"Esto es de hace veinticinco años, con pruebas y recuerdos de hace veinticinco años".

"Sé que lo hace más difícil, pero ¿sabes qué? En todos mis años, en Jersey y aquí, nunca tuve un caso que se quedara sin resolver".

"¿Por qué tengo la sensación de que has encontrado tu próxima obsesión?".

"No me gusta la forma en que se manejó el caso".

"¿Cómo puedes decir eso? Acabas de empezar a investigar esto hoy".

"No puedo decirte por qué. Solo lo sé, eso es todo".

"De acuerdo, Frank. Te acompañaré, pero tienes que prometerme que tan pronto como empecemos a perseguir fantasmas, nos retiramos".

"Trato hecho. Pero no olvides que no tenemos nada más que la banda que roba bolsos".

"¿Vas a contarle esto al sheriff?".

"Veamos primero qué tiene que decir ese tal Mackay".

4

"ME GUSTA MUCHO ESTE CHEROKEE, MARY ANN. TAL VEZ cuando termine tu contrato de arrendamiento deberías conseguir uno".

"Sabes que no soy una chica todoterreno, Frank".

"Te gustará. Estás en lo alto, así que puedes verlo todo".

Al salir de Livingston, giré a la derecha hacia Delasol, una pequeña comunidad de casas unifamiliares, donde vivía Lew Mackay. Nunca había mirado seriamente por aquí, pero sabía que tenían servicios limitados, lo que significaba tarifas bajas y agradables.

Mackay vivía en Vallecas Lane, en una pequeña casa de estilo mediterráneo cuyo precio calculé en quinientos mil.

Con el pelo ralo, el rostro de Lew Mackay tenía un aspecto demacrado, como si se hubiera golpeado una rodilla. De piel pálida, no parecía pasar tiempo al aire libre, lo que me hizo desconfiar. ¿Era una de esas personas que llevaban un paraguas para protegerse del sol? No me agradaba, aunque todavía no había abierto la boca.

Mackay parpadeó cuando Vargas nos presentó y se hizo a

un lado. Una pila de tarjetas de pésame y una Biblia blanca con una cruz roja estaban sobre la credenza del vestíbulo.

Vargas dijo: "Lamentamos su pérdida, señor Mackay".

"Gracias. Probablemente sea lo mejor; Cheryl estaba sufriendo mucho".

"Siempre es difícil".

Suspiró. "Lo sé. Sentémonos en la cocina".

Lo seguimos hasta una cocina con gabinetes de roble rematados con un granito marrón aún más oscuro. La cocina tenía un peso incómodo. No podía entender si la pesadez procedía de la muerte reciente o de la horrible combinación de colores.

Mackay retiró un jarrón de flores marchitas de la mesa de la cocina y nos acomodamos en las sillas.

Vargas dijo: "Hemos reabierto el caso de Deborah Boyle".

Mackay enarcó las cejas. "¿En serio?".

Le dije: "Sí, de hecho, fue su esposa quien precipitó la apertura".

"¿Mi esposa? ¿Qué tiene que ver la muerte de Cheryl con eso?".

"Habló con su hermana, Betty Kennedy, poco antes de morir".

"¿Y? Betty estaba aquí todos los días".

"Parece que su esposa admitió que había mentido a la policía sobre su coartada".

"¿Mi coartada?".

"La que dio sobre tu paradero la noche en que asesinaron a Debbie Boyle.

"¿Qué? ¿Que estuve en casa con ella esa noche?".

"Exactamente. Le dijo a su hermana que eso era mentira y que usted no estaba en casa con ella.

Él se encogió de hombros. "Mira, ahora que ella se ha ido puedo decirte la verdad. Esa noche salí con otra mujer".

Vargas dijo: "Está bien, entiendo por qué no querría que tu esposa supiera eso".

"Me siento fatal por haber sido infiel, especialmente ahora".

Dije: "¿Quién era la mujer?".

"Eh, no lo recuerdo".

"¿No recuerda a la mujer con la que estaba la noche que le acusaron de asesinato? Vamos, ¿quién era la mujer?".

"Su marido se volvería loco".

"Debería haberlo considerado en ese momento. ¿Nombre?".

Sus hombros se hundieron. "Está bien, les diré lo que realmente estaba haciendo. Era estúpido, pero un tipo que conocía, bueno, traficaba con drogas, y necesitaba a alguien para reunirse con un proveedor en Wiggins. No toqué las drogas ni nada. Solo dejé el dinero".

"¿Cuánto dinero?".

"No lo sé. Solo entregué una bolsa; no era tan grande".

"¿Quién era este tipo?".

"Ah, solo el amigo de un amigo".

Vargas dijo: "Vamos a necesitar un nombre".

"Ya ni siquiera sé si sigue por aquí. No lo he visto desde entonces".

Le dije: "¿Va a revelar el nombre o no?".

"Héctor Machado".

Anoté el nombre. "¿Y cuál es su última dirección conocida?".

"No sé dónde vivía".

"¿Dónde supuestamente lo conoció?".

"En el viejo Pewter Mug, en la cuarenta y uno".

"Traficando drogas. Vaya coartada nueva que tiene".

Vargas dijo: "¿Qué tan bien conocía a Debbie Boyle?".

"Yo... yo no la conocía en absoluto".

"¿Está usted seguro de eso?".

"Absolutamente. Lo juro. Nunca vi a la chica".

"Está bien, señor Mackay, es suficiente por hoy".

La puerta se cerró detrás de nosotros. Dije: "Mira ese cielo. No hay ni una nube a la vista".

"Bonito día. ¿Qué te pareció Mackay?".

Me encogí de hombros y le tendí las llaves. "¿Quieres conducir?".

Vargas miró al Cherokee y frunció el ceño. "No".

"Te lo estás perdiendo".

"Quizá más tarde".

"Muy bien, investigaremos a este Machado y veremos si narcóticos sabe si hubo algún ruido en el Pewter cuando ocurrió esto".

DESDE EL EXCÉNTRICO caso del Asesino Acuático, las cosas en el condado de Collier habían vuelto a la tranquilidad habitual. No podía entender por qué el sheriff Chester parecía cauteloso cuando lo saludé.

"Toma asiento, Frank".

"Gracias por recibirme, Sheriff. No se preocupe, no está pasando nada loco. Solo quería contarle en qué estoy trabajando".

No sonrió. "Eso es bueno".

"Hace veinticinco años hubo un asesinato en Delnor-Wiggins Park. Una chica estaba en el parque con su hermano y su novio. Desapareció y la encontraron muerta a la mañana siguiente".

"¿Cómo se llamaba la víctima?".

Deborah Boyle. Tenía solo diecisiete años".

Chester negó con la cabeza. "Terrible".

"En mi opinión, el caso se enfrió demasiado rápido".

"En aquel entonces no teníamos un departamento de delitos graves. ¿Quién lo manejó?".

"El detective Ernest Foster. No parece que tuviera mucha experiencia en homicidios".

"¿Quieres reabrirlo?".

"Sí, recibí una llamada de una mujer cuya hermana hizo una confesión en su lecho de muerte. Había mentido sobre la coartada de su marido".

"¿Crees que es él?".

"No estoy seguro en este momento, pero puedo decir, y tengo todo el respeto del mundo por mis compañeros oficiales, pero esto no solo fue apresurado, fue descuidado".

"No quiero que este departamento quede desprestigiado. Asegúrate de que no se sepa ni una palabra de lo mal que crees que se manejó el caso. ¿Entendido?".

"Absolutamente, señor. Solo quiero que la familia sienta que se hizo justicia".

"Eso estaría bien. Bien, sigue adelante y vuelve a abrirlo. Me encantaría cerrar un caso antiguo".

"Gracias, señor".

Empecé a levantarme cuando Chester dijo: "Espera un minuto. Tengo algo que me gustaría discutir".

Me hundí. "Seguro. ¿Sobre qué?".

Chester puso un brazo sobre su escritorio. "Tú y la detective Vargas".

"Oh. ¿Qué pasa?".

"Dímelo tú. Estoy consciente de su relación. No la estoy juzgando. De hecho, me gusta la detective Vargas y creo que hacen una buena pareja".

Le di las gracias a duras penas y Chester continuó: "Esta oficina tiene reglas sobre las relaciones interdepartamentales...".

"Pero lo revisamos, señor. Nos dijeron que solo importaba si estabas casado".

"¿Casado? Eso ya no significa lo que alguna vez significó. Hay todo tipo de relaciones hoy en día, y el departamento legal cree que la intención de la palabrería era evitar situaciones comprometedoras".

¿Legal? ¿El sheriff estaba hablando con malditos abogados sobre mi relación con Mary Ann?

"No hay absolutamente nada de qué preocuparse, señor. Nos comportamos con el más alto nivel de integridad que...

Chester levantó una mano. "Ahórratelo, Luca. Está fuera de mis manos. Están conviviendo y, como tales, no pueden trabajar juntos en el mismo turno".

"Entonces, ¿es mi novia o mi pareja?".

"Es el momento perfecto para cambiar de pareja". Golpeó el escritorio con un nudillo. "No tenemos ningún delito grave entre manos".

"Pero trabajamos muy bien juntos".

"Tienes mucho que ofrecer, Frank. Entrenarás a alguien nuevo".

"¿Cuánto tiempo tenemos?".

"No más de noventa días".

5

CUANTO MÁS PENSABA EN ELLO, MÁS ME ENOJABA. TUVE cuidado de no dar un portazo cuando entré. La televisión estaba encendida y el olor a ajo flotaba en el aire. Me dirigí a la cocina.

Mary Ann estaba viendo *WINK News* mientras revolvía una olla en la estufa.

"¿Qué cocinas?".

"Escarolas y frijoles".

Mi comida reconfortante favorita. ¿Cómo demonios sabía esta mujer que estaba disgustado?

"¿Qué te pasa, Frank?".

"¿Qué eres, una especie de bruja?".

"¿Vas a decirme?".

"Chester nos va a separar. Nos da noventa días para hacerlo".

"Era de esperarse, Frank. ¿Por qué te sorprendes?".

"No me sorprende. Estoy furioso. ¿Te das cuenta de que estoy perdiendo a mi pareja por segunda vez?".

"Tómalo con calma. Esto es totalmente diferente". Me

rodeó con sus brazos. "Todavía estoy aquí. Siempre estaré aquí para ti".

"¿Pero no te importa?".

"Me importa, pero honestamente, es mejor así. Podremos separar nuestra vida laboral del resto de nuestras vidas".

"Pero no quiero hacer eso. Me gusta trabajar contigo".

"A mí también, Frank, pero créeme, es mejor así".

CUANDO MARY ANN se fue a dormir, tomé una carpeta y una botella de agua y me retiré a la terraza. Una luna enorme se posaba sobre la arboleda, proyectando un resplandor amarillo sobre la piscina. Abrí el agua, pensando que con el ambiente tranquilo y la escena de postal debería haber hecho café.

Brian Boyle, el hermano de la víctima, de siete años, había sido entrevistado tres veces. La primera vez estuvo presente su madre, y la entrevista la realizó el detective Foster en casa de los Boyle. Tuvo lugar la tarde en que se descubrió el cuerpo y no fue grabada. Como testigo del interrogatorio estuvo un oficial uniformado llamado Henry Glevek. La firma de Foster aparecía debajo de su resumen:

El testigo, Brian Boyle, es menor de edad. Acompañó a su hermana al parque Delnor-Wiggins Pass la noche del 14 de mayo de 1993. Fueron al parque en el coche de Wheeler. El testigo no sabe a qué hora llegaron, pero dice que todavía era de día cuando llegaron. El parque está abierto desde el amanecer hasta dos horas después del atardecer, lo cual fue aproximadamente. 8:07 p.m.

La madre de Brian y Debbie Boyle confirmó que había asistido a una boda esa noche, un viernes, y dejó a Debbie a cargo de Brian.

El testigo afirma que el novio de la víctima, John Wheeler, también estaba presente y llevaba consigo una o dos bolsas de lona. Al llegar a la playa, la víctima extendió una manta y se sentaron en ella. Jugaron a las cartas y comieron bocadillos que la víctima había traído de casa. Caminaron junto al agua y se tomaron de la mano.

El testigo dijo que había otras personas caminando junto al agua pero no pudo identificar a nadie. Dijo que alguien estaba pescando desde la playa pero no podía calcular la distancia. Cuando se le presionó, el testigo no pudo estar seguro de que fuera un hombre ni de que en realidad estuviera pescando.

Un rato después del anochecer, los tres estaban recostados sobre la manta, mirando las estrellas cuando su hermana decidió ir al baño. No está seguro de adónde se dirigía, pero según lo que recuerda el testigo, se dirigió hacia el norte.

Al cabo de un rato, de duración desconocida, el novio se levantó y le dijo al testigo que se quedara en la manta, que iba a averiguar dónde estaba la víctima. Tras un tiempo indeterminado, el testigo abandonó la manta y se llevó una de las dos linternas a la orilla del agua. Pensó que la pareja podría estar dando un paseo.

El testigo se topó con Clem Walker, quien afirmó estar pescando en ese momento. El testigo y Walker caminaron hacia la dirección de donde venía el testigo y se encontraron con John Wheeler.

El testigo dijo que el señor Wheeler tenía un hematoma en la frente, estaba alterado y gritaba. Los tres buscaron durante algún tiempo pero no pudieron encontrar a su hermana. No estaba seguro de quién recomendó que llamaran a la policía.

Dejé el informe. Los niños pequeños como Brian Boyle no podían medir el paso del tiempo. La incapacidad del niño para determinar cuándo se había ido su hermana y cuánto tiempo estuvieron fuera ella y Wheeler contribuyó a la complejidad del caso. Pero la pregunta principal que tenía era sobre la supuesta herida que había sufrido Wheeler. ¿Quedó inconsciente pero pudo buscar a Debbie Boyle y conducir hasta su casa? ¿Qué dijo el pescador sobre la lesión?

La segunda entrevista se realizó dos días después, el diecisiete de mayo. La hizo el detective Foster en su despacho. La madre de Brian Boyle no estuvo presente, pero el proceso quedó grabado. Al escanear la transcripción, miré dónde estaba lo esencial:

Foster: Cuando estabas sentado en la manta, ¿qué hacían tu hermana y John Wheeler?

Boyle: Estábamos jugando a robar el fardo del viejo.

Foster: A los novios les gusta besarse. ¿Se besaban tu hermana y su novio?

Brian: Creo que un poco.

Foster: A las novias les gusta cuando sus novios las tocan. ¿Johnnie tocó a Debbie?

Brian: No lo sé.

Foster: Piensa. ¿Estaban sentados muy juntos?

Brian: Sí.

Foster: ¿Debbie se estaba riendo? A ella le gustaba Johnnie, ¿no?

Brian: Sí.

Foster: Así que le gustaba cuando Johnnie la tocaba.

Brian: Sí.

Foster: Tu hermana y Johnnie pasaban mucho tiempo juntos, ¿no?

Brian: Sí.

Foster: Johnnie es un buen tipo, pero como todas las personas, incluso tu madre, a veces se enojaba, ¿verdad?

Brian: A veces se enojaba conmigo.

Foster Y se enojaría con Debbie, ¿verdad?

Brian: Sí.

Foster: Y a veces peleaban.

Brian: A veces.

Foster: ¿Debbie dejó la manta para alejarse de Johnnie?

Brian: Dijo que tenía que ir al baño.

Foster: A veces los adultos dicen cosas que no quieren decir. Lo sabes, ¿no?

Brian: Sí.

Foster: Puede ser que se haya ido para alejarse de Johnnie, ¿verdad?

Brian: Puede ser.

Foster: Cuando Debbie se fue para alejarse de Johnnie, ¿Johnnie la siguió?

Brian: No.

Foster: ¿Estás seguro? ¿No podrías haberte distraído? ¿Jugando con las cartas y no ver que la siguiera?

No pude leer más. Foster estaba dirigiendo al niño. Esto no pasaría la prueba de olor con un juez, y mucho menos con un abogado defensor.

La historia de Wheeler era difícil de creer, pero Foster estaba construyendo un caso contra él que se derrumbaría en un tribunal. No tenía sentido.

Al llegar al final, sacudí la cabeza. Foster no lo había firmado. Este tipo me estaba molestando.

La tercera entrevista fue más de lo mismo: inútil. Si la familia supiera lo mal que se llevó la investigación del crimen, acudirían a la prensa o presentarían una demanda. Dependía de mí llevar a cabo una investigación adecuada y llevar al asesino ante la justicia.

6

LA NOTICIA DE QUE FOSTER NO ERA DETECTIVE DE HOMICIDIOS reforzó mi sensación de que había descubierto algo. El cuerpo de policía era mucho más pequeño entonces, y el único detective con experiencia en homicidios se estaba recuperando de un trasplante de cadera. Para el detective Foster, que normalmente se ocupaba de robos, el caso Boyle era su primer homicidio.

¿Quién era el sheriff en 1993? Quienquiera que haya sido, lo arruinó. Debería haber recibido ayuda de otro condado y realizar una investigación adecuada. Fue terrible, pero estaba seguro de que podía solucionarlo.

Entusiasmado por la posibilidad de resolver un caso frío, me dirigí a ver a John Wheeler, quien encabezaba mi lista de sospechosos.

Wheeler se había apegado a su historia durante numerosas entrevistas. Afirmó haber ido a buscar a Debbie Boyle después de que ella llevaba veinte minutos desaparecida. Wheeler insistió en que no estaban peleando y que ella fue al baño.

Dijo que caminó desde su manta, que estaba a unos quince

metros de la orilla del agua, a través de un área arbolada, que servía de cobertura para un área de picnic, hacia el baño. Mientras se acercaba al edificio, escuchó un ruido y, cuando se giró, algo lo golpeó y se desplomó.

Dijo que cuando recuperó el conocimiento fue a buscar a Brian, que estaba con Clem Walker. Luego fueron a buscar a Debbie y pasó media hora antes de que Wheeler insistiera en involucrar a la policía.

SI WHEELER FUE ASALTADO, y era un gran si, me preguntaba si Clem Walker tendría tiempo suficiente para atacar tanto a Boyle como a Wheeler y regresar a la playa. Quién sabe, quizá también quería acabar con el chico.

ERA UN DÍA PERFECTO, con cero humedad y un sol radiante y cálido. Era a mediados de noviembre y esperaba con ansias al menos seis meses de clima increíble. Dejé las gafas de sol en el tablero y caminé hacia la puerta de la casa de un piso de Wheeler.

Wheeler vivía en Vasari, una comunidad que lleva el nombre del artista italiano Giorgio Vasari. Estaba en Bonita Springs, en la frontera con Naples. Era un vecindario agradable, pero era una comunidad integrada, lo que significaba que pagabas por el golf, jugaras o no. ¿Por qué la gente que nunca jugó golf vivía en comunidades con ese tipo de paquetes?

Su casa mediterránea era de color beige oscuro, como todas las demás, llevando el edicto de uniformidad a la tierra del aburrimiento. De camino a la puerta, escuché a alguien practicando la trompeta. Aparté una hoja de palma de una patada y toqué el timbre.

John Wheeler se acercó a la puerta con una lata de cerveza de raíz en la mano. Su cabello negro estaba mojado y peinado hacia atrás. Parecía mucho más joven de los cuarenta y siete años que tenía.

"¿Señor Wheeler? Detective Frank Luca".

"Encantado de conocerle".

Nos dimos la mano. Las suyas eran fornidas y de papel de lija. Lo catalogué como plomero.

Había un puñado de camiones de juguete en la zona de estar que daba a una pequeña piscina cerrada con mosquitero. El patio daba a un terreno pantanoso. Desde el pasillo se oía una voz femenina que incitaba a un niño a bañarse.

Seguí a Wheeler a través de unas puertas corredizas abiertas hasta una mesa de fibra de vidrio. El desbordamiento del spa cubrió la mayor parte de los chirridos del trompetista.

"Bonito lugar el que tiene aquí".

"Gracias, lo compramos bien, hace unos cinco años, antes de que las cosas volvieran a moverse".

"¿A qué se dedica?".

"Electricista".

Cerca. "¿Juega mucho al golf?".

"Mi esposa lo hace. Salgo tal vez dos veces al mes. ¿Usted juega?".

"Aún no. Quizás uno de estos días lo haga".

Se rio. "Será mejor que tenga paciencia. Puede resultar frustrante".

"Es lo que me impide intentarlo". Saqué mi libreta Moleskine. "Quería preguntarle sobre la noche en que asesinaron a Debbie Boyle".

Wheeler frunció el ceño y se apoyó en la mesa. "Fue hace mucho tiempo, pero parece que fue ayer en algunos aspectos".

Me dio la respuesta perfecta. "Hace poco recibimos una llamada y reabrimos el caso". Wheeler no se inmutó ante la noticia, pero mi solicitud de verlo lo había puesto en guardia. "Tengo un par de preguntas".

Se bebió lo que quedaba de cerveza de raíz. "Seguro".

"¿A qué hora llegó al parque esa noche?".

"Un poco antes de las siete".

"¿Vio mucha gente allí?".

Comenzó a apretar con el pulso la lata vacía de refresco, haciendo un molesto chasquido: "Había bastante gente. Ya sabe, gente caminando por la playa, un par de personas pescando. Era una noche bonita, de luna llena, si mal no recuerdo, así que la gente salió".

"¿Alguna vez golpeaste a Debbie Boyle?".

"¿Qué? Por supuesto que no. Nunca he golpeado a una mujer en mi vida. ¿Qué clase de hombre cree que soy?".

"No estoy cuestionando su hombría, pero era un niño en el momento en que salía con ella".

"Más joven, sí, pero no niño, tenía veintidós años".

"Hubo un informe de que usted y Debbie se fueron, dejando a Brian solo, para tener un poco de tiempo a solas".

Wheeler aplastó la lata. "Eso es una mierda. Tuvimos muchas oportunidades de tener intimidad. Además, ella nunca dejaría solo a su hermano. Debbie era una chica muy responsable".

"¿Crees que es responsable llevar a un niño de siete años a la playa de noche?".

"No estábamos haciendo ninguna locura. El niño estaba perfectamente a salvo. Nos tenía a los dos cuidándolo. Nunca dejaríamos que le pasara nada".

"Cuando fue a buscar a Debbie, fue solo, ¿verdad?".

"Sí".

"Pero dejó a Brian solo en ese momento".

Se encogió de hombros. "Supongo que sí".

"¿Qué quiere decir con que lo supone? Lo hizo. Dejó a un niño de siete años solo, en la oscuridad, en un lugar extraño".

"Wiggins no es un lugar extraño, había estado allí montones de veces".

"¿Por qué no lo llevó con usted a buscarla?".

"No lo sé. Pensé que podría verificar cómo estaba más rápido. Un niño de siete años no se mueve tan rápido, ¿sabe? Mi hijo tiene casi siete años y se distrae fácilmente".

"¿Dejaría a su hijo solo en la playa?".

"No. Por supuesto que no".

"Ya me lo imaginaba. Por eso es difícil entender por qué dejó a Brian solo esa noche. ¿Estuvo haciendo algo más irresponsable esa noche, como beber o consumir drogas?".

"No. Ninguno de los dos tomamos drogas y no bebíamos mucho".

Se encontraron un par de latas de cerveza vacías cerca del lugar donde se habían instalado, y aunque había una pequeña cantidad de alcohol en la sangre de la víctima, nadie había dicho que Wheeler actuara u oliera borracho.

"Cuando llegaron a la playa, ¿cómo decidieron dónde instalarse?".

"Uh, creo que Brian tuvo algo que ver con eso. Corrió hasta el agua y nosotros retrocedimos desde allí".

"¿Quién decidió dejar de buscar a Debbie y llamar a la policía?".

"Yo lo hice. Estaba en pánico, ¿sabe? Sentí que el tiempo se estaba acabando. Si alguien se la llevaba, más rápido la encontraría la policía...".

"¿Pero por qué no se fueron?".

"Lo hicimos".

"Pero regresó y recogió la manta y todas sus pertenencias".

"Solo tomó un segundo". Levantó las manos y agregó: "De todos modos tenía que recoger mis chanclas".

"Sus declaraciones juradas afirman que fue a echar un vistazo antes de pasar por los baños".

"Así es. Caminé en zigzag por el área detrás de donde estábamos y luego fui hacia donde estaban los baños".

"Dijo que iba al baño. ¿Por qué no fue directamente al baño a buscarla?".

"Los baños se cierran con llave al atardecer".

Buena respuesta, excepto: "Pero allá por 1993, las cerraduras del edificio de baños más cercano a usted estaban rotas".

"Yo siempre orinaba detrás de los árboles cada vez que íbamos".

"¿Iba al parque a menudo?".

"Sí, iba mucho. Era un gran lugar para pasar el rato".

"Con todo el tiempo que pasó allí, uno pensaría que sabría que las cerraduras del baño estaban rotas".

"Como dije, no fue gran cosa, yo orinaba junto a los árboles".

"Volviendo a su búsqueda de Debbie. ¿Estaba cerca de los baños cuando escuchó algo y dijo que le golpearon?"

"No *dije*. Me *golpearon*". Se clavó un dedo en la frente. "Justo aquí".

"¿Qué le hizo darse vuelta?".

"No lo sé". Hacía un poco de viento esa noche y no puedo estar seguro de si escuché algo o si fue como un sexto sentido, ya sabe, cuando puede sentir que hay alguien allí".

"¿Cree que fue hombre o mujer quien le golpeó?".

"No lo sé". Pensaría que era un hombre por el factor de fuerza. Me noquearon".

"¿Cayó al suelo?".

"Sí, un colapso total".

"¿Puede explicar por qué no tenía otras lesiones además de la herida en la frente?".

"¿De qué está hablando? Me golpearon en la cabeza con una barra o un trozo de madera y quedé inconsciente".

"Cuando alguien queda inconsciente, a menudo se lastima al caer porque no puede protegerse. Ya sabe, se golpean la cara, los brazos, las piernas, ese tipo de cosas".

"Fue sobre arena; era suave, así que probablemente eso ayudó".

"¿No sufrió raspaduras por la arena?".

Negó con la cabeza. "Ninguna".

"Cuando recuperó el conocimiento, ¿qué hizo?".

"Estaba desorientado, no sabía dónde estaba. Me tomó un par de segundos hasta que la niebla se disipó. Luego corrí hacia Brian".

"¿Ya no buscó a Debbie?".

"No. Estaba preocupado por Brian".

Charlamos un poco más. No podía entender si estaba ocultando algo o si buscaba pulir su reputación. No me gustó la historia; era demasiado conveniente. ¿Golpeado lo suficientemente fuerte como para quedar inconsciente pero no gravemente herido? Iba a examinar a Wheeler más de cerca de lo que lo haría un proctólogo.

7

En cuanto entró Vargas, le arrojé un expediente sobre la mesa. "Tenemos que echarle un vistazo a Clem Walker. El expediente del caso presenta a este tipo más como un buen samaritano que como un sospechoso".

"Es el tipo que estaba pescando, ¿verdad?".

"Sí, y si Foster cuestionó la versión de los hechos de Walker, no es evidente en el expediente".

"Inusual. Tal vez lo absolvieron de alguna manera".

"Sé honesta conmigo si crees que se trata de otro error, ¿o estoy juzgando el manejo de este caso con demasiada dureza?".

"El escepticismo es un deporte olímpico para ti, Frank. Pero no hay duda. La forma en que parece haberse manejado esto plantea interrogantes".

"Quiero decir, ¿fue una coincidencia que Walker estuviera cerca del niño después de que la chica y Wheeler desaparecieran? ¿O estuvo involucrado de alguna manera? Mira lo que le encontré sobre él. Este Walker tiene un pasado turbio".

"Hm, no lo sé, solo un par de arrestos por marihuana, pequeños robos...".

Golpeé el escritorio con la palma de la mano. "¡Agredió a su vecino de al lado, por el amor de Dios!".

"Tranquilo, Frank. Pensé que estabas concentrado en Wheeler".

"Hay una lista de personajes que necesitan ser reexaminados, y quién sabe qué se le habrá pasado por alto a Foster. Tenemos que abordar esto como si hubiera ocurrido ayer".

"Está bien, pero no será fácil. Cualquier evidencia que haya, es de hace un cuarto de siglo. Entre eso y los recuerdos borrosos, va a ser difícil".

"No cabe duda de que el tiempo erosiona la memoria, pero ciertas cosas permanecen cristalinas, sobre todo cuando están relacionadas con el asesinato de alguien a quien conocías o con algo traumático. Todos recordamos lo que estábamos haciendo cuando esos bastardos estrellaron los aviones contra el World Trade Center. No se olvidan cosas así; se queda grabado en tu cerebro".

"Sé que tienes razón, pero solo digo...".

"Mira, la realidad es que ningún caso es fácil".

"¿Crees que no me doy cuenta? No sé por qué te pones así".

Señalé una pizarra blanca con la foto de Debbie Boyle. "¿Por qué me pongo así?". Esa pobre chica, que solo tenía diecisiete años. Ella y su madre. Es un pequeño consuelo, pero tenemos la responsabilidad de velar por que se haga justicia y que alguien rinda cuentas. Tengo la sensación de que podremos solucionarlo. Pensar que algún asesino se salió con la suya y está ahí fuera riéndose de nosotros me revienta".

"Lo atraparemos si podemos, Frank".

"Algo hay en este caso, Vargas. Puedo sentirlo. Sé que dirás que siempre digo eso, pero esta vez es diferente".

CLEM WALKER VIVÍA en una pequeña casa en Capri Island, una diminuta isla justo antes del puente que lleva a Marco Island. Italia no era. En el camino de acceso a la casa azul había un barco y una camioneta roja.

La puerta principal estaba abierta y las voces de un programa de televisión se filtraban a través de la puerta mosquitera. El timbre no sonaba bien. Lo toqué dos veces. Se oyó el ruido de una silla y, cigarrillo en mano, apareció Walker.

Walker estaba profundamente bronceado, su rostro arrugado y curtido. Su camiseta abrazaba su delgado cuerpo, el logo era ilegible.

"¿Señor Walker? Detective Luca".

La puerta mosquitera se abrió con un chirrido. "Entra. ¿Quieres una cerveza?".

"No, gracias, estoy de servicio".

La casa no tenía aire acondicionado, pero dos ventiladores en la habitación principal la mantenían cómoda. Nos sentamos alrededor de una mesa de la cocina. El lugar olía a pescado.

Walker apagó su cigarrillo en una concha que usaba como cenicero.

"Entonces, después de todos estos años, ¿estás investigando el asesinato de esa chica?".

"Surgió nueva información sobre el caso".

"¿Podrás atrapar al tipo?".

"Creo que sí".

"¿Qué cambió?".

"No puedo discutirlo, pero es material. "Tengo un par de preguntas".

Walker se movió en su silla y sacó otro cigarrillo de un paquete. "Seguro".

"¿Qué estabas haciendo en la playa la noche que asesinaron a Boyle?".

"Pescaba".

"¿Dónde exactamente?".

"No puedo decírtelo con exactitud. Camino por la playa, lanzando y carreteando".

"¿Cuánto tiempo estuviste allí?".

"Dos horas más o menos".

"Cuando te topaste con el chico, Brian Boyle, ¿dónde estabas?".

"Caray, no lo sé exactamente. Vi al niño caminando junto al agua. Estaba solo y caminé hacia él".

"¿Qué dijo él?".

"Que su hermana se había perdido y quería encontrarla".

"¿Cuánto tiempo después apareció John Wheeler?".

"No mucho. Le hice un par de preguntas para estar seguro sobre la hermana del niño y todo eso. Luego comenzamos a caminar por donde el niño dijo que estaban".

"¿Qué tan lejos fue eso?".

"No sabía dónde estaban instalados".

"Pero dijiste que estuviste pescando arriba y abajo en la playa durante dos horas. Esa noche había luna llena. Debiste haber visto dónde estaban".

Dudó antes de decir: "Los vi una vez, estoy bastante seguro de que eran ellos".

"¿Quién más tenía un niño ahí afuera esa noche?".

"No vi a nadie".

"Cuando Wheeler se acercó a ti, ¿cuál fue tu impresión de él?".

El cigarrillo de Walker se puso rojo cuando dio una calada. "Estaba nervioso, sin aliento. Hablaba rápido y decía que alguien lo había atacado".

"¿Notaste su moretón?".

"Sí, su frente estaba roja y sangraba un poco".

"¿Notaste si se había formado un bulto?".

"Creo que sí". Nada extraordinario, pero se notaba que algo le golpeó la cabeza".

"¿Entonces que hicieron?".

"Fuimos a buscar a la chica desaparecida".

"¿Dónde buscaron?".

"Fuimos a su manta. Le pregunté en qué dirección se fue y nos dirigimos en esa dirección".

"¿Se separaron?".

"No, nos quedamos juntos".

"¿Por qué? Podrían haber cubierto más terreno yendo por caminos separados".

"Supongo. Mira, las cosas estaban fuera de control. Una chica había desaparecido, y este tipo dijo que fue atacado, y teníamos un niño con nosotros".

"¿Cuánto tiempo buscaron alrededor?".

"Alrededor de media hora, y luego dije que teníamos que llamar a la policía".

"¿Fuiste tú quien sugirió llamar a la policía?".

"Sí".

"¿Wheeler llevaba algo en los pies cuando buscaban a Debbie Boyle?".

"¿En los pies? Uh, creo que llevaba chanclas. Sí, estoy bastante seguro de que las llevaba".

"Solo tengo una pregunta más para ti. Dijiste que estabas pescando, ¿verdad?".

"Sí".

"¿Qué tipo de pescado buscabas?".

"Hay de todo tipo por ahí. A veces puedes pescar pargos, peces cerdo y tiburones de arena. Una vez incluso pesqué una cobia".

"¿Cómo es que no llevabas un balde contigo?".

Había un perceptible hundimiento de sus hombros. "¿Estás seguro de eso?".

"Absolutamente".

"Fue hace mucho tiempo; No lo recuerdo. Además, muchas veces salgo a pescar por puro deporte. Me mantiene tranquilo".

Me levanté para irme y dije: "¿En serio? ¿Conduces hasta Wiggins para pescar, de noche? Debe haber muchos peces alrededor de esta isla".

8

ALGUIEN LLAMÓ A LA PUERTA Y ESCONDÍ LA CARA DETRÁS DEL monitor. Vargas se alejó de su escritorio y se dirigió hacia la puerta. "Frank, está aquí".

Realmente estaba sucediendo. Derrick Dickson iba a ser mi nueva pareja. Había conocido a este pelirrojo de seis pies en la oficina del sheriff hacía una semana. El joven de treinta y dos años había llegado al paraíso desde un barrio de mala muerte a las afueras de Washington. El joven detective tenía una experiencia decente con pandillas, redes sexuales y drogas. El problema era que no teníamos mucho de eso en el condado de Collier. Empujé hacia atrás y me puse de pie.

"¿Cómo estás, Derrick?".

Dejó una de sus mochilas y nos dimos la mano. "Bien, señor. Ansioso por empezar".

No pude pronunciar un yo también, pero Vargas dijo: "Compartiremos mi escritorio por el momento. Me mudo arriba".

"¿Segura? No quiero ser una molestia".

"No hay problema. De todos modos, no estaré mucho tiempo aquí".

Le dije: "Homicidios es muy diferente a tratar con una red de drogas. Puede volverse aprensivo. ¿Tienes un estómago fuerte? ".

"Sí, señor. Mi padre solía decir que tenía uno de hierro fundido".

Quería ponerlo a prueba en ese mismo momento y sacar un par de fotografías de cuerpos en descomposición y ver si vomitaba.

Vargas dijo: "Estarás bien. Solo está tratando de asustarte".

"¿En qué estás trabajando ahora, jefe?".

Dije: "Un caso sin resolver. Llamaron de un caso de hace veinticinco años, donde una joven fue apuñalada hasta morir en el parque Delnor-Wiggins".

Vargas dijo: "El detective Luca recibió una llamada, alegando que tenían información para resolver el asesinato".

"¿Qué tipo de información?".

Dije: "Llegaremos a todo eso. Descarga tus maletas y luego comenzaremos".

"Suena bien".

"Y Derrick, por aquí nos gusta vestirnos profesionalmente. No sé qué hacen en Washington, pero aquí abajo es traje y corbata".

Vargas salió hacia el baño y Derrick silbaba mientras se acomodaba. Quise ponerle fotos del cuerpo de Debbie Boyle delante de las narices para que dejara de silbar, pero refrené mis instintos.

Extendí una docena de fotografías sobre mi escritorio y dije: "Mira estas fotografías. ¿Qué ves?".

Vargas regresó mientras Derrick se inclinaba, con la nariz a centímetros del collage de fotografías de la escena del crimen. "Es la escena de un crimen".

"¿Qué te alertó, la cinta amarilla?".

Vargas me lanzó una mirada escalofriante y me ablandé.

"Fíjate bien en los investigadores. ¿Notas algo en ellos?".

Derrick se levantó, con una gota de sudor colgando de su labio superior, y sacudió la cabeza. "Lo siento, veo detectives y uniformados en el lugar. Parece que están registrando la zona".

"Mira sus manos, sus pies".

Derrick tomó dos de las fotografías y las examinó. "Me rindo".

"En primer lugar, no nos damos por vencidos en materia de homicidios. ¿Crees que las pobres familias que perdieron a un ser querido querrían que nos rindiéramos?".

"No, señor".

"En segundo lugar, y espero que aprendas rápido, la escena del crimen está contaminada".

"¿Cómo puedes saberlo mirando fotografías?".

"Nadie lleva guantes, botines o, Dios no lo quiera, monos forenses. Andan por ahí destrozando huellas, tirando pelos, fibras y quién sabe qué más".

"Pero este caso tiene veinticinco años, ¿verdad? Probablemente no sabían nada mejor".

"Mentira. La ciencia forense no era lo que es hoy, pero arruinaron los fundamentos. Los policías han estado encerrando a la gente por pelos y fibras desde siempre".

"Recuerdo que en la academia decían que el ADN se utilizó por primera vez a finales de los años ochenta".

Vargas dijo: "Creo que el primer caso en el que se utilizó ADN en los tribunales fue en 1984".

Dije: "Esta mujer es increíble. Derrick, si puedes ser la mitad de bueno que ella, serás un excelente detective.

Vargas sonrió. "Estarás bien. Realmente no soy tan buena, pero todo lo que sé, el detective Luca me lo enseñó".

Ella no sabía que yo estaba entrando en pánico cada día que pasaba, acercándome a perder mi respaldo. Ella me había salvado el pellejo tantas veces que dejé de contar. ¿Mi memoria era mala debido a la quimioterapia que tomé para mi cáncer de vejiga, o me había vuelto perezoso al darme cuenta de que tenía a Vargas para respaldarme?

Derrick dijo: "Haré lo mejor que pueda".

Vargas dijo: "Haz tantas preguntas como sea necesario. No tengas miedo. El detective Luca será paciente contigo, ¿verdad, Frank?".

"Seguro".

"No dejes que te intimide, Derrick. Es todo un espectáculo. En realidad es un osito de peluche. Debo subir a Recursos Humanos. Los veré más tarde, muchachos".

Desde que Chester puso fin a nuestra relación profesional, empezamos a ir en dos coches a la oficina. Puse al día a Derrick sobre el caso Boyle, coloreando las entrevistas que realicé con Wheeler, Walker y Mackay con mis sospechas. Mi nuevo socio tenía un par de preguntas sólidas, pero no la visión mágica que Vargas parecía brindar. Eran las seis y hora de volver a casa. Le dije: "Mañana veremos uno o dos testigos, así que deja el alcohol esta noche y prepárate para partir a las nueve".

"Está bien, no hay problema. ¿Te importa si me quedo y leo el expediente del caso Boyle?".

"Es una buena idea, pero no te quedes demasiado tarde".

EL FILETE de salmón y las brochetas de camarones que había comprado en Publix estaban en la parrilla antes de que cerraran la puerta del garaje de Mary Ann.

"Huele bien. ¿Quieres una copa de vino?".

"Seguro. Compré un par de botellas de Provenza".

"Te encanta decir Provenza, ¿no? Realmente las compraste por eso".

"No, recuerdo que Barnet dijo que producen buen grenache y que no son caros. Ve por uno; los guardé en el clóset".

Vargas salió con dos copas de vino morado oscuro y me entregó una.

"Salud".

Tocamos las copas. Olí el vino tintado y bebí un sorbo. Tenía un sabor oscuro, como a moras.

"¿Qué opinas? Me gusta".

"No lo sé, parece un poco pesado para marisco".

"Barnet dijo que el grenache va con todo".

"Podría ser, excepto que esto no es grenache".

"¿Cómo es posible?".

"La etiqueta decía que es syrah, señor conocedor".

"Estaba en la sección de grenache y pensé...".

"No es gran cosa. Me gusta. ¿Cuánto falta para que el pescado esté listo?".

MIENTRAS RECOGÍA LA MESA, Mary Ann dijo: "Derrick parece una buena elección como compañero".

"¿En serio? Está verde como la hierba".

"Eres bueno entrenando a alguien. Mira lo que hiciste conmigo, te mudaste a mi casa".

"¿Qué quieres decir con eso?".

"Nada, Frank. Es una broma, ¿vale?".

Forcé una sonrisa. "Se quedó esta noche para leer el expediente del caso. Parece estar bien, pero ¿cómo diablos se le pasó por alto el hecho de que esos dinosaurios estaban pisoteando la escena del crimen de Boyle?".

"Este fue su primer día. Estaba nervioso".

"¿Por qué tiene que estar nervioso?".

"Frank, puede que no te des cuenta, pero a veces puedes resultar intimidante. No te gusta que te desafíen".

"¿Que se supone que significa eso?".

"Te gusta liderar. No quieres que te cuestionen".

"Eso es mentira. ¿Realmente crees eso? ¿Es así como te traté?".

"No, no. No a mí. Trabajamos muy bien juntos, pero a veces puedes ser corto con la gente".

"Si alguien está siendo un idiota, no tengo tiempo para eso".

"A veces tenemos que tratar con gente con la que preferiríamos no tratar, pero aun así tenemos que hacerlo. Es entonces cuando tienes que encontrar la manera de mantener la calma. No tiene sentido enfadar a nadie. Escúchalos y sonríe. Funciona, créeme".

"Lo hago mucho con el sheriff y sus burócratas".

"Lo sé. Ahora tienes que hacer lo mismo con la gente en el futuro".

"¿Por qué tuvieron que arruinar las cosas y separarnos? Trabajamos muy bien juntos. Apuesto a que tendrán que contratar a otro detective para compensar lo que hicimos juntos".

"Nada permanece igual, Frank. El cambio es la única constante".

"Tal vez, pero te digo que esto no es bueno para el departamento. En el próximo caso difícil que tengamos y cuando Chester comience a darme una paliza para resolverlo, le voy a recordar esto".

La idea de perder a alguien que pudiera llenar mis espacios en blanco me asustaba muchísimo. Mary Ann me protegía cuando tenía un lapso de memoria. No es que no pudiera funcionar sin ella como compañera. Era que ella conocía mis defectos y se los guardaba para sí misma. Esa protección estaba desapareciendo como una lluvia de Florida, y no me gustaba esa maldita sensación.

9

DERRICK LLEGÓ TEMPRANO, LO CUAL FUE BUENO, PERO ESTABA vestido con un traje beige claro. Era noviembre, por el amor de Dios. Los norteños nunca se dieron cuenta de que Florida también tenía estaciones. Si alguien llevaba pantalones blancos en invierno, se podía apostar que era un turista o un recién llegado.

Había comprado café para mí, un lindo gesto, pero tenía demasiada leche. Me aseguraría de que nunca volviera a cometer ese error y lo dejaría intacto en mi escritorio. Hablamos del caso mientras conducíamos y le dije tres veces que su papel era el de observador.

Dunes eran una colección de rascacielos de lujo en el norte de Naples que bordeaban la entrada al parque Delnor-Wiggins. No estaban frente a la playa, pero los departamentos que tenían la suerte de estar orientados hacia el oeste tenían impresionantes vistas del Golfo.

Diane Nielsen vivía en un edificio de doce plantas llamado Antigua Tan pronto como abrió la puerta de su condominio en el séptimo piso, percibí el olor de pan quemado. Un televisor en la cocina emitía a todo volumen un molesto programa matutino.

Las persianas estilo plantación de las puertas corredizas estaban abiertas, y la vista de una bahía con manglares verdes fundiéndose en el Golfo era fascinante.

De al rededor de los sesenta años, Nielsen era una mujer enérgica. "Es bonito, ¿verdad?".

"Por supuesto. Sería difícil sacarme de esa cubierta".

Nielsen se rio demasiado. El collar de perlas alrededor de su cuello era un indicio de que había esperado con impaciencia nuestra charla. Tendría que tener cuidado de que no nos adulara o entretuviera demasiado. Eché un vistazo a mi alrededor, no tan abierto como esperaba. Probablemente fue uno de los primeros edificios construidos en Dunes.

"¿Puedo traerles un poco de café?".

Dije: "Por supuesto. Si no le importa, me gustaría un chorrito de leche, nada más. ¿Y usted, detective Dickson?".

"Gracias, señora, pero estoy bien".

Mientras zumbaba una cafetera Keurig, me acerqué a las puertas corredizas y pasé por delante de una credenza cubierta de fotos de sus nietos. Puede que fuera el punto de vista o la falta de luz, pero el Golfo parecía de gran tamaño.

Nielsen puso una taza y un platillo sobre una mesa de cristal con una mano llena de manchas hepáticas. "Aquí tiene, detective Luca. ¿Está bien la cantidad de leche?".

El café era de color castaño. "Perfecto. La gente suele ponerle demasiada leche, pero usted lo hizo bien".

"Mi marido era así. Odiaba la leche en exceso y despreciaba la crema en el café".

Suena como mi tipo de hombre, excepto que supuse que ya no andaba por ahí. Desapareció en la cocina y salió con dos botellas de agua. Nos sentamos a la mesa y dije: "Como mencioné, hemos reabierto el caso de Deborah Boyle".

"Eso es bueno. Me molestó que nunca nadie fuera acusado".

Derrick intervino: "Estamos trabajando duro para cambiar eso, señora".

Con las cejas arqueadas, asentí hacia él. "Mientras revisábamos los archivos y la declaración que usted dio, teníamos más preguntas que podrían ayudar a hacer avanzar el caso".

Nielsen sonrió como si estuviera en un programa de juegos. "Sería un placer ayudar".

"¿Qué estaba haciendo en la playa esa noche?".

"Daba un paseo. Me prometí a mí misma antes de mudarnos aquí que si tenía la suerte de vivir cerca de la playa, me propondría dar un paseo cada noche. Lo he cumplido como sabía que mi Jack querría. Sabe, muchas personas sienten que tienen que mudarse cuando pierden a su cónyuge...".

"¿A qué hora estuvo allí?".

"Suelo salir antes de las ocho. Me gusta digerir la cena antes de hacer ejercicio. Siento que...".

"¿Qué vio específicamente esa noche?".

"Era una noche preciosa. Luna llena, una ligera brisa, perfecta. Había un par de personas más caminando y un hombre estaba pescando. Creo que lo llaman pesca de surf, pero no creo que haya pescado nada".

"El hombre que pescaba, ¿tenía un balde o algo así?".

Nielsen miró al techo por un momento. "Hm, no creo. Tenía una caña de pescar, eso lo recuerdo, pero nada más, no creo. ¿Está bien?".

Derrick dijo: "Está bien, señora. ¿Qué aspecto tenía?".

"Oh, él era, como dicen en los programas policiales, hombre, caucásico, de complexión media...".

Le dije: "Mencionó haber visto a alguien más cerca del camino que conduce a la entrada".

"Oh, sí, era una mujer. Tenía el pelo rubio".

"¿Una mujer? ¿Está segura?".

"Creo que sí". A mí me parecía una mujer".

"Me doy cuenta de que fue hace mucho tiempo, pero su declaración no mencionó a una mujer ni a nadie con cabello rubio, de hecho".

"Vi lo que vi. No es culpa mía si el detective no lo anotó, ¿verdad?".

Derrick dijo: "Siempre y cuando no oculte información. Si lo hiciera, podría considerarse una obstrucción".

Le dije a este chico tres veces que mantuviera la boca cerrada. "No tiene nada de qué preocuparse, señora Nielsen. ¿Qué estaba haciendo esta mujer?".

"Parecía estar escondiéndose, si sabe a lo que me refiero".

No, no sé a qué se refiere. "¿Puedes explicar qué parecía estar haciendo esta mujer?".

"Estaba cerca de los manglares. La vi la primera vez que pasé. Mi visión periférica es muy buena. El doctor Morton, dice que es una de las mejores que ha visto...

"¿Qué le hizo creer que se estaba escondiendo?".

"Cuando miré en su dirección se escabulló fuera de mi vista. Lo hizo las dos veces que pasé".

"Entonces, vio a una mujer de complexión mediana...".

"Era más grande que mediana para una mujer".

"Bien. Una mujer de complexión grande y cabello rubio. ¿Era largo o corto?".

"Largo pero no mucho. Cuando era niña, mi cabello llegaba hasta aquí, ahora mírenme".

"¿Qué edad cree que tenía esta mujer?".

"La verdad es que no lo sé. Pero si tuviera que adivinar,

diría veinticinco o treinta".

Antes de que se cerraran las puertas del ascensor, Derrick dijo: "¿Qué piensas? ¿Podría haber sido la chica?".

"Lo que pienso es que no escuchas. Te pedí que observaras hoy, no que hablaras".

"Pero lo hice. Casi no dije nada".

"¿Qué fue esa tontería sobre el aspecto del pescador?".

"¿No es eso importante?".

"¿Leíste el expediente anoche?".

"¿Sí, por qué?".

"Tuvimos varios testigos que identificaron a Clem Walker como el hombre que pescaba. Estabas perdiendo el tiempo".

"Pero podría haber otro tipo que estuviera pescando".

"¿En serio? ¿Cómo es que nadie lo vio?".

"Pero no se mencionó que hubiera una mujer allí como dijo la señora Nielsen".

El chico tenía razón. "No sabemos con seguridad que fuera una mujer. Pero si así fuera, se abre otra vía a seguir".

"Sé que es una pregunta estúpida, pero ¿por qué?".

"Si hubieras examinado las fotografías de Debbie Boyle, habrías notado que tenía numerosas puñaladas en la cara".

"¿Ira?".

Cerca. Podría ser una chica que estaba celosa de Boyle. Era una niña guapa. Quizá salía con el novio de una mujer y esta quería vengarse, no solo matándola sino destruyendo su aspecto".

"¿Qué vamos a hacer?".

"En este momento, vamos a ver a alguien que necesita ser entrevistada".

10

Era hora de hacer lo que había estado postergando: ir a ver a la madre de Debbie Boyle. Me molestó que Vargas no me acompañara. Ella me dijo que tendría que hacerlo sin ella tarde o temprano. ¿Por qué no podría ser más tarde? Vargas era genial con la simpatía, mientras que yo tenía que obligarme a expresar mi pesar. No quería que las emociones arruinaran mis instintos.

De ninguna manera Derrick iba a venir conmigo. Era demasiado joven y verde para comprender lo devastador que era para una madre la pérdida de un hijo. Veinticinco años después, el hijo dijo que su madre todavía estaba batallando.

Cathy Boyle no se había movido de la casa de Carlton Lakes donde crio a sus hijos. El rancho beige tenía una puerta negra y un garaje para dos autos que giraba hacia la derecha. Un círculo de rosales estaba custodiado por un par de ángeles de piedra.

No sé por qué me sorprendió, pero la madre de la víctima y su hija podrían haber pasado por gemelas. El pelo rubio hasta los hombros de Cathy Boyle parecía incluso cortado igual que el de su hija. Tenían la misma nariz. La principal diferencia era que la joven Boyle tenía una constitución atlética, mientras que su madre era delgada y frágil.

"Señora. Boyle, es un placer conocerla".

Podría estar sufriendo, pero sus ojos de acero me evaluaron. "He estado esperando mucho tiempo por algo como esto. Pase".

La casa era luminosa y ordenada, pero ensordecedoramente silenciosa. Había un indicio de Lemon Pledge en el aire. Nos sentamos en la sala familiar en sofás uno frente al otro. En la mesa de café que había entre nosotros había tres pequeñas fotografías familiares y una foto grande de su hija con un vestido de fiesta.

"Como mencioné por teléfono, el caso de su hija ha sido reabierto. Sé que tiene preguntas al respecto, pero tenga en cuenta que es posible que no pueda hablar de ciertos aspectos".

"¿Finalmente tiene a alguien que cree que es responsable?".

"Tenemos nueva información sobre un individuo que estamos persiguiendo".

"¿Quién es?".

"No puedo discutir eso, señora".

"¿Por qué no? Alguien mató a mi hija".

"Lo entiendo, señora Boyle, pero es de naturaleza preliminar y no sería justo revelar información hasta que estemos seguros".

"¿No está seguro, pero ha reabierto el caso?".

"Así es, señora. La nueva información me impulsó a revisar el expediente del caso y estoy revisando todo de nuevo".

Parpadeó. "¿Más allá de la nueva información?".

"Sí. Quiero estar seguro de que todo se vuelva a examinar

detenidamente. Nunca se sabe lo que se encontrará con un nuevo par de ojos".

"Lo sabía, el caso fue mal manejado".

"Lo único que puedo decir en este momento es que estoy revisando toda la investigación. Si algo cambia, le prometo que será la primera en saberlo".

Me miró con desconfianza. "Eso espero, detective. No tiene idea de lo difícil que ha sido esto para mí y para mi hijo".

Tenía razón y eché mucho de menos el tacto de Vargas. Quería salir corriendo de la habitación. "Tiene razón, señora. No puedo imaginar la miseria que ha tenido que soportar. Quiero llevar ante la justicia a quien haya hecho esto y prometo que haré todo lo posible para resolver la muerte de su hija".

"Mi familia merece algo mejor. Mis hijos perdieron a su padre. Después de su muerte, recogimos los pedazos y nos recuperamos. Cuando se llevaron a Debbie, perdí las ganas de vivir. Seguí adelante por Brian, pero se merecía una madre mejor de lo que yo fui capaz de ser".

"Hizo lo mejor que pudo, señora. Y yo voy a hacer lo mismo por usted".

"Siento ser tan negativa, pero han pasado veinticinco años desde que me arrancaron a mi bebé de los brazos. Estoy agradecida, de verdad, de que esté investigando esto".

"Me gustaría hacerle un par de preguntas, información general que me ayudaría a darme una idea de ella".

"Desde luego. Debbie era especial, tan llena de vida y abierta a la vida misma. Le encantaba probar cosas nuevas, tener nuevas experiencias. Debbie amaba a los niños y no haría daño ni a una mosca". Ella se puso de pie. "Venga, le mostraré su habitación. Le dará una idea de quién era ella".

Me quedé sorprendido y confundido. ¿La chica había

muerto hacía veinticinco años y su madre todavía le guardaba una habitación?

Señaló la habitación de su hijo mientras caminábamos por un pasillo. "Aquí está la habitación de Debbie".

La luz entraba a raudales en la habitación a través de una ventana en forma de media luna cubierta con visillos. Era un museo de principios de los noventa. Había posters del grupo New Kids on the Block, de Mariah Carey y de Guns N' Roses. A esta joven le gustaba una amplia gama de música.

Al escanear la habitación desde la puerta, parecía como si no hubieran guardado ni una sola cosa. Encima de la cómoda había un artilugio con un montón de collares colgando, y había marcos de fotos, pulseras y cepillos de pelo perfectamente alineados. Sobre una mesita de noche había un equipo de sonido, rodeado de montones de cintas de casete.

La señora Boyle dijo: "Ahí es donde la cuidaba y le leía todas las noches". Señaló una mecedora blanca con un cojín rosa a cuadros.

Retrocedí hacia el pasillo. "Gracias por mostrármelo. Me tengo que ir, pero charlemos un poco".

Cuando volvimos a sentarnos, parecía llena de energía.

"Está bien, ¿qué le gustaría saber?".

"Cualquier pregunta que haga es puramente para ayudarme. Por favor, no se ofenda".

Me arrastraron por el barro, me llamaron una madre terrible por dejar que mi hija y mi hijo fueran al parque en primer lugar. La gente me culpaba. Estuve en terapia durante dos años. Sé que no fue mi culpa. No creo que vaya a molestarme".

Ella estaba más resuelta que nunca, así que bien podría ir directo a ello. "Debbie perdió a su padre a una edad temprana.

La mayoría de las chicas en esa situación gravitan hacia hombres mayores. ¿Era ese el caso de Debbie?".

"Es posible que perder a su padre haya sido la razón por la que parecía que le gustaban los chicos mayores, pero Debbie era madura para su edad. Era responsable más allá de su edad e inteligente".

"Su novio, John Wheeler, tenía veintidós años en ese momento. No he tenido hijos y no estoy juzgando, pero parece una gran diferencia de edad".

"¿Cuál es su punto? Le dije que era madura".

"¿Qué pensaba de John Wheeler?".

Ella entrecerró los ojos. "Era un joven agradable y trataba a Debbie como la princesa que era. Brian lo adoraba. Nunca me dio una razón para dudar de él, pero su historia nunca me cayó bien. ¿Dejó a mi hijo solo para buscar a Debbie? ¿Por qué? ¿Le golpean en la cabeza y no recuerda nada? No sé qué pasó, pero entiendes de dónde vengo".

"¿Tenía ella algún enemigo?".

"¿Enemigos? No. Se llevaba bien con todos. Era una chica especial, créame, detective".

"Quizás enemigos sea una palabra demasiado fuerte. ¿Hubo alguien con quien tuvo desacuerdos? ¿Quizá por un chico?".

"No que yo sepa".

"¿Qué tal otro joven u hombre que pudo haberse sentido atraído por Debbie, pero ella no correspondió el interés?".

"Era una chica bonita y vibrante. Había muchos chicos interesados en ella. Pero no puedo decir que hubiera alguien llamándola o acosándola de ninguna manera que yo supiera".

"¿Pero había otros chicos que podrían haber estado celosos de su relación con el señor Wheeler?".

"Estoy segura de que sí, pero ¿por qué atacar a mi Debbie? ¿Por qué no a Wheeler?".

"Tal vez ella dijo algo que los hizo enojar. Ya sabe cómo son los jóvenes. Tal vez dijo algo que pensó que era inofensivo, pero algún chico lo tomó a mal".

"Parece pensar que fue otro joven y no John Wheeler".

"Mi responsabilidad para con usted y la gente de este condado es explorar todas las posibilidades lo mejor que pueda".

Ella mostró una leve sonrisa. "No va a mostrar su mano, ¿verdad, detective?".

Me puse de pie. "Quería informarle personalmente sobre la reapertura del caso de su hija. Estaremos en contacto a medida que se desarrollen las cosas, y cuando haya algo concreto lo sabrá de inmediato".

DERRICK SE PUSO de pie cuando Vargas entró en nuestra oficina. Cogió un puñado de expedientes y dijo: "Puedes sentarte aquí. No necesito un escritorio".

"Está bien, Derrick. No me voy a quedar. Solo vine a decirle algo a Frank".

"¿Qué pasa?".

"Héctor Machado". El traficante para el que Mackay dijo que trabajaba".

"¿Lo localizaste?".

"Está en un centro de rehabilitación administrado por una iglesia, en Immokalee. Liberado hace ocho meses después de once años por tráfico. Aquí está su historial; es largo".

Me entregó un expediente. Los antecedentes penales de Machado se referían exclusivamente a delitos relacionados con las drogas. ¿Dónde quedó la política de "tres strikes y estás fuera" para los distribuidores? Su fotografía policial era típica de hombres que habían cumplido años de prisión; Los tatuajes de Machado no podían cubrir su mirada cetrina y sus ojos muertos.

"¿Había algo sobre Pewter Mug?".

"Nadie en la policía recuerda una conexión con las drogas, pero los tipos que estaban en la policía entonces ya no están. ¿Quieres que investigue más a fondo?".

Negué con la cabeza. "No pensé que hubiera más. Una reputación es algo difícil de limpiar después de haber sido estropeada".

"Coincido con eso. Te veo más tarde".

"Vamos, Derrick, vamos a ver a Machado".

TRES DE LOS hombres que estaban en el porche desaparecieron en cuanto llegamos Los delincuentes tienen un sexto sentido a la hora de detectar a un policía.

Le dije: "Deja tu chaqueta en el auto".

Asentimos con la cabeza mientras nos abríamos paso entre el humo de los cigarrillos hacia el interior de la casa y nos recibían los sonidos de un televisor. Un hombre de unos sesenta años en una oficina desordenada junto a la puerta hacía de portero. Los toscos tatuajes que serpenteaban alrededor de su cuello verificaban que era un hombre reformado que buscaba resarcirse.

Se puso de pie de un salto. "¿Qué tal, oficiales? Mi nombre es Jay Crowley. Soy el gerente aquí".

"Soy el detective Luca y él es el detective Dickson. Estamos buscando hablar con Héctor Machado".

Él frunció el ceño. "¿Héctor? No me diga que está en problemas".

"Es un caso antiguo, un homicidio ocurrido hace veinticinco años".

"¿Homicidio?".

"Nada que ver con Machado. Fue utilizado como coartada".

"Uf. "Eso es bueno". Héctor es un proyecto personal mío. Creo que estará bien. Está en el porche".

Crowley asomó la cabeza por la puerta y gritó: "Héctor, te necesitamos adentro".

Machado olía a cenicero y no se parecía en nada a su fotografía policial. Tuve que estar de acuerdo con el director: la prisión había acabado con Machado; era un hombre abatido. No podría competir con los traficantes despiadados de hoy y estaría limpiando baños para pagar el alquiler de una casa rodante.

"Estos detectives quieren hablar contigo. No tienes nada de qué preocuparte".

Le dije: "Estamos trabajando en un caso antiguo".

Derrick dijo: "Antiguo, veinticinco años".

El gerente dijo: "Usen mi oficina. Estaré afuera".

Se me aceleró el corazón cuando Derrick cerró la puerta del pequeño despacho. Le dije: "No estamos aquí por nada que deba preocuparte. Dinos la verdad y nos iremos de aquí, ¿de acuerdo?".

"¿Qué quieres saber?".

"Hace veinticinco años, una chica fue asesinada en el parque Delnor-Wiggins".

Los ojos de Machado se abrieron de par en par. "No sé nada de eso".

Derrick dijo: "Está bien, hombre. Un tipo llamado Lew Mackay estaba en el parque y te utilizó como coartada".

"¿A mí? Yo no estaba allí. ¿Alguien está intentando incriminarme?".

"No. Mira, sabemos que estabas traficando en aquel entonces. Este Mackay dijo que trabajaba para ti. ¿Lo recuerdas?".

Derrick le entregó una vieja fotografía de Mackay de una licencia de conducir.

Machado entrecerró los ojos y estudió la imagen. "No puedo decirlo con seguridad. ¿Qué se supone que hacía para mí?".

Le dije: "Dijo que iba a dejar dinero en efectivo en Delnor para una compra".

"Podría ser, los lugares que se usaban siempre cambiaban, y nunca tenía la droga y el dinero en el mismo sitio. Si te pinchan, solo pierdes la mitad".

"¿Usabas corredores para dejar el efectivo?".

Asintió.

"¿No es arriesgado? Un tipo podría irse con el dinero".

"No llegaría muy lejos".

Derrick dijo: "Mackay dijo que se reunió contigo en Pewter Mug y que le diste el dinero allí".

"No lo recuerdo. Pero yo solía ir allí. Tienen buenas costillas".

"Sí, a mí también me gustan esas costillas. Llevo poco tiempo aquí, pero hasta ahora es el mejor de la ciudad".

Machado fue cuidadoso al admitir que estuvo involucrado en un negocio de drogas. Necesitábamos una identificación de Mackay y mi compañero estaba hablando de carne.

Le dije: "Mira, sé que no confías en nosotros, pero lo único que queremos saber es si usaste Mackay. Dale otro vistazo a la foto, ¿de acuerdo?".

Tomó la fotografía y sacudió la cabeza. "No creo conocer a este tipo".

"¿Estás seguro?".

"Sí".

"Muy bien, salgamos de aquí".

"Eso fue una pérdida de tiempo. Toma —le lancé las llaves a Derrick— tú conduces".

"¿Crees que estaba mintiendo?".

"Buena posibilidad, pero fue hace mucho tiempo y los recuerdos se desvanecen".

"No sé de cuánto dinero estamos hablando, pero si Machado se lo confió a Mackay, uno pensaría que sabría quién es. Y si Mackay trabajó con él un par de veces, lo recordaría".

"Eso es lo que me molesta. Mackay no parece ese tipo de persona y nunca antes se había metido en problemas".

"Sin embargo, eso no es garantía. El dinero hace que la gente haga las cosas más estúpidas".

En eso el chico tenía razón. "Dijo que fue a Pewter Mug".

"Podría ser que Mackay supiera quién era Machado y supiera que iba allí".

"¿Otro amante de las costillas?".

"Es horrible. Fui una vez y lo odié. Solo lo dije para tratar de que se abriera".

Este chico era prometedor. "Me engañaste. Nunca comí costillas, pero el lugar tenía un aspecto desgastado".

"Hay agua ahí atrás. Tal vez alguien lo derribe y ponga algo bonito".

"Vamos a necesitar encontrar alguna manera de examinar la coartada de Mackay, o será nuestro número uno".

"Tengo una idea. Puede parecer un poco loco, pero ¿por qué no le preguntamos a Mackay si llevaba un disfraz cuando hizo las entregas?".

No era una locura; era casi brillante y algo de lo que debería haberme dado cuenta. Si Mackay era decente hasta que se mezcló con Machado para ganar dinero extra, hubiera querido permanecer fuera del radar. Parecía que el suplemento para la memoria Brainol que estaba tomando era inútil.

"No es una locura, pero es una posibilidad remota. Cuando hablemos con él veremos si puede darnos uno o dos nombres más".

11

Brian Boyle, de treinta y dos años, dirigía una empresa de seguros ubicada en Vanderbilt Collections. El centro comercial, que se había levantado justo cuando el mercado se desplomó, por fin se estaba recuperando y estaba casi lleno.

Con camisa blanca de manga larga y corbata azul, Brian era todo trabajo. Proyectaba un aire serio, probablemente resultado del brutal asesinato de su hermana.

Brian tenía el pelo color arena y cautelosos ojos verdes. Él dijo: "¿Te importa si hablamos afuera?".

"Para nada. Estoy feliz de salir del aire acondicionado. ¿Soy yo o hace frío aquí?".

Se rio. "Es curioso que digas eso. Aquí todo el mundo se burla de mí cuando me quejo de que hace demasiado frío".

Pasé por la puerta diciendo: "Tenemos algo en común".

Me puse mis Maui Jims y Boyle se puso unos Ray-Ban diciendo: "El sol se siente bien".

"Solo llevo aquí un par de años y me encantan los noviembres".

Boyle asintió. "Entonces el caso ha sido reabierto. ¿Por qué?".

"Recibimos una llamada con nueva información".

"¿Sobre quién es el asesino?".

"No puedo decirlo definitivamente, pero tienes derecho a saber que al revisar el caso, digamos que merecía un repaso completo. ¿Okey?".

Se detuvo en seco y se volvió hacia mí. "Entonces se cometieron errores".

"Hemos aprendido mucho en los veinticinco años transcurridos desde que esto ocurrió. Tenemos diferentes métodos y nuevas herramientas científicas".

"No sabía lo que estaba pasando en ese entonces. Confié en la policía. Yo era solo un niño. Pero a medida que crecí, pensé mucho en lo que había sucedido. Había tantas preguntas sin respuesta. Cuando tenía unos veinte años, descubrí que Foster no tenía experiencia. Se me revolvió el estómago. Estaba convencido de que el caso se cerró demasiado rápido. Al principio pensé que lo había hecho alguien poderoso, tal vez el hijo de un policía o un político. O tal vez algún niño psicópata rico. No sabía qué pensar. Me consumía".

"Tuvo que ser duro. Sé que es un pequeño consuelo, pero conseguir justicia ayuda a cerrar la situación".

Boyle empezó a caminar. "Me di cuenta de que tenía que encontrar una manera de seguir adelante o me convertiría en mi madre. Dejó de vivir cuando Debbie murió".

Vi un banco que ofrecía sombra. "Sentémonos un momento".

"¿Qué quieres de mí?".

"No quiero sacar a relucir la porquería que has superado, Brian. Pero prometo que seguiré cualquier pista que encuentre, sin importar adónde nos lleve".

"Lo sabía. Hubo un encubrimiento".

"No, no. No hay evidencia de nada parecido. Solo digo que nada me detendrá. ¿De acuerdo?".

Asintió.

"Hay un par de cosas que no me quedan claras. Clem Walker, el tipo que pescaba en la playa, ¿cómo te topaste con él?".

"Cuando John Wheeler fue a buscar a Debbie, me quedé atrás, como me dijo, y esperé a que él y mi hermana regresaran. Después de un tiempo, comencé a ponerme nervioso por estar solo y supongo que entré en pánico. Pensé que tal vez habían estado dando un paseo, ya sabes, lo del romance. Cuando comencé a buscar por mi cuenta, fue cuando vi a Clem Walker".

"¿Estaba cerca?".

"Sí".

"¿Crees que estaba pescando de verdad o quizá tramando algo?".

"¿Qué quieres decir? ¿Crees que estaba involucrado?".

"Como dije, estoy mirando a todo y a todos".

"No lo sé". Realmente nunca pensé en él".

"¿Walker tenía un balde que usaba cuando pescaba?".

"No creo".

"Bastante inusual, ¿no te parece?".

"Nunca pensé en eso".

"Cuando el novio de tu hermana volvió y se reunió contigo y Walker, ¿cuál fue tu impresión? ¿Parecía alguien que había sido atacado?".

Se encogió de hombros. "Para ser honesto, solo estaba preocupado por mi hermana, dónde estaba y si estaba bien".

"¿Estaba Wheeler agitado, herido?".

"Hablaba rápido. No pude entender lo que decía y entonces comenzamos a buscar a Debbie".

"Cuando empezaste a buscar a tu hermana, ¿tuviste alguna sensación de que te estaban indicando dónde buscar? ¿Como si algunas áreas pudieran estar prohibidas? ".

Se encogió de hombros. "Solo recuerdo sentirme impotente. Quería a mi mamá y no paraba de decir que necesitábamos a la policía".

"¿Tú pediste que involucraran a la policía?".

"Sí, estaba llorando. Necesitábamos ayuda para encontrar a mi hermana".

"Interesante".

"¿Qué significa eso?".

"Tanto Wheeler como Walker afirman haber sido quienes insistieron en que involucraran a la policía".

"Yo pedía ayuda a gritos. Quizá no me escuchaban porque era un niño pequeño".

"Cuando te fuiste a buscar ayuda. ¿Qué hiciste?".

"Finalmente accedieron a buscar ayuda, y fuimos al coche de John Wheeler".

"¿Volviste a la manta y recogiste tus cosas?".

"No, simplemente salimos corriendo del parque".

"¿No recuerdas que Wheeler volviera por sus zapatos?".

Negó con la cabeza. "Las cosas estaban estresadas. Fue surrealista. No puedo estar absolutamente seguro, pero no recuerdo haber regresado. Lo único que recuerdo es correr hacia el coche".

12

DERRICK PREGUNTÓ: "¿A QUIÉN VAMOS A VER, FRANK?".

"Ígor Papadakis".

"Ese es el tipo que dijo que también estaba caminando por la playa esa noche".

"Sí. Pero él no vivía cerca de Wiggins en ese momento".

"¿Dónde vive ahora?".

"En Estero".

Igor Papadakis vivía en una calle sin aceras junto a Corks-crew Road. La casa de bloques de cemento y color verde lima no podía valer más de doscientos mil. Un perro café, encadenado a una estaca junto a un garaje independiente, ladró cuando entramos en el camino de entrada.

Con una camisa gris abotonada y pantalones chinos, Papadakis, de cincuenta y siete años, parecía listo para salir. Nuestra presencia lo tomó por sorpresa y tropezó con sus palabras. Sus dientes decían americano, pero su acento era más ruso que griego. ¿Papadakis había estado aquí durante treinta años y todavía tenía un fuerte acento?

El pelo que le quedaba estaba teñido de negro azabache, como su fino bigote. La casa estaba lo suficientemente oscura como para revelar películas. Podía oler su miedo mientras entramos a una cocina cuyas persianas estaban bien cerradas. Sobre el mostrador había un ejemplar del *Naples Daily News* del día anterior, en cuya portada se anunciaba la reapertura del caso Boyle.

"¿Puedo ofrecerles algo de beber?".

Ambos nos negamos y dije: "El caso de Deborah Boyle ha sido reabierto".

Intentó fingir una mirada de perplejidad. "Oh, sí, la chica de Wiggins-Pass".

"¿Qué estaba haciendo en el parque esa noche?".

"Fui a dar un paseo. Tengo que mantenerme en forma". Se dio unas palmaditas en el abdomen.

"¿Por qué Wiggins?".

"Es una playa bonita".

No mejor que Vanderbilt, en mi opinión. "Pero vivía en Golden Gate. Había que atravesar millas de playas para llegar a Wiggins".

"Hay una buena cantidad de estacionamiento en Wiggins".

"Por la noche el estacionamiento es gratuito en las playas del centro. Y están cerca de donde vivía".

"No me gustan las playas de allí. Son demasiado estrechas".

"¿Por qué no Lowdermilk entonces o Clam Pass?".

Se encogió de hombros.

Derrick dijo: "Las playas de Grecia no tienen arena. Son rocosas, ¿verdad?".

"La mayoría lo son, pero puedes encontrar playas de arena si sabes a dónde ir".

Será mejor que este chico aprenda a mantener la boca cerrada y, si la abre, a hacer las preguntas pertinentes, no tonterías de las que hablaría un turista.

"¿Dónde nació?".

"San Petersburgo, Rusia, pero era una época difícil con el colapso de la Unión Soviética, así que mi padre trasladó a la familia a Grecia. Es un hermoso país. Deberían ir. Realmente lo extraño".

"¿Entonces por qué vino a Estados Unidos?".

"Hubo algunas dificultades. Grecia es maravillosa, pero la situación jurídica, eh, política, no es buena".

"¿Qué quiere decir con eso?".

"En realidad, nada. Solo que, por muy bonito que sea, puede resultar frustrante".

Le dije: "Todavía no entiendo por qué alguien conduciría hasta Wiggins, evitando un montón de playas fantásticas para llegar a Wiggins".

"A algunas personas les gusta el azul y a otras el rojo".

"¿Cuando dejó Grecia vino directamente a Estados Unidos?".

"Sí. De Atenas a Miami. Me quedé en Miami por un corto tiempo. No me gustó".

"¿Vino solo?".

"Sí, mi familia se quedó en Grecia".

"¿Ha vuelto alguna vez?".

"No, tal vez algún día".

No podía aguantar mucho más. "Su declaración decía que nunca vio a Debbie Boyle, a su hermano ni a su novio la noche en que fue asesinada".

"Así es. Estaba caminando, y creo que debían estar al norte de donde yo caminaba".

"Pero su declaración decía que cuando llegó a Wiggins se estacionó en el lote tres, ¿correcto?".

"Sí, creo que era ese. Ha pasado tanto tiempo que no recuerdo mucho".

"Entonces déjeme refrescarle la memoria". Abrí mi Moleskine y dibujé un mapa rápido. "Se estacionó aquí, y ahí es donde estaba la gente de Boyle esa noche. Tuvo que caminar justo delante de ellos. ¿Está seguro de que no los vio ni los escuchó?".

"Estaba caminando junto al agua y cuando camino miro hacia abajo, como mucha gente. No los vi, y tal vez no escuché nada porque hacía viento y había olas, no grandes, pero aun así hacen ruido".

"¿Por qué no se presentó inmediatamente cuando se enteró de que Debbie Boyle había sido asesinada?".

"No sabía nada al respecto".

"Pero tenía que saber que alguien le identificaría por haber estado allí, y por eso se presentó tres días después".

No creía saber nada, pero vi en la tele que pedían que se presentara cualquiera que hubiera estado allí, y lo hice".

Este tipo era grasiento, pero no teníamos nada contra él. Decidí terminar y, si surgía algo, volver a visitarlo.

Por difícil que fuera, me mantuve en silencio mientras nos alejábamos de la casa de Papadakis.

"¿Estás bien, Frank?".

"Sí, pero por si no lo sabías, era una entrevista de homicidios, no un podcast de viajes".

"Lo siento, solo estaba tratando de seguir una corazonada. Simplemente olvídalo. No dejaré que vuelva a pasar".

"Detente".

"¿Qué?".

"Estaciónate, en el lote de CVS".

"Derrick maniobró hacia un espacio y le dije: "¿Tuviste una corazonada?".

"Fue solo una cosita, eso es todo; no es gran cosa".

"Ahí es donde te equivocas. Tienes una corazonada, un sentimiento, una premonición o alguna señal de Dios, la sigues hasta el final. ¿Me oyes?". Le señalé con el dedo a la cara. "No dejes que nadie te convenza de lo contrario. ¿Entendido?".

"Sí, claro, pero tómatelo con calma".

"No quiero que cargues con lo que he estado cargando desde que me convertí en detective de homicidios. Un pobre chico se ahorcó porque no tuve las agallas para defender lo que creía".

"Dios mío. ¿Qué pasó?".

"Yo era un novato y, como tú, estaba emparejado con un detective experimentado. Pero este tipo estaba a punto de salir; faltaban un par de meses para su jubilación. Una chica fue estrangulada y este chico, Barrow, era una persona de interés porque ella lo dejó como novio. Lo recogimos y, aunque no ayudó en la entrevista, no teníamos nada contra él. La chica que fue asesinada estaba emparentada con un político y hubo mucha presión para arrestar a alguien. Mi pareja quería arrestar a Barrow, pero sabía que no teníamos suficiente. Para abreviar la historia, comenzaron a presionarme, diciendo que el departamento no se vería bien y toda esa basura del trabajo en equipo. Fui contra mi instinto y acepté. Dije que aceptaría para mantener la paz y encajar. No quería enfadar a mi compañero. Fue una estupidez. Arrestamos a Barrow y se ahorcó en su primera noche entre rejas".

"Oh, Dios mío".

"Fue terrible. El padre y los periódicos estaban sobre nosotros. No creí que pudiera ser peor, pero lo fue".

"¿Qué pasó?".

"Un delincuente admite que fue él quien mató a la chica. El chico Barrow era inocente, y yo tuve que ver con su muerte".

"No creo que estés siendo justo contigo mismo".

"Lo que pasó, pasó. He aprendido a vivir con ello, pero te lo digo, cuando sientas algo, síguelo. "No dejes que nadie te convenza de lo contrario. ¿Entendido?".

"Bien. Lo tendré en cuenta".

"Bien. Ahora, ¿cuál fue esa corazonada que tuviste?".

"Podría estar equivocado, pero este Papadakis sale de Rusia y aterriza en Grecia. Dijo que amaba Grecia y que su familia todavía está allí. ¿Pero nunca ha vuelto? ¿Te parece bien?".

"A veces la vida tiene una manera de ponerte en una rutina".

"Tal vez, pero primero se deslizó sobre el sistema legal y luego nos dijo esa tontería sobre la situación política".

"No es fácil vivir en otro país. Las cosas que no funcionan como en Estados Unidos".

"Venía de Rusia, donde todo se estaba derrumbando".

Era un buen punto. "Es justo, pero no entiendo lo que estás pensando".

"¿Sabes lo que pienso? Creo que Papadakis se metió en problemas en Grecia y tuvo que marcharse. Quizá haya otra chica muerta en algún sitio por su culpa".

¿Un asesino en serie multicontinental? Especulación sin fundamento, pero no podía descartarla por completo, no después del asesinato en serie del año pasado, que casi me cuesta la carrera. "Interesante, pero no ha hecho nada en los últimos veinticinco años".

"Que sepamos".

"Tal vez. ¿Cómo sería su plan de acción?".

"Buscar un poco, preguntar a la Interpol, a los griegos, a ver qué sale sobre Papadakis".

"Está bien, pero no tengo mucho tiempo para dedicarle en este momento".

13

Volví a leer el informe de la autopsia. Debbie Boyle había sido apuñalada cuatro veces en la cara, una en el pecho y seis en el abdomen. No parecía haber duda de que el asesino estaba enojado. Tenía varios cortes superficiales que yo creía que se habían producido cuando forcejeó para defenderse de su atacante.

Boyle era atlética; habría opuesto resistencia, aunque la hubiera sorprendido su asesino. Ninguna de las heridas por separado era mortal. Así que, aunque conociera a su asesino, habría intentado luchar contra él.

"Derrick, ven aquí".

"Sí, señor".

Señalé el informe de la autopsia. "La víctima sufrió varias heridas profundas, pero también tenía heridas superficiales en los brazos y el hombro derecho. ¿Qué te dice eso?".

"Ella estaba tratando de escapar".

"Muy bien". Me gustaría que consultaras con todos los hospitales de la zona, incluido el condado de Lee, y vieras si alguien se presentó en la sala de urgencias esa noche o la mañana siguiente con heridas de arma blanca".

"Hombre, esa es una gran idea".

El chico empezaba a caerme bien.

Volví al informe de la autopsia. Las heridas de la cara me molestaban; alguien estaba realmente enojado con ella o estaba trastornado. Suponiendo que fuera ira, podría ser otra mujer que busca destruir su apariencia. Estaba la mujer rubia que mencionó la señora Nielsen, o podría ser un amante al que dejó.

Necesitábamos más antecedentes sobre su vida amorosa. Es hora de visitar a más amigos y familiares. Me encantaría evitar volver a ver a la madre. Su dolor seguía siendo desgarradoramente evidente después de todos estos años. ¿Qué clase de chica era Debbie? Necesitaba la verdad, no la impresión de mamá. ¿Hubo drogas o alcohol?

Saqué los análisis de sangre. El informe de toxicología no encontró nada sobre drogas ilícitas y venenos.

JOANNE WILBUR HABÍA SIDO una de las tres amigas cercanas a Debbie. Todas fueron a la preparatoria Barron Collier High y estaban juntas en el equipo de porristas. Wilbur era agente de bienes raíces, lo que me hizo preguntarme cuánto tiempo le tomaría informarme que estaba lista para ayudarme con mis necesidades inmobiliarias.

Nos instalamos bajo una sombrilla en un Starbucks cerca de su oficina de Pine Ridge. Llevaba gafas de sol de gran tamaño y demasiado lápiz labial. Su lenguaje corporal era agresivo, pero hablaba en voz baja.

"Me tomaste por sorpresa con la noticia sobre Debbie.

Dios, fue hace tanto tiempo. Me avergüenza decir que no había pensado en ella en mucho tiempo".

"La vida tiene una forma de seguir adelante".

"Muy cierto. Había estado tan molesta por ella durante tanto tiempo". Sacudió la cabeza. "Fue impactante lo que pasó, ¿y que alguien se saliera con la suya? Nos quitó la vida a todos, especialmente a su pobre madre".

"¿Desde cuándo la conocías?".

Se rio. "Éramos amigas desde que podíamos andar, puede que incluso antes. Nuestras madres nos trajeron al primer Gymboree de por aquí y allí nos conocimos".

"A veces los amigos entran y salen de la vida del otro. ¿Fue así entre Debbie y tú?".

"No, en realidad no. Íbamos a las mismas escuelas y, a veces, si teníamos horarios diferentes, hacíamos otros amigos, pero siempre éramos cercanas".

"¿Qué te pareció John Wheeler?".

"¿John? ¿Crees que realmente fue él?".

A la gente le gusta hablar, así que dije: "No puedo discutir el caso, pero puedo decir que no hay nada que convierta al señor Wheeler en un sospechoso más fuerte que muchos otros".

Me miró por encima de sus gafas de sol. "No sé qué significa eso, pero lo dejaré ahí".

"Gracias. Ahora, ¿sobre el señor Wheeler?".

"Era simpático. Quiero decir, era muy emocionante tener un tipo con un auto en ese momento. Empezó con él antes de obtener su licencia. Pasamos buenos momentos juntos".

"Era bastante mayor que Debbie. ¿Le gustaban los chicos mayores?".

"Sí, pero a todas nos gustaban así. Los chicos de nuestras

clases eran un poco nerds o les gustaban los deportes, y los mayores trabajaban o estaban en la universidad".

"¿Debbie tuvo otros novios?".

"Claro. Era buena para conseguir lo que quería. Supongo que podría llamársele coqueta".

"Si estaba interesada en un hombre, ¿lo hacía saber?".

"Tal vez no, abiertamente, pero sí, entendería el mensaje".

"¿Era ella sexualmente activa?".

Las mejillas de Wilbur enrojecieron. "Supongo que sí".

"¿Lo supones o los sabes?".

"Ella me contaba cosas. Quiero decir, no era evasiva ni nada por el estilo. Pero sé que hubo al menos dos".

"¿Tenía enemigos? ¿Alguien que quisiera hacerle daño?".

Sacudió la cabeza. "No como para hacer algo así".

"Su madre dijo que todos querían a Debbie. ¿Es eso cierto?".

"Por supuesto que diría eso. ¿Qué madre no lo haría?".

Se me ocurre una larga lista de madres que sabían que sus hijos eran unos terrores. "¿Estás diciendo que había algunos a quienes no les agradaba?".

"Era una chica muy popular y ya sabes cómo pueden ser los chicos. A veces podía ser un poco desagradable, pero ¿quién no lo es?".

"¿Te dijo alguna vez si alguien la agredió físicamente?".

"¿Quieres decir como golpearla?".

Asentí.

"Me lo hubiera dicho. Pero nunca lo hubiera tolerado; se hubiera defendido. Tomó jiujitsu y gimnasia. Debbie era fuerte para ser una chica. Pero ella nunca empezaría nada. Quiero decir, ella ni siquiera pisaría un insecto. Solíamos burlarnos de ella. Si había un insecto en la casa, lo echaba fuera".

"¿Era ella del tipo que se defendería si la atacaran?".

"No tengo ninguna duda. Nunca pareció asustada. Sé que ella fingió muchas veces, pero Debbie no se echaba atrás; no estaba en su ADN".

"¿Hubo alguien con quien coqueteó pero con quien nunca siguió adelante? ¿Alguien que esperaba que sucediera algo y no sucedió?".

"No lo sé. Es decir, todas incitábamos un poco a los chicos. No todo el tiempo, pero era un pequeño juego, ¿sabes?".

Yo sabía. Salvo que no era un juego perseguir a tipos que acabarían violando a una chica que había ido demasiado lejos.

"¿Alguna situación particular que pudiera haber ido demasiado lejos?".

Ella frunció el ceño. "Había un chico, Jason Norwicky. Al final de nuestro segundo año, Debbie se burlaba de él. Creo que a ella realmente le gustaba, pero tal vez porque tenía nuestra edad o algo así, nunca se conectaron. Una vez, durante el almuerzo, ella estaba dándole mucha importancia, ya sabes, susurrándole al oído y apoyándose contra él. Cuando salimos al patio, la inmovilizó contra el edificio y ella empezó a gritar. Los profesores se volvieron locos y lo suspendieron por una semana".

"¿Qué paso después de eso?".

"Había mala sangre. Sabía que Debbie se sentía mal por eso. La mayoría de la escuela sabía que ella coqueteaba con él, pero ella lo ocultó todo, negando que lo engañara, y con el tiempo se calmó".

"¿Algún otro incidente similar?".

"No me gusta sacar a relucir toda esta basura. La pobre chica está muerta. No era perfecta, pero ciertamente no merecía lo que le pasó".

La presioné para que me diera más nombres, obtuve dos y fui a ver a otra amiga cercana de la víctima.

14

Era el cumpleaños de Mary Ann y no había mejor lugar para celebrarlo que Bleu Provence. El clima era tan agradable que no había manera de sentarse en el interior. El patio estaba animado, pero la iluminación y la vegetación lo mantenían romántico.

Tenían la mejor carta de vinos de la ciudad. La lista de cien páginas normalmente me intimidaría, pero estaban las selecciones de Jacque: una lista inteligente de los favoritos del propietario a precios razonables. Tomé la lista, la hojeé, en caso de que alguien estuviera mirando, antes de elegir un Grenache de Rhone Valley de la lista sugerida.

Llevábamos un año saliendo, evento que celebramos con un crucero en catamarán al atardecer, y nos sentó bien. Salí de la cabaña y fui al dormitorio de Mary Ann. Era mi única relación seria desde mi divorcio. Habíamos sido pareja de servicio durante aproximadamente dos años y la idea de salir con ella nunca me pasó por la cabeza hasta que tuve cáncer de vejiga. Todavía no sé si fue la forma en que ella me ayudó a afrontarlo o si fue el cáncer lo que me cambió. De cualquier manera, estaba más feliz que en años.

A las mujeres que se acercan a los cuarenta rara vez les gusta darle mucha importancia a su cumpleaños, así que, entrechocando vasos, dije *"centi'anni"*, deseándonos a ambos cien años más, en italiano. No sabía qué olía mejor, si su perfume a melocotón o el aroma a regaliz del vino.

Mary Ann llevaba un sencillo vestido negro, acariciándola en todos los lugares correctos, con los aretes que le compré para nuestro aniversario. Acerqué mi silla y la besé en el hombro.

"Esto es perfecto. Tenemos que encontrar una manera de congelar el tiempo".

"Si tan solo pudiéramos. Pero lo mejor es estar presente en el momento, Frank".

"Lo estoy".

Ella arqueó las cejas. "¿En serio?".

"Bueno, lo estoy intentando. Dame eso, ¿vale?".

Entrelazó sus dedos con los míos. "Eso es todo lo que podemos hacer; hacer nuestro mejor esfuerzo y los milagros suceden".

La palabra milagro me distrajo. Empecé a pensar en un bebé y en el hecho de que probablemente ambos nunca seríamos padres. Mary Ann nunca había hablado de eso, aunque yo sabía que le encantaban los niños. Quería saber qué sentía ella realmente al respecto, pero tener una discusión como esa me asustaba.

"¿Frank?".

"Oh, lo siento, solo estaba pensando que tengo que hacerlo mejor, como dijiste".

Sonrió y tomó el menú. "¿Qué piensas pedir?".

"Probablemente el Loup de mer".

"Siempre pides eso".

Puse mi mano en su muslo. "Cuando algo me gusta, me quedo con ello".

Después de ordenar, Mary Ann dijo: "Deberíamos hacer un viaje a Francia. Ir a París y tal vez al sur de Francia. Se supone que allí es precioso".

"Eso estaría bien. Si la comida se acerca a esto, me apunto".

"Tal vez podríamos pasar un par de días en París, ver la Torre Eiffel y el Louvre. Está a la altura de los Uffizi de Florencia".

¿Museos? Me gustaba el arte tanto como a cualquiera, pero no podía pasar horas en un museo. Esperaba que Mary Ann mirara el arte de la misma manera en que iba de compras. Entra, ve lo que quiere ver y sale.

"El Louvre es donde está la *Mona Lisa*, ¿verdad?".

"Sí, es mucho más pequeña de lo que cabría esperar. Además, leí que no puedes acercarte a la pintura después de que ese lunático intentara destruirlo".

Era un poco reconfortante saber que había bastardos enfermos por todo el mundo.

"Me gustan los pintores impresionistas como Monet y Renoir".

"¿Impresionistas? Siempre me sorprendes, Frank".

Un camarero nos trajo la comida y seguimos charlando sobre hacer un viaje.

Después de bañar un trozo de salmón ahumado con vino, vi a través de las ventanas del patio a una mujer de cabello rubio. Terminé mi aperitivo y estaba rellenando mi vaso cuando la base de mi cráneo vibró.

Mary Ann dijo: "Dado que es nuestra primera vez, proba-blemente deberíamos ir unos diez días en total. Se pierde al menos un día completo de viaje y podríamos pasar cuatro días en París y...

La mujer estaba embarazada.

"¿Crees que Debbie Boyle podría haber estado embarazada?".

"¿Qué?".

"Si Debbie Boyle estaba embarazada, eso podría ser lo que motivó a alguien a matarla. Podría haber sido Wheeler buscando interrumpir el embarazo".

"No vamos a hablar de esto, pero ella podría haber abortado".

"Tal vez ella no quería. Quizá quería quedarse con el bebé".

"Tal vez deberías esforzarte más en estar presente, Frank".

Ella empujó su silla hacia atrás.

"¿Adónde vas?".

"Al baño de damas".

DERRICK DEJÓ un café en mi escritorio. Abrí la tapa: marrón chocolate. "Gracias. Anoche pensé en algo".

"¿El caso Boyle?".

Asentí. "¿Y si Debbie Boyle estaba embarazada? Eso le daría a Wheeler un motivo".

"Interesante ángulo".

"O podría ser una chica o una mujer cuyo novio dejó embarazada a Boyle. Ella se volvió loca y la mató. Eso explicaría las heridas faciales".

"¿Por qué no lo habrían comprobado durante la autopsia?".

"No es un procedimiento estándar".

"No hay forma de saberlo ahora".

"Depende de qué tan avanzada estaba. Necesitamos descubrir qué tan sexualmente activa era. Boyle solo tenía diecisiete años, pero eso no significa nada".

"Me lo dices a mí". En DC veíamos niñas embarazadas de hasta doce años todo el tiempo".

Dudé antes de decir: "Llama a la mujer a la que fui a ver: Joanne Wilbur. Aquí está su tarjeta. Pero hay que tener cuidado; Esto es algo delicado, ¿vale?".

"Desde luego. Entiendo".

"Voy a ver a otra amiga cercana de la víctima, una mujer llamada Janet Lipton".

PELICAN LANDING ERA una comunidad enorme en Bonita Springs, en el lado oeste de la Ruta 41. Se extendía sobre dos mil quinientas hectáreas y limitaba con Spring Creek y Estero Bay, donde tenía su propio club de playa.

Lipton vivía en una subcomunidad llamada Astor. La puerta de un garaje para dos coches dominaba la vista de la casa azul desde la acera, eclipsando el camino de adoquines multicolor. Un par de puertas de entrada de madera marrón estaban enmarcadas por palmeras reales.

Presioné el timbre mientras sonaba un carillón de viento de acero inoxidable, lo que me hizo preguntarme a quién le gustó realmente el sonido que producía.

El aspecto agotado de Janet Lipton se contrarrestaba con el brillo de sus ojos y su cálido apretón de manos.

"Encantada de conocerle, detective. Entre. Sabe, se parece a George Clooney".

Era la primera vez en mucho tiempo que recibía la referencia a Clooney y me sentí bien. "¿En serio? Lo tomaré como un cumplido; aunque no me gusta su política".

Un montón de mochilas debajo de una mesa del vestíbulo cubiertas con fotografías de niños explicaban el aspecto cansado.

"Es un hermoso día; Deberíamos hablar en la terraza".

"Suena bien".

Caminamos a través de una sala familiar que tenía techos estilo catedral y llegamos a una pequeña terraza cubierta. Había una jaula sobre la piscina y una porción de vista al lago.

"¿Por qué no me cuenta sobre Debbie, cuánto tiempo la conoció y cómo era ella?".

"Bueno, éramos amigas desde cuarto grado. Estábamos en la clase de la señora Macaster y nos sentábamos una al lado de la otra. Nancy estaba en la misma clase. Me sentí atraída por ella, supongo. Ella era, no sé, ¿intrépida? Era siempre la primera en intentar algo. Ella levantaba la mano supiera la respuesta o no, pero sobre todo era divertida".

"¿Popular?".

"Por supuesto. Ella siempre fue parte del grupo 'in'".

"¿Podía ser ruin?".

"¿Ruin? No, no diría que fuera ruin, pero podía ser terca".

"¿Qué quiere decir con terca?".

"Cuando ella quería hacer algo, no podías decirle que no, incluso si era algo peligroso".

"¿Puede darme un ejemplo?".

"Había estos muchachos; Eran mucho mayores, estaban en la universidad y los conocimos en un partido de futbol de la preparatoria. Debbie acababa de dejar de ser porrista; ella dijo que era una estupidez. Entonces, estuvimos un rato con ellos, pero tuve un mal presentimiento porque seguían susurrando entre ellos y riéndose. Debbie estaba aburrida del juego y quería irse. Los chicos nos preguntaron si queríamos ir a dar una vuelta hasta Clam Pass. Dije que no porque no los conocíamos, pero Debbie se subió al auto con ellos".

"¿Pasó algo?".

"No. Pero lo que quiero decir es que no te subes a coches con chicos extraños; ella sabía que estaba mal pero lo hizo de todos modos".

"Háblame de su relación con John Wheeler".

"Fueron novios durante un tiempo. Ella le había echado el ojo desde que éramos estudiantes de primer año. Como dije, consiguió lo que quería".

"Después de conseguir lo que quería, ¿siguió adelante? ¿Se aburrió?".

"Depende. Ella era leal, pero a veces no sé. Digamos que Debbie fue un poco contradictoria, pero ¿quién no lo es?".

Entiendo que la chica era humana, pero sabía que se estaba conteniendo. "Ahora me tiene confundido. ¿Puede explicar?".

"Lo siento. Debbie quería hacer lo correcto todo el tiempo. Trabajaba con los niños desfavorecidos de Immokalee a través de la iglesia, pero luego decía lo guapo que era el padre Harrigan y si era célibe o no. Por un tiempo pensé que había algo entre ellos".

"¿Por qué fue eso?".

"Ella pasaba más tiempo con él y la forma en que se miraban me hizo sospechar".

"¿Alguna vez dijo algo al respecto?".

"Ella se reía de mí, en un momento lo negaba y luego daba la impresión de que algo estaba pasando al minuto siguiente".

"¿Le gustaba desconcertar a la gente?".

Asintió. "Esa es una buena manera de decirlo. Espero no haberle dado la impresión de que era una buscona. Quiero decir, ella no era monja, pero tampoco era, ya sabes…".

"Entiendo. Joanne Wilbur me contó una historia sobre un chico Norwicky, que Debbie siguió y que él interpretó como si ella estuviera interesada en él".

"Bueno, en lo que a mí respecta, ella sí lo indujo, pero aun así él no debió imponérsele".

"Ella dijo que lo suspendieron de la escuela".

"Sí, y no era la primera vez que lograba eso".

"¿Hubo otro?".

"Sí, pero fue una situación completamente diferente. Tuvimos que tomar los exámenes SAT y nos fue bien, pero este chico, Gerry, obtuvo puntuaciones altísimas, aunque no era el mejor estudiante. Corría el rumor de que había recibido una copia del examen con antelación y había hecho trampa. Gerry estaba interesado en Debbie, pero ella no quería tener nada que ver con él. Bueno, Debbie va y empieza a decir que Gerry le había ofrecido la prueba con antelación, pero ella lo rechazó. No tenía pruebas y todos empezaron a llamarla mentirosa. Luego, de la nada, dijo que había ido con el señor Culver antes de la prueba y se lo había contado. No tenía sentido. El señor Culver, al que solíamos llamar señor C, era un profesor joven y muy guapo. ¿Por qué acudiría a él y no al director o al consejero vocacional?".

"¿Qué pasó?".

"La escuela se enteró y trajeron a Debbie. De repente, estaba el señor C diciendo que ella había acudido a él porque Gerry había robado el examen, pero él dijo que no había pruebas en ese momento y que no lo denunció".

"Gerry, ¿cuál es su apellido? Debe haber estado bastante molesto".

"Moore, Gerry Moore. Le hicieron hacer el examen él solo y no le fue tan bien".

"Entonces, ¿Debbie estaba diciendo la verdad?".

"Ella nunca lo dijo, pero era una situación realmente extraña".

"¿Era este Gerry Moore el tipo de persona que buscaría igualar el marcador?".

"Estaba enojado, sin duda, y dijo que se vengaría".

"¿Le escuchó decir eso?".

Asintió. "Él dijo: 'Espera, zorra. Te atraparé. Vas a pagar por esto'".

15

"JEFE, ESTABA PENSANDO MUCHO EN ESTE CASO Y ME DI cuenta de que tal vez deberíamos buscar hombres mayores a quienes les gustaran las chicas más jóvenes. No se puede confiar en esos canallas; son unos pervertidos. Intenté consultar las bases de datos que tenían en aquel entonces; no se parecen en nada al registro de delincuentes sexuales que tenemos ahora. Así que verifiqué los arrestos por delitos sexuales dos años antes del asesinato".

El ingenio del joven era impresionante. "¿Alguien interesante?".

"Había tres canallas, pero dos de ellos estaban en la cárcel en ese momento".

"Al punto, Derrick".

"Matt Boralis. Lo arrestaron unos dos meses antes por intentar atraer a una chica de quince años a su automóvil. Adivina dónde tuvo lugar".

"Delnor-Wiggins".

"Sí, y no era su primera vez. El asqueroso se hizo pasar por fotógrafo. Dijo que iba a tomarle fotografías a la chica y darle la oportunidad de modelar".

"¿El asqueroso cumplió condena?".

"Se libró las dos veces. Pero aquí está lo interesante; No lo sé con certeza, pero puse a Boralis a través del sistema nacional. Surgió una tal Mary Boralis, podría ser una hermana o una pariente de algún tipo. Era una joven de dieciséis años que fue agredida sexualmente y asesinada a puñaladas".

"¿Cuando fue eso?".

"Mil novecientos ochenta y cuatro".

"Buen trabajo, Derrick. Vamos a ver a este saco de mierda".

Matt Boralis parecía un cruce entre John Goodman y Jackie Gleason. El deseo de una joven de ser modelo era mucho más fuerte de lo que imaginaba. De lo contrario, Boralis necesitaría un arma, no una cámara, para conseguir que una chica lo siguiera.

Boralis salió, con la papada temblorosa mientras hablaba. El sol brillaba en su cabello negro, parecido al yeso. Mantuvo la mano en el pomo de la puerta y su camisa amarilla dejaba al descubierto un ombligo del tamaño de un cráter.

"Tenemos algunas preguntas para, señor Boralis. Sería mejor si hiciéramos esto adentro".

"Uh, no, aquí está bien".

¿Estaba ocultando algo? "Eso depende de ti". Saqué mi celular. "Tengo que contestar, pero no me esperes, puedes empezar, Derrick".

Corrí hasta el Cherokee, salté al asiento del conductor, me puse el móvil en la oreja y encendí las luces estroboscópicas.

Segundos después, tuve que reprimir una carcajada cuando Boralis agitó un brazo del tamaño de una rama de árbol y nos abrió la puerta.

Boralis entró primero y cogió un par de revistas que a mí me parecieron porno. El lugar estaba oscuro y helado. Me abroché la chaqueta y lo seguimos a la cocina. Sentí como si hubiéramos entrado en la década de 1950: Encimeras de fórmica, piso de baldosas blancas y negras y un refrigerador de color verde lima.

Derrick me dio un codazo, apuntando con la barbilla hacia una foto de una camarera en patines. Estaba inclinada sobre un coche sin ropa interior. ¿Cómo puedes tener algo así en la cocina? En un sótano o en una zona de bar, tal vez, pero no en una cocina.

Nos acomodamos en sillas con patas cromadas y dije: "¿Conocías a Debbie Boyle?".

"No. ¿Por qué crees que la conocería?".

"Porque parecía el tipo de chica a la que intentarías atraer para que diera un paseo contigo".

"Eso es ridículo".

"¿Lo es? ¿Te arrestaron en Delnor-Wiggins por intentar atraer a una chica similar y lo consideras una suposición ridícula?".

Boralis sacó un pañuelo y se secó la frente. "Te equivocas. La chica vio mi cámara y me preguntó qué tipo de fotógrafo era. Le dije que mi área de interés era la industria del modelaje. Ella me preguntó sobre mis conexiones y quería que le tomara fotografías. Eso fue todo".

"Te presentaste como un fotógrafo de modelos, ¿verdad?".

"No profesional, pero sí, he hecho fotos de mujeres antes".

"¿Y no tomas fotografías, digamos, de paisajes o cosas así?".

"No. Es el elemento humano lo que encuentro fascinante".

¿Y estabas solo ese día en Wiggins?".

"Sí".

"Entonces, ¿por qué traer tu cámara si no es para usarla como accesorio y engañar a una chica pobre haciéndole creer que eres un fotógrafo de modelos?".

"No hice nada malo. Se retiraron los cargos".

Derrick dijo: "¿Tienes alguna foto de Mary Boralis?".

"Ella era mi hermana. Por supuesto que tengo fotos de ella".

Le dije: "Apuesto a que tenía el pelo rubio, ¿no?".

"¿Por qué estás tan interesado en mi hermana? Lleva muerta mucho tiempo".

"Ella fue agredida sexualmente y asesinada a puñaladas".

"Fue un día muy triste".

"¿Tuviste algo que ver con su muerte?".

"¿Y ahora quién está haciendo el ridículo, detective? Esa era mi hermana pequeña, a quien extraño todos los días de mi vida".

"¿Le tomaste fotos a ella también?".

"Me molesta tu tono, detective. No he hecho nada malo y he tratado de cooperar contigo, pero debo pedirte que te vayas".

No teníamos motivos para quedarnos, así que nos fuimos.

"¿Qué te ha parecido, jefe?".

"Es un asqueroso, pero a menos que podamos ponerlo en la escena esa noche, no tenemos nada".

"¿Quieres que busque una foto de cómo era entonces y vea si alguien puede identificarlo?".

Era una posibilidad muy remota, pero una muy buena idea. "Haz lo que quieras".

16

"FRANK, NO PUDE...".

Levanté una mano y busqué el expediente del caso. "Derrick, ¿recuerdas algo en el expediente del caso Boyle sobre un tal Gerry Moore?".

"¿Moore? No, no creo. ¿De qué se trata?".

"Podría no ser nada, pero aproximadamente un año antes de que asesinaran a Boyle, este chico Moore la amenazó".

"¿Sobre qué?".

"Boyle alegó que Moore robó una copia del examen SAT de antemano".

"¿Dónde tendría acceso a una copia?".

"No lo sé". No había pruebas de que lo hubiera robado. Todo se redujo a la palabra de ella contra la de él, hasta que un maestro se presentó y dijo que Boyle se lo había contado".

"¿Por qué el maestro no hizo nada al respecto?".

"Como no había pruebas, probablemente no quería arruinar la reputación de Moore".

"Si Moore la amenazó, tenemos que investigarlo".

Cerré el expediente. "Sin duda. No parece que nadie haya

hablado con Moore, al menos formalmente. Arreglaremos eso. ¿Qué querías decir antes?".

"Ningún hospital en el área tiene registro de que alguien haya ingresado a la sala de emergencias la noche o el día después de que se encontró el cuerpo de Debbie Boyle".

"No me sorprende".

"Realmente pensé que se nos ocurriría algo".

"Era una posibilidad remota, pero tuviste una buena idea, chico".

"Gracias. Frank, se supone que somos pareja, ¿verdad?".

"No se supone, lo somos".

"¿Puedo pedirte algo y no te enojarás?".

No me gustó el preámbulo. "Claro. Dime".

"¿Puedes dejar de llamarme chico?". No soy un chico. Sé que tienes más experiencia que yo, pero cuando me llamas chico, especialmente delante de otros, me hace parecer como si fuera una especie de pasante".

El chico estaba verde pero tenía razón. Me puse de pie y extendí la mano. "Lo siento pareja, no me di cuenta de que te molestaba. Decírmelo fue lo correcto. Si vamos a ser compañeros, debemos ser sinceros el uno con el otro".

Derrick sonrió como un niño en una tienda de mascotas. "Gracias, Frank".

"¿Puedes hacerme un favor y averiguar dónde vive ese tal Gerry Moore? Voy a ir a ver a Campo, el tipo que encontró el cuerpo de Boyle".

La sonrisa de Derrick se arrugó. "Uh, seguro. Creo que estoy lo suficientemente calificado para hacer eso".

Uh oh. "Ir a ver Campo probablemente sea una pérdida de tiempo, pero eres bienvenido a acompañarme".

"No, está bien".

"¿Seguro? No tengo ganas de conducir".

Derrick se alejó. "¿Ahora crees que soy un chalán o algo así?".

¿Quién dijo que los hombres dejan pasar las cosas que los enfadan? Este chico era más malhumorado que una menstruante. "Espera un momento. Tengo mucha experiencia en homicidios. No significa que lo sepa todo, pero sé que asignar adecuadamente los recursos que tenemos es fundamental para acumular soluciones. No necesitamos hacer doble equipo con un jugador menor. ¿Quieres venir a vivir la experiencia? Por mí, perfecto".

"Creo que es importante ver cómo lo haces, Frank".

Le lancé las llaves del Cherokee. "Pongámonos en marcha".

NAPLES RV RESORT era un parque de casas rodantes en Collier Boulevard al que acudían sobre todo turistas. Bert Campo era uno de los pocos que vivían allí a tiempo completo. Un minúsculo espacio marcado con el 247 era la parcela donde se enganchó Campo. Su RV no era más que una camioneta con una habitación de aluminio atornillada.

El vehículo blanco tenía una franja naranja alrededor de la parte central y se estaba oxidando en varios puntos. A mitad del camino de grava olí a marihuana. Antes de que pudiera decir algo, Derrick dijo: "Huele a hierba".

Asentí. "Esto debe ser interesante".

El sonido de *The Dark Side of the Moon* de Pink Floyd se filtraba a través de las ventanas con persianas del remolque. Cuando Campo abrió la puerta, todo encajó: Bert Campo se parecía a Jerry García de Grateful Dead.

"Hola. Pasen".

Derrick dio un paso y lo agarré del codo. "Si no te importa, soy claustrofóbico, y nosotros tres" —señalé hacia adentro y sacudí la cabeza— "puede que no funcione para mí".

"Oye, hombre, lo que sea que funcione para ti, no hay problema. Podemos sentarnos atrás".

¿Atrás? Seguimos a Campo detrás de su remolque, donde había una mesa de picnic sobre un trozo de césped artificial. Era una configuración extraña, pero estaba a la sombra de un sauce. Nos sentamos frente a Campo, quien dijo: "Oh, hombre, se me olvidó preguntar, ¿quieren algo de beber o algo así?".

Como no estaba de humor para Mountain Dew o granola, dije: "No, gracias. ¿Cómo está tu memoria?".

"¿Memoria? ¿Qué es eso?". Él se rio y se tiró de su poblada barba.

Derrick soltó una risita. "Eso estuvo bueno".

"Me gusta fumar de vez en cuando, pero no afecta mi memoria".

¿De vez en cuando? Las puntas de sus dedos índice y pulgar tenían manchas color café. "Estuviste en el parque Delnor-Wiggins la noche en que asesinaron a Debbie Boyle".

"Sí, fue un fastidio, hombre".

"Cuéntanos cómo descubriste el cuerpo".

"Bueno, solía quedarme en muchos lugares antes de instalarme aquí. Solías poder quedarte en muchos lugares y nadie te echaba. ¿Pero ahora? Olvídalo, hombre. No vale la pena, por eso me instalé aquí".

Derrick dijo: "Por favor, cuéntanos sobre el cuerpo".

"Oh, sí. Así que, esa noche, recuerdo, fue una noche muy agradable, y ya sabes, me fui de fiesta un poco y debí haberme quedado dormido. Fue una noche estupenda y cuando me desperté en verdad tenía que orinar. El baño, el de, creo que es el área de estacionamiento dos o algo así, siempre estaba abierto. La cerradura estaba rota desde hacía siglos, hombre. Nunca la arreglaron. No sé por qué".

Le dije: "Señor Campo, por favor, vuelve al tema de encontrar el cuerpo".

"Claro, claro, no hay problema. Así que, como decía, tuve que ir a orinar y me dirigí al baño. Ya sabes, mi RV no cabe muy bien en el estacionamiento normal, así que estaba acomodándola, ya sabes, a lo largo..."

Quería estrangular a este tipo, pero Derrick dijo: "Por favor, el cuerpo".

"Sí, estaba caminando hacia el edificio de los baños. Corté a través, de lo contrario tendría que tomar todo el camino alrededor. A veces hago eso, pero me urgía ir al baño. Entonces, estaba subiendo una colina, no una colina sino como un montículo, y pensé que mis ojos me engañaban. Parecía un cuerpo tendido allí. Al principio, pensé que estaría durmiendo en el parque, acampando como yo, pero sin una casa rodante. Pero entonces estaba mirando y no había saco de dormir ni nada. Nada de lo que necesitas cuando acampas fuera, y aminoré la marcha y di un par de pasos hacia el cuerpo, y fue entonces cuando la vi. La llamé un par de veces, pero ella nunca se movió".

"¿Qué hiciste después?".

"Parece una locura, hombre, pero tenía que ir, así que pasé por los manglares y oriné".

"Después de aliviarte, ¿qué hiciste?".

"Todo el tiempo que estoy orinando, pienso en qué hacer. Fue un bajón total. Tenía la cabeza bien, pero hombre, se me vino abajo cuando vi a esa pobre chica".

"¿Tocaste el cuerpo?".

"Sí, me acerqué y todo el tiempo pensé: 'Oye, ¿estás bien? ¿Necesitas ayuda?'".

"Supongo que no respondió".

Negó con la cabeza. "No. Cuando me acerqué, me arrodillé y vi su cara. Oh hombre, casi vomito. ¿Cómo puede alguien hacerle algo tan violento a otro ser humano? Quiero decir, compartimos el planeta. Estamos juntos en esta vida".

"Dijiste que tocaste el cuerpo. ¿Cómo fue?".

"Nada grande, ella estaba acostada como de lado. Entonces la agarré del hombro para sacudirla y entonces vi la sangre. Hombre, fue un suplicio total".

"¿Y luego?".

"Me levanté y miré a mi alrededor. Por un segundo tuve miedo, mucho miedo. Quien haya hecho esto podría estar ahí afuera, así que miré alrededor. Luego me dirigí a la playa".

"¿La playa?".

"Sí, necesitaba ayuda. No sabía qué hacer".

"¿Por qué no pedir ayuda?".

"No tenía teléfono. Eso fue mucho antes de los teléfonos móviles, y muchas veces la gente camina por la playa. Pensé que podría encontrar a alguien y averiguar qué hacer".

"¿Viste a alguien?".

"No. Entonces supe que tenía que subirme a mi casa rodante y buscar un teléfono o un policía".

"¿Y saliste del parque?".

"Iba a hacerlo, pero vi las luces de un coche de policía y esperé a que vinieran los policías".

Señalé. "¿Tenías esta casa rodante contigo esa noche?".

"Sí, la he tenido desde siempre. Era mucho más nueva en aquel entonces".

"Dijiste que ibas al baño cuando encontraste el cuerpo, ¿verdad?".

"Sí, eso era lo que estaba haciendo, nada más, solo…".

"Y dijiste que tenías que ir con urgencia".

"Sí, así es".

"¿Por qué dejarías tu casa rodante para ir al baño cuando tenías uno ahí mismo?".

Él sonrió. "No tengo mucho dinero, nunca lo tuve y nunca lo tendré. El dinero no es importante para mí, pero aun así tengo que aprovecharlo lo mejor que pueda. No me gustaba pagar por tirar mis residuos. Prefería utilizar las instalaciones públicas cuando era posible".

Derrick dijo: "¿Escuchaste algo inusual esa noche?".

"No, nada como un grito ni nada por el estilo".

"¿Viste a alguien actuando de manera sospechosa o haciendo algo inusual?".

"Como dije, era una noche realmente dulce y había otras personas allí, ya sabes, caminando por la playa y pescando. Había un hombre, no diría que fuera sospechoso ni nada parecido, pero estaba merodeando por el área del estacionamiento. Podría haber estado esperando que lo llevaran. Eso es lo que pensé en ese momento".

"¿A dónde fue?".

"No lo sé, la última vez que lo vi estaba merodeando por el estacionamiento. Quizás su transporte vino y se lo llevó".

Derrick preguntó: "Cuando la víctima, Debbie Boyle, desapareció, su novio dijo que fue a buscarla. ¿Viste a alguien buscando en el área?".

"No, pero yo estaba dentro de la casa rodante".

"Afirmó que gritaba su nombre mientras trataba de encontrarla. ¿No oíste nada?".

Negó con la cabeza. "No puedo decir que escuchara algo".

Le dije: "Fue una noche agradable; ¿Probablemente tenías las ventanas abiertas y no escuchaste nada?".

"No. Si fuera así, lo diría. No tengo nada que ocultar".

"Estabas drogado y atontado, ¿verdad?".

Campo sonrió. "Duermo como un bebé, siempre lo he hecho".

Me puse de pie. "Eso es todo por ahora, señor Campo".

Derrick le entregó una tarjeta. "Si recuerda algo más, llámenos. Nos vendría bien la ayuda en este caso".

Charlar con este marihuano podría haber sido una pérdida total de tiempo, pero tenía la esperanza de que la próxima vez que Derrick cuestionara la forma en que yo fijaba mis prioridades, la forma en que utilizaba mis recursos, se lo pensaría dos veces.

17

La oficina de seguridad de Waterside Shops era más pequeña que las celdas en las que metíamos a los malos. Afortunadamente, era otro día brillante. Noviembre había sido impecable y diciembre había tenido un comienzo sorprendente. Dejé a Derrick mirando los monitores y estacioné mi trasero en un banco rodeado de fuentes.

Solo porque era diciembre pude tolerar la música navideña y los trajes de Santa. Un flujo constante de compradores iba de tienda en tienda, adquiriendo sus regalos de Navidad, recordándome que tenía que encontrar algo para Mary Ann.

Había aprendido la lección de no tomar el camino fácil con un certificado de regalo, como hice para su cumpleaños. ¿Qué podría regalarle que la sorprendiera y me hiciera verme bien? Revisé los escaparates. El lugar era la zona cero para las tiendas caras.

Las puertas de entrada de Louis Vuitton se abrían con más frecuencia que las de un McDonald's. Se escandalizaría si alguna vez pusiera uno de esos bolsos bajo el árbol. Mary Ann dijo que los precios que tienen esos bolsos no valían la pena, pero me pregunto si ella realmente quería uno. Podría comprarlo si tuviera que hacerlo, pero preferiría gastar el dinero en otra cosa, como el viaje a Europa que ella realmente quería.

Tal vez debería ver el asunto y conseguir algunos números para un viaje a París y Roma. Podría poner fotografías del Coliseo y la Torre Eiffel en una tarjeta y esconderla en una caja grande. Nunca lo adivinaría.

¿Cuánto costaría ese viaje? En el periódico aparecían boletos de avión baratos todo el tiempo. Tenía que tener cuidado de no quedarme atascado como una sardina, arriesgándome a un ataque claustrofóbico. Saqué mi teléfono para tener una idea sobre las tarifas aéreas cuando llamó Derrick. La banda de ladrones había entrado en el departamento de bolsos.

Estaba más cerca de Saks que de la oficina de seguridad. Me eché la chaqueta al hombro, me quité la corbata y entré tranquilamente en los grandes almacenes. Giré a la izquierda para entrar en la sección de calzado masculino y examiné una zapatilla Ferragamo de quinientos dólares mientras entraba el último par de delincuentes. Cada pareja estaba tomada de la mano y con sus gafas de sol puestas. Mientras se dirigían a la exhibición de Prada, hice contacto visual con uno de nuestro equipo y me acerqué a una exhibición de chaquetas deportivas cerca de la salida.

Levantando una chaqueta gris, distinguí al líder. Un veinteañero hispano vestido para una sesión fotográfica de la revista GQ. Sostenía un bolso contra su compañera y se llevaba la mano al auricular. Movió lentamente la cabeza, como un puma preparado para atacar. Dejó la bolsa en el suelo, rodeó a su chica con el brazo y se dirigió hacia las puertas.

Nos habían descubierto. Las otras tres parejas salieron lentamente del área de bolsos, fingiendo interés en prendas de vestir, antes de salir de la tienda. ¿Qué salió mal? Me dirigí a la oficina de seguridad.

"¿Cómo diablos nos descubrieron? ¿Viste algo, Derrick?".

"Uh, creo que te vieron".

"¿A mí? No puede ser".

"Estoy bastante seguro de que así fue, jefe".

"Yo estaba muy por detrás de ellos, en el departamento de calzado, nada cerca de ellos".

"Creo que vieron algo, tal vez el bulto de tu funda".

"No, no puede ser".

"Mira esto".

Derrick rebobinó el video. "Mira, aquí, eres tú quien entra. Ahora, mira, ¿ves a este tipo en pantalones cortos?".

Un hombre de pelo gris con pantalones cortos amarillos y una camisa Tommy Bahama abrió el primer par de puertas. Estaba seis metros detrás de mí. No le percibí. Atravesó el segundo par de puertas e hizo como si estuviera leyendo un mapa de la tienda. Me vio salir del departamento de calzado y, tan pronto como levanté la chaqueta deportiva, se dio la vuelta y salió de la tienda.

Luego dio dos pasos y metió la mano en el bolsillo del pantalón. Derrick dijo: "Estoy bastante seguro de que es un walkie-talkie".

Me desplomé en una silla.

"No te preocupes, los atraparemos la próxima vez".

"Si hay una maldita próxima vez".

"Nadie tiene que saber qué les asustó. Somos compañeros; tenemos que cuidarnos las espaldas".

"Gracias, pero hay que entender que se cruzan algunas líneas; no hay forma de proteger a nadie. ¿Me oyes?".

Nos sentamos a cenar en la terraza. Mary Ann había preparado guisantes y macarrones, un plato reconfortante que era uno de mis favoritos. Esta mujer me había espiado o realmente tenía un sexto sentido. Quería preguntarle a qué hora había decidido hacerlo hoy.

Mary Ann sirvió mi plato. "¿Qué pasa, Frank?".

"Nada".

"No me digas nada". No has dicho una palabra desde que llegaste a casa.

"No es el mejor de los días, eso es todo".

"¿Aburrido de la vigilancia?".

Puse queso sobre mi pasta y dije: "Ojalá".

"¿Qué pasó?".

"Nos descubrieron y fui yo quien lo arruinó".

Le conté lo que había sucedido y ella dijo: "No es para tanto. No tenías idea de cuántos vigías estaban usando".

"Eso es mentira. Eres demasiado buena policía para decir algo así. Debería haber sido más cuidadoso. Fue un error de novato. Si Derrick lo hubiera hecho, se lo habría reprochado groseramente".

"Eres humano, Frank".

"Fue imprudente de mi parte. Llevamos semanas con esta operación y la he tirado por el desagüe".

"Nadie resultó herido y, además, no estás seguro de que

fuiste tú quien provocó la huida. ¿Quién sabe? Tal vez detectaron a una de nuestras vendedoras ficticias".

Ella estaba tratando de animarme y no estaba funcionando. Mi deseo de estar en medio de la acción me había superado. Menudo mentor me estoy volviendo.

"Dejémoslo, ¿podemos?".

"¿Cómo está la pasta piselli?".

"Casi tan buena como la de mi madre. Debes tener algo de sangre italiana.

"Hay muchos italianos en Brasil. Salieron de Italia durante la Segunda Guerra Mundial".

Asentí. "Lo sé. En Argentina también".

"Deberíamos ir algún día".

"¿Pensé que íbamos a intentar ir a Europa?".

"¿De verdad quieres ir?".

Tenía mi regalo de Navidad. "Claro, es algo que quieres hacer. Deberíamos pensar seriamente en hacerlo".

Dejó el tenedor. "No puede tratarse solo de mí, Frank".

"No es así. Quiero ir, de verdad. Será genial".

Ella tomó mi mano. "Estoy tan emocionada. Siempre quise ir a París".

"Tal vez podamos visitar Roma también".

"¿En serio? ¡Dios mío, Roma y París! Quizás nunca volvamos".

"¿Qué tan largo debe ser nuestro viaje? No quiero ir con prisas intentando absorber todo".

"Probablemente podríamos ver casi todo en tres días en cada lugar. Entonces, son seis días, más dos días de viaje".

"Y un día para llegar de París a Roma. Entonces son nueve. Deberíamos planear un mínimo de diez días, tal vez doce para poder hacer un viaje secundario o dos".

"Puedo escaparme por dos semanas".

"Si todo está tranquilo, como ahora, no hay problema para mí. Tengo tiempo en el banco".

"¿Qué está pasando con el caso Boyle?".

"Hablando de Europa, Derrick habla de un inmigrante que estaba en la escena. Creo que está muy lejos, pero iba a ver a este chico que amenazó a Boyle por un examen SAT. Resulta que este chico se mudó justo después del asesinato de Boyle".

18

VOLÉ POR LA RUTA 75, PERO EL TRÁFICO AUMENTABA constantemente a medida que me acercaba a Sarasota. Las carreteras eran demasiado estrechas y las grúas de construcción salpicaban el horizonte. Era otra ciudad cuyo crecimiento superó su infraestructura.

El corazón de Sarasota tenía agua por todas partes, pero la única agua en la calle de Gerry Moore era un charco de lluvia. Un perro empezó a ladrar cuando toqué el timbre. La voz de un hombre intentó calmar al perro antes de abrir la puerta.

Una bola de pelo blanca que ladraba se dirigió directamente hacia mi pierna. Era un lindo perro que consideré maltés.

"Lo siento. Mabel, ven aquí".

"Está bien".

Gerry Moore recogió al perro. Su camiseta de golf se estiraba sobre sus musculosos hombros y se tensaba sobre sus bíceps. Este tipo tenía mi edad. ¿Cómo lo hacía? Quizás Mary Ann tenía razón y tenía yo que empezar a ir al gimnasio. Si no fuera por su cabello rubio que se estaba volviendo se estaño, podría pasar por alguien de treinta años.

La confirmación de que era una rata de gimnasio quedó sellada cuando nos dimos la mano. Moore no se ganaba la vida haciendo trabajos manuales.

"Es maltés, ¿verdad?".

"Sí, es una buena chica, simplemente se emociona cuando alguien viene".

Cuando extendí la mano para acariciar a la perra, ella comenzó a lamerme la mano. Era una monada. "No tengo perro, pero si lo tuviera, sería un maltés".

"Tienen una gran disposición. Pase".

El lugar parecía algo típico de una película escandinava: muebles bajos de madera con un aire espartano. No había sofás de felpa para tumbarse, sino cojines finos por todas partes. Parecía un Ikea con más clase.

Una pared de cristal conducía a un patio que daba a una densa reserva tropical. Era demasiado selvático para mi gusto, pero parecía sereno.

"Bonita casa, ¿hace mucho que está aquí?".

"No en este lugar, pero en Sarasota hace unos quince años. Sentémonos aquí. ¿Quiere algo de beber?".

Me acomodé en una silla baja con respaldo curvo. "Agua, si no le importa".

Moore abrió el refrigerador y dijo: "Aún no entiendo de qué quería hablar".

Mientras me entregaba una botella de agua Fuji, le dije: "Estoy trabajando en un caso sin resolver de hace veinticinco años. Entonces ambos éramos adolescentes". Giré la tapa y tomé un sorbo. "Una chica con la que iba usted a la escuela fue asesinada en Naples".

Moore se puso tan pálido que parecía el contorno de un libro para colorear. "Oh, un viejo asesinato".

Una bandera. No mencionó a Boyle. ¿Cuántas chicas conocía que habían sido asesinadas cuando él tenía diecisiete años?

"¿No recuerda el asesinato de Debbie Boyle?".

Estaba presionando con la palma la tapa de la botella. "Claro. Eso fue hace mucho tiempo".

"Tengo entendido que tuvo un encontronazo con ella. Afirmó que había robado el examen SAT".

"Ella inventó todo. No me gusta hablar mal desde que ella se fue, pero Debbie era una zorra. Nunca me gustó. Se me insinuó un par de veces y yo no tenía ningún interés en ella. A ella no le gustó e inventó la historia sobre la prueba".

"¿Rechazó las insinuaciones de Debbie Boyle y ella inventó el robo del examen SAT como una forma de vengarse de usted?".

"¿Por qué si no haría algo así?".

"He oído que usted se metió en muchos problemas con la escuela".

"Querían suspenderme. Fue una locura. No había ninguna prueba. Mis padres vinieron y amenazaron con demandar a la escuela. Se echaron atrás y las cosas se calmaron durante un par de días para mí cuando empezaron a interrogar a Debbie. Entonces, de la nada, el señor Culver salió a su rescate y dijo que Debbie le había dicho que yo había recibido una copia del examen. Estaba mintiendo para protegerla. Debbie era la mascota del señor C".

"Fue hace mucho tiempo, ya pasó cualquier estatuto de limitaciones, y tengo curiosidad, ¿encontró una manera de obtener una copia de la prueba?".

"No".

"Tengo entendido que le fue muy bien en el examen, mejor de lo que se esperaba, lo que hizo que la escuela creyera que había recibido una copia por adelantado. ¿Cómo explica la diferencia de puntuaciones cuando le obligaron a volver a realizar el examen?".

"Obligarme a hacer otro examen fue una tontería. En el primero me fue bien. No hubo ninguna razón en particular. Había tomado cursos de preparación para el SAT y me sentía bien en el primero. Cuando tuve que hacerlo de nuevo, estaba nervioso y estresado. El examen me pareció más difícil y no lo hice tan bien".

Eso era quedarse corto. Su puntuación fue cien puntos menor.

"Si lo que dice de que Boyle estaba interesada en usted pero usted no en ella es cierto, puedo entender por qué Boyle podría haber estado buscando venganza. Pero lo que no puedo entender es por qué un profesor apoyaría la acusación contra usted".

"El señor. C era un buen tipo. A todos les caía bien, especialmente a las chicas. No dijo que yo hubiera hecho algo. Solo dijo que Debbie le dijo que robé una copia del examen".

Algo que debo investigar. "Está bien, lo entiendo. La escuela no pudo suspenderle sin pruebas y le hizo repetirlo".

"No había pruebas, pero al obligarme a hacer otro examen me estaban diciendo que era culpable".

"Debió haber estado molesto. ¿Quién quiere hacer otro examen de cuatro horas?".

"Fue una pesadilla".

"Entiendo que la amenazó".

Sus hombros se hundieron. "Mire, estaba enojado. Toda la

escuela estaba hablando de ello. Mis padres y mi familia me apoyaron, pero se notaba que no estaban convencidos de que no lo había hecho. Me seguían preguntando sobre eso una y otra vez".

"Pero la amenazó".

Asintió.

"Según un testigo, dijo algo así como que la atraparía por esto, que ella pagaría por lo que le hizo".

"No recuerdo lo que dije; Fue hace veinticinco años".

"Se fue de Naples justo después del asesinato de Debbie Boyle".

"Hace que parezca que me escapé. No me escapé. Fui a la universidad en Richmond, Virginia".

"Las clases no comenzaron en la Universidad de Richmond hasta finales de agosto, pero dejó Naples la primera semana de junio".

"Estaba ansioso por empezar, eso es todo. Desde las tonterías del examen SAT, las cosas cambiaron para mí. Naples era entonces una comunidad pequeña, especialmente el sistema escolar; la gente hablaba de mí".

"Una amiga de Debbie dijo que quería cortar la línea de freno de su auto".

"Solo estaba diciendo estupideces, eso es todo. No es un delito decir estupideces".

"Nunca volvió a Naples después de la escuela. ¿Por qué?".

"¿Me está tomando el pelo? ¿Cree que tuve algo que ver con su muerte?". Se levantó. "Esto es una locura. Lo siento, pero no creo que deba continuar esta conversación sin un abogado".

Veinticinco años después, el alboroto por un examen robado desaparecería como motivación para el asesinato para la mayoría de la gente. Pero Moore era un adolescente, tenía solo diecisiete años en ese momento. Además, en Nueva Jersey, había visto muchos asesinatos por lugares de estacionamiento, teléfonos e incluso por una gorra de los Yankees. La vergüenza y la deshonra que sentiría un joven podrían fácilmente transformarse en ira asesina.

19

No necesitaba reloj, mi estómago me decía que eran casi las seis; hora de terminar e irme a casa. Derrick había estado fuera todo el día entrevistando y el sistema judicial desperdició otro de mis días. Me quemaba, todas las maniobras legales que los abogados defensores utilizaban para retrasar y desviar la atención de sus clientes.

Dada mi experiencia en el caso Barrow, yo era más partidario que la mayoría del principio de inocente hasta que se demuestre lo contrario. El problema es que habíamos permitido que los abogados abusaran del sistema con táctica tras táctica, moción tras moción. Era exasperante estar sentado, en este caso durante más de cinco horas, incluido el almuerzo, para testificar.

¿Cómo se hizo justicia? Un acusado tiene derecho a una defensa creíble, pero ¿cómo se sirvió al público al tener a sus agentes del orden cruzados de brazos en una sala del tribunal? Tenía que haber una mejor manera de programar los testigos para ambas partes.

A mi frustración se sumaba el hecho de que los ladrones de

bolsos no habían regresado a Waterside Shops. Los espanté. Tenía que tomar una decisión con respecto a continuar con la vigilancia. ¿Debería eliminarla por completo? ¿Reducirla? Quería atrapar a esos bastardos, pero Mary Ann me recordó anoche que lo estaba volviendo personal.

La banda nunca había usado ni mostrado un arma durante sus acrobacias de atraco y fuga. Fueron descarados, pero Saks era un blanco fácil. Querían reforzar el departamento asegurando bolsos caros con correas de alambre. Les pedí que esperaran, sabiendo que si lo hacían, la red de bolsos seguiría adelante, aterrorizando a otra ciudad.

No era algo personal; se trataba de una empresa criminal que había que detener. No podíamos permitir que Naples se convirtiera en Chicago o Baltimore, donde las turbas asaltan las tiendas, roban y huyen. Iba a continuar con la vigilancia, aunque la reduciría un poco, y atraparía a esos bastardos.

Mientras tecleaba una nueva orden de vigilancia, Derrick entró con el ceño fruncido y una corbata azul. Le pregunté: "¿Cómo te fue?".

"Nada. Total pérdida de tiempo. Nadie pudo identificar a Boralis".

"¿Ni siquiera un tal vez?".

"Nada. Es frustrante no poder hacer avanzar en el caso".

"Lo hiciste. Eliminar a alguien que estaba atrayendo a chicas jóvenes ayuda a centrar la investigación".

"Sí". ¿Cómo es que siento que he desperdiciado un día?".

"¿Tú? Intenta sentarte en el juzgado todo el día. Mi trasero me está matando".

"No tienes ningún trasero que lastimar".

Él estaba en lo correcto; No tenía trasero, pero eso no fue lo que me impactó. Fue el hecho de que nuestra relación acababa de dar un paso adelante. El chico se sentía cómodo haciéndome pedazos.

"Sus habilidades de observación son de primer nivel, detective. Ahora, vuelve al trabajo".

"¿Qué tal ese mensaje de Interpol diciendo que tenían algo sobre Papadakis y que estaban compilando un informe?".

"Podría ser cualquier cosa, pero le pregunté a un amigo mío del FBI para ver qué se le ocurría. Mientras tanto, ¿por qué no profundizas en Papadakis? Averigua todo lo que puedas sobre él. Ha estado aquí mucho tiempo y tuvo que dejar un rastro si es nuestro hombre".

"Quién sabe, podría haber cuerpos de los que no sabemos nada".

"No lo sé, pero cada año hay cientos de casos de adolescentes desaparecidos. Huyen por diferentes motivos, algunos terminan siendo abusados pero otros son asesinados".

"¿Crees que pudo haber matado antes y que los cuerpos no fueron descubiertos?".

"No sabemos si alguna vez ha matado, y mucho menos si lo ha hecho otra vez. Por eso tenemos que entender mejor quién es".

"Estoy en ello, jefe".

―――――――

No PODÍA OLER nada cocinándose y Mary Ann estaba en un sillón reclinable viendo las noticias. "Hola nena. ¿Qué estás haciendo para cenar? Me muero de hambre".

"Dijiste que querías salir esta noche".

¿Ah, sí? "Oh, sí. ¿Qué se te antoja?".

"Tú eliges".

"Probemos ese lugar: Black Jack Pizza".

"¿Has oído que es bueno? Desde fuera no parece nada".

"Me encanta el nombre. Tiene que ser bueno".

"¿Igual que ese lugar de Iguana Mía? A ti también te gustó el nombre de ese, ¿recuerdas?".

"Gracias por recordármelo. ¿Sabes qué? Es una noche tan agradable, vayamos corriendo a Docs en Bonita. ¿Estás lista para la acción? Estoy realmente hambriento".

"Claro, déjame coger mi bolso".

"Hablando de bolsos, estaba pensando en reducir el equipo de vigilancia de Saks".

"¿No vas a terminar con esto?".

"¿Por qué no esperar una semana más o menos? A ver si los malos regresan".

Nos dirigimos al garaje. "Ten cuidado, Frank. Nunca vinieron menos de una docena".

"Lo sé, pero solo necesitamos una vendedora encubierta, un monitor de cámara y uno sin marcar".

"Eso es demasiado poco".

"Estaba pensando, tan pronto como los veamos en cámara, pediremos ayuda. Podemos poner fin a esto".

"Es igual de fácil que Saks ate las bolsas, como querían. Los atrapes o no, Saks pondrá los candados de seguridad de todos modos".

Le di al mando de la puerta del garaje. "Lo estás pasando por alto, Mary Ann. Tenemos que encerrar a estos bastardos y enviarles un mensaje de que no vamos a permitir que se salgan con la suya".

"Lo entiendo, Frank, pero siempre predicas sobre la asignación de recursos y para mí esta no es la mejor opción, ¿de acuerdo?".

"Quiero eliminar a estos tipos, eso es todo. Creo que podemos hacerlo con un equipo pequeño".

Al salir del camino de entrada, dijo: "Pero no dejes que se vuelva personal".

Era algo personal. Me equivoqué y necesitaba arreglar las cuentas. "No te preocupes".

"¿Alguna novedad sobre el caso Boyle?".

"Muchas posibilidades. Algunas personas de interés podrían haber sido descartadas pero no documentadas. No quiero hablar mal de un hermano oficial, pero esto parece un caso de libro de texto sobre lo que no se debe hacer".

"¿Qué pasa con esa llamada de confesión en el lecho de muerte?".

"Tenía otra coartada que es más débil que una hoja de palma. Volveré a verlo dentro de uno o dos días".

20

HABÍA UN PAR DE NIÑOS PEQUEÑOS ANDANDO EN BICICLETA EN el callejón sin salida, lo que confirmó mi creencia de que Delasol era una comunidad de gente que vivía ahí todo el tiempo. El olor a hierba recién cortada me llegó al fondo de la garganta y solté un "ejem" cuando Lew Mackay abrió la puerta.

Su piel blanca estaba marcada por un grano o una picadura de insecto en el centro de la frente. Después de mirar por encima de mi hombro, la mirada arrugada de Mackay retrocedió un poco.

"Por favor, entre, detective".

Di un paso adelante en silencio.

"¿Puedo ofrecerle algo de beber?".

Negué con la cabeza.

"¿Tuvo la oportunidad de ver a Héctor?".

"Sí, fuimos a ver a su chico Machado".

Sus ojos se movieron. "Él respaldó lo que le dije, ¿verdad?".

"No precisamente".

"¿Qué quiere decir? Yo estoy diciendo la verdad".

"¿Seguro que no quiere contarme qué hacía en Delnor-Wiggins la noche que asesinaron a Debbie Boyle?".

"Se lo estoy diciendo, hombre. Yo no lo hice. No tuve nada que ver. Estaba entregando dinero en efectivo a alguien".

"¿Espera que crea que estuvo involucrado con un narcotraficante como Héctor Machado? Cree que es como trabajar para Uber; ¿algo a lo que entras cuando quieres?".

"Eso *es* lo que era. Necesitaba dinero. Estaba en un hoyo y tenía que hacer algo".

"Entonces, ¿decidió ser una mula de dinero?".

"Estaba desesperado. Conocí a un tipo que ganaba dinero fácil de esa manera y me presentó a un amigo de Machado".

"¿Quién era este amigo?".

"Mike Conner".

"¿Dónde puedo encontrar a Conner?".

Mackay frunció el ceño. "Sé que suena mal, pero está muerto. Murió en un accidente automovilístico hace unos diez años".

Estaba harto de escuchar coartadas que involucraban a hombres muertos. "Deme su última dirección conocida".

Mackay no dudó y anoté lo que me dio. Podría husmear y descubrir si este Conner tenía antecedentes.

"Aún no entiendo lo que le dijo Héctor. Es la verdad. Yo estaba trabajando para él".

"Machado dijo que no le conocía. Le mostré su foto y no pudo identificarle. Uno pensaría que recordaría a alguien a quien le había confiado una bolsa de dinero".

"Fue hace mucho tiempo y yo llevaba peluca, pelo largo y gorra de béisbol. Tenía miedo de que alguien me reconociera".

"Alguien lo hizo. Es por eso que estoy aquí".

"No, lo usé cuando conocí a Héctor en Pewter Mug. Ahí

me dio el dinero y me dijo dónde encontrarme con su contacto".

Mackay no era alguien en quien se pudiera confiar. Eso estaba claro. No tenía principios y decidió dedicarse al tráfico de drogas porque le faltaba dinero con la misma facilidad con la que decidía dónde comer. A pesar de mi intensa aversión por él, me encontré creyendo lo que dijo sobre el disfraz.

"¿Qué color de peluca? ¿Qué longitud?".

"Negro, hasta aproximadamente aquí". Se tocó la parte superior del hombro. "Fue algo que compré en la tienda Spencer Gifts, que solía estar en el Coastland Mall".

"¿Qué tipo de gorra de béisbol?".

"Cowboys de Dallas".

No soy fanático del futbol, no recordaba si eran el equipo de América allá por 1993. "¿Usó el mismo atuendo cada vez?".

"Sí". Pero solo lo hice dos veces".

Oh, ¿solo se involucró en el tráfico de drogas dos veces? No hay problema, un juez lo entenderá.

"Voy a investigar lo que me ha dicho, y tengo que advertirle: si me está tomando el pelo, haciéndome perder un tiempo que no tengo, la próxima vez que me vea le pondré las esposas".

COMENZABA el día con una segunda taza de café y hojeaba *Forensic Monthly Journal*. Leí un pequeño artículo sobre un avance interesante en biomecánica. Mediante computadoras, los técnicos introducirían información sobre una herida en un programa de alta potencia. El programa analizaría los datos y crearía gráficos, recreando escenarios de cómo se infligió la herida.

La información fue valiosa para determinar la altura de un atacante, de qué dirección venía y, lo que es más importante, pudo discernir entre una caída accidental y una lesión intencional.

Escribí un enlace que menciona el artículo para ver ejemplos del mundo real de la tecnología en acción. El primer video trataba de un apuñalamiento fatal, y la defensa sostuvo que la víctima se había caído sobre un cuchillo mientras cocinaba.

Un dibujo animado de la mujer, con aretes colgantes, cobró vida. En cámara lenta, la figura cayó al suelo, sosteniendo un cuchillo de cocina. Al desplomarse, el cuchillo desapareció debajo de la mujer. Una vista desde abajo mostró que el ángulo del brazo hacía imposible que la puñalada se hubiera producido durante la caída.

Cuando comenzó una segunda animación, un hombre entró en la pantalla, con el brazo levantado y sosteniendo un cuchillo. La mujer se alejó de su atacante y tropezó cuando el cuchillo fue clavado en su pecho. Los primeros planos del área de la herida coincidían con el ángulo de la herida real. Fue una exhibición convincente.

Era bueno que tuviera poco más de cuarenta años, porque la tecnología iba a reducir las listas de empleo de detectives. Me inscribí para recibir una notificación cuando se llevara a cabo una clase en el área. Me haría menos dependiente de un forense de mal humor y causaría una poderosa impresión en un tribunal.

Cuando mi pareja entró en la oficina, se me ocurrió una idea sobre un posible uso de la tecnología.

"Buenos días, jefe".

Derrick puso una taza de Dunkin' Donuts en mi escritorio. "Gracias. Deberías leer este artículo sobre biomecánica. Es asombroso; los gráficos realistas que se pueden crear. Dicen que es una ciencia. No lo sé, pero las recreaciones pueden revelar mucho sobre cómo ocurrió una herida".

"Tal vez podamos usarlo en el caso Boyle. Tenía múltiples heridas. Quizás podamos aprender algo".

"No son las puñaladas lo que me interesa. Es la lesión en la cabeza que el novio Wheeler dijo que sufrió".

"¿Quieres decir si fue auto infligido o no?".

"Bingo".

"¿Crees que la biomecánica podría ayudar?".

"¿Por qué no? Lo único es que estamos ante fotografías de hace veinticinco años. Espero que haya suficiente para continuar".

"¿Quién podría analizarlas?".

"Aún no estoy seguro, pero lo descubriré. Mientras tanto, dime qué has desenterrado sobre Papadakis".

21

Derrick me estaba informando.

"Ojalá tuviera más, pero Papadakis o ha permanecido oculto durante un cuarto de siglo o es el asesino más inteligente de la historia. Ha trabajado en la misma firma de contabilidad durante más de veinte años. No es contador, pero por lo que me dijeron, es un contable de alto nivel".

"Eso significaría que está orientado a los detalles y sabría que necesitaría cubrir sus huellas. ¿Para qué tipo de clientes ha trabajado?".

"Eh, no pregunté".

"Podría ser información importante. Nos brinda una red más amplia para hacer conexiones. Quién sabe, tal vez uno de sus clientes haya desaparecido".

"¿Eso crees?".

"No, pero es algo que necesitamos saber. ¿Qué pasa con los vecinos, los amigos?".

"Nada. Es un solitario, pero todos decían que nunca causó problemas y que no era propenso a enfadarse".

"¿Solitario? Es interesante. La mayoría de los asesinos son solitarios".

"¿Qué debemos hacer ahora con él?".

"Revisa su lista de clientes. Si no surge nada, déjalo hasta que tengamos noticias de los federales".

"Bien. Me pondré manos a la obra".

"Además, necesito que entrevistes a Machado, el tipo para el que Mackay dijo que estaba cobrando dinero".

Derrick estaba de pie. "Claro. Lo viste una vez, ¿verdad?".

"Sí, con la detective Vargas. Está en un centro de reinserción en Immokalee. Machado ha estado entrando y saliendo de prisión toda su vida. ¿Te parece bien ir solo?".

"No hay problema. En DC estaba rodeado de los llamados tipos duros todo el tiempo. ¿Cuál es la misión?".

Le expliqué lo que Mackay me había dicho sobre su disfraz.

Derrick se dirigió hacia la puerta. "Lo tengo. "No te preocupes".

Señalé su chaqueta, que estaba colgada sobre el respaldo de su silla, y dije: "Lo sé".

TAMIAMI TRAIL ESTABA DESIERTO. Tenía las ventanillas abiertas mientras me dirigía a la Universidad de Hodges. Su campus de Naples, cerca de la intersección de Immokalee y la I-75, era de lo más práctico que podía haber. No sabía qué brillaba más, si el sol o mi optimismo sobre que un profesor de biomecánica aclararía la lesión de Wheeler.

Hodges tenía un programa de justicia penal en crecimiento y había atraído a Joseph Liston, profesor de biomecánica, de

Chicago. Me detuve frente a un puñado de edificios beige de dos pisos. El lugar parecía más una sede corporativa que un campus universitario.

Tomé mi bolsa y seguí una acera serpenteante hasta el edificio principal. Un par de veinteañeros, con gorros de Santa, estaban acampados bajo un magnolio cerca de la entrada. Aunque llevaba un par de años en Naples, aún no me acostumbraba a los ochenta grados cuando faltaban dos semanas para Navidad.

Joe Liston tenía cejas pobladas y suficiente pelo saliendo de sus orejas como para darme escalofríos. Sus ojos azules eran intensos y me estrechó la mano con firmeza.

"Encantado de conocerle, detective".

"Lo mismo digo, profesor. Realmente aprecio que se haya tomado el tiempo para ayudarme".

"No hay problema. Trabajé con la policía de Chicago todo el tiempo".

"Ese es un lugar muy ocupado para ser policía".

"Una parte de Chicago es una zona de guerra. Es una maldita vergüenza. ¿En qué puedo ayudarle?".

"Tengo este caso: está frío, es de 1993. Una joven de dieci-siete años fue asesinada en Wiggins Park. Estaba allí con su hermano de siete años y su novio de veintidós. Alrededor de las ocho dijo que tenía que ir al baño y dejó atrás a su hermano y a su novio. Nunca regresó. El novio dejó al menor, diciendo que iba a buscarla. El novio afirma que fue atacado y quedó inconsciente. La chica fue encontrada muerta varias horas después. Estas son viejas, pero esto es con lo que estoy trabajando".

Deslicé fotografías del cuerpo de Debbie Boyle sobre el escritorio de Davidson. El profesor Davidson estudió cada imagen lentamente y utilizó una lupa en dos de las cinco imágenes.

"¿Intenta determinar qué, detective? ¿La mano dominante del asesino? ¿El arma?".

"No, no. La historia del novio es demasiado conveniente. Afirma no recordar lo ocurrido esa noche y una entrevista posterior reveló ciertas inconsistencias. "Eche un vistazo a esto".

Le entregué tres fotografías Polaroid de la herida en la frente que, según Wheeler, fue infligida por un extraño. "¿Hay alguna forma de determinar si esto fue auto infligido?".

Davidson examinó las fotografías y dijo: "¿Se tomaron radiografías en ese momento?".

"Es increíble, pero no".

"Eso es lamentable". Volvió a tomar una foto. "Sería difícil sin conocer el arma utilizada".

"¿Podría intentarlo?".

"Claro, pero una forma sencilla de determinar la fuerza de un golpe como este sería la inflamación del cerebro y la fractura del cráneo. Verá, no es imposible, pero déjeme mostrárselo. Póngase de pie un momento. ¿Su lado dominante es el derecho o el izquierdo?".

"Soy diestro".

"Está bien, tome esta regla en la mano derecha. Ahora, extienda el brazo y muévalo hacia adelante como si fuera a golpearse la frente".

Fue un movimiento incómodo.

"Verá, la fuerza de un golpe está limitada por el corto alcance que permite su codo".

"Oh, puedo sentir lo limitante que es eso".

"Ahora, obtendría más impulso sosteniendo los extremos

con cada mano y acercándolos hacia su derecha. Usar esa maniobra permite que sus codos tengan más alcance y terminan detrás de usted. Por supuesto, otra forma de auto infligirse una herida en la frente sería golpearse la cabeza contra un objeto, por ejemplo una pared o, en este caso, una rama o la barandilla de una cerca. Pero ese también es un movimiento de alcance limitado".

Eché la cabeza hacia atrás y la moví hacia adelante, con la barbilla golpeando el pecho. "¿Alguno de estos movimientos auto infligidos haría que alguien perdiera el conocimiento?".

"Sería difícil, pero para alguien con lesiones previas en la cabeza, como una conmoción cerebral, es posible".

"¿Cree que mirar más de cerca ayudaría a aclarar las cosas?".

"Tengo una sugerencia". Liston volvió a sentarse. "Tenemos reacciones instintivas que sirven para proteger el cuerpo. Por mucho que planifiquemos, por ejemplo, golpearnos la cabeza contra una pared de ladrillo lo más fuerte posible, nuestro subconsciente mitigará la fuerza que apliquemos".

"¿Suavizando el golpe?".

"Exactamente".

"¿Y luego qué?".

"Una resonancia magnética. La tecnología actual debería ser capaz de detectar hasta la más leve fractura, por ejemplo, una fisura fina, que ya ha cicatrizado. Si hubiera evidencia de una fractura, especialmente una significativa, sería evidencia convincente de que fue golpeado por una fuerza fuera de su control".

"Es una buena idea. Solo que no sé si podremos lograr que se someta voluntariamente a una prueba como esa".

Liston se encogió de hombros. "En eso no puedo ayudar".

"Ha sido de gran ayuda, profesor, muy útil".

Explicar el propósito de una resonancia magnética y la reacción de Wheeler ante una revelaría mucho sobre cómo se lesionó. Una oleada de emoción hizo que fuera difícil resistirme a dar saltos de regreso a mi auto.

22

Busqué en mi bolsillo la llave de mi oficina antes de darme cuenta de que la puerta estaba abierta. Miré la hora. Eran apenas las ocho y cuarto y Derrick estaba detrás de su escritorio con una gran sonrisa.

"Buenos días, jefe". Te traje un café, en el lado oscuro".

Asentí. "Gracias".

"Nunca lo vas a creer, pero Interpol envió un informe sobre Papadakis".

Necesitaba empezar el día con calma. Fueron necesarios dos cafés para estar listo para funcionar. Levanté la taza de mi escritorio. "Vaya. ¿Hace cuánto que estás aquí? El café está casi frío".

"Alrededor de las siete. Me levanté a las cinco y revisé mi correo electrónico. Una vez que vi el informe de Interpol no pude volver a dormir".

Tomé un sorbo de café tibio mientras Derrick luchaba por permanecer inmóvil. "Está bien, dime, ¿qué obtuviste de Interpol?".

Derrick saltó de su asiento. "Nuestro chico Papadakis era sospechoso de una muerte en Grecia".

La noticia me golpeó como una inyección de Red Bull. "¿Quién era la víctima?".

"Otro adolescente, pero esta vez un muchacho".

"¿Había alguna conexión entre Papadakis y el chico?".

Derrick tomó un documento de su escritorio y me lo pasó. "Esto es lo que enviaron".

No había mucho. La policía helénica había denunciado a Papadakis ante la Interpol en abril de 1987 para impedirle huir de Grecia. Papadakis era una persona de interés en la muerte a puñaladas de Spiro Xeanax, un chico de dieciséis años de un pueblo que no sabía pronunciar. Finalmente levantaron la prohibición de viajar, pero el asesinato siguió sin resolverse.

"¿Has visto? Fue otro apuñalamiento".

"Sí, pero una víctima masculina".

"No sabía qué hacer a continuación. ¿Cómo podemos obtener más información sobre esto?".

"Buena pregunta. No estoy seguro de qué conservan los griegos sobre esto. Podrían haberlo tirado; fue hace más de treinta años".

"No pueden hacer eso, ¿verdad?".

"Probablemente no".

Ni siquiera podía imaginarme investigando otro asesinato ocurrido hace décadas, especialmente uno que ocurrió en Grecia. ¿Cuál sería el curso de acción adecuado? Era difícil admitirlo, pero no tenía idea de por dónde empezar. ¿Con Interpol? ¿La policía griega? ¿Quizás el departamento de estado?

Quizás mi nuevo amigo Haines lo sepa. Estaba en el FBI, que no se involucraba a nivel internacional, pero apuesto a que tenía algunas ideas y uno o dos contactos. Valía la pena intentarlo antes de acudir al sheriff Chester. Si supiera que estoy investigando un asesinato a cinco mil millas de distancia, probablemente me diría que abandonara toda la investigación de Boyle.

DERRICK HABÍA CONFIRMADO que Fred Jones era el mejor amigo de Gerry Moore en la escuela preparatoria. Giramos hacia Bear Creek y mostré una placa en la puerta. Derrick dijo: "¿Bear Creek? ¿En Florida? ¿Qué clase de nombre es ese?

"Te sorprendería saber cuántos osos negros hay en el condado".

"¿En serio? Pensé que estaban en las zonas montañosas del noreste".

"Pensé lo mismo, pero los osos negros están por toda la costa este. He visto tres hasta ahora".

"Vaya. Me encantaría ver uno".

Nos detuvimos ante una casa rodante con un techo de tejas de color rojo anaranjado que necesitaba un lavado a fondo.

La casa, cuyo jardín estaba cubierto de maleza, parecía tener unos treinta años. Le puse un precio de trescientos mil dólares. El aire olía a curry. Esperaba que no viniera de la casa de Jones.

La cabeza de Fred Jones estaba inclinada hacia atrás como si estuviera mirando por encima de tu cabeza. Pude ver los pelos de su nariz. Envolvió mi mano: otro tipo en mejor forma que yo.

"Sabes, soy un gran admirador de la policía. Mi tío era policía en Indiana. Hombre, lo idolatraba cuando era niño".

Siempre desconfío cuando alguien nos elogia. Sonreí. "Gracias".

Nos condujo a una sala familiar, tres tonos demasiado oscuros para mí. Había un partido de béisbol en el televisor.

"Devil Rays contra los Yankees".

Derrick dijo: "Ahora se llaman simplemente Rays".

"Solo otro ejemplo de tonterías políticamente correctas. Quiero decir, ¿quién se ofendió por el *devil?*".

"Qué locura. ¿No es así?".

"¿Qué tal una botella de agua?".

"Seguro".

Entró a la cocina. "Entonces, estás investigando el antiguo asesinato de Boyle".

Miré a Derrick, pero él negó con la cabeza. Le dije: "¿Hablaste con Gerry Moore?".

"Sí, normalmente hablamos cada dos semanas, ya sabes, para ponernos al día".

Me entregó una botella de Poland Springs. "¿Que te dijo?".

"Que fuiste a verlo y le hiciste preguntas, como si él pudiera haber sido quien mató a Debbie".

Derrick dijo: "¿Qué piensas?".

"¿Acerca de qué?".

"Sobre la posibilidad de que tu amigo Gerry lo haya hecho".

"¿Gerry? No puedo imaginarlo haciendo algo así".

Dije: "Ustedes dos eran buenos amigos en la escuela secundaria, ¿verdad?".

"Sí, éramos los mejores amigos. Todavía lo somos, de verdad".

"Me interesa saber más sobre el incidente del examen SAT".

"Me dijo que lo estabas interrogando sobre eso. Pero lo entiendo; tienes un trabajo que hacer".

Derrick dijo: "¿Crees que robó el examen?".

"De ninguna manera. Si lo hubiera hecho me lo habría ofrecido a mí. A los dos nos aterrorizaba presentar el examen. ¿A qué chico no le pasa eso?".

"¿Alguna vez mencionó tratar de obtener algún tipo de ventaja?".

"¿De dónde sacaría una copia?".

"Pero le fue muy bien en la prueba".

"Créame, me sorprendió, pero él tomó clases de preparación. Todos lo hicimos. Decir que fue porque robó una copia fue una locura".

"Cuando lo acusaron, ¿cómo reaccionó?".

"Estaba enojado, hombre. Había todo este drama en la escuela y él estaba en el centro. Incluso dijo que sus padres pensaron que lo había hecho cuando sucedió por primera vez".

"¿Por qué crees que Debbie Boyle diría algo así?".

"No tengo ni idea".

"Gerry dijo que ella se estaba acercando a él y cuando él la rechazó, ella se enojó".

"No sé nada de eso". Él dijo eso, pero, sinceramente, nunca la vi ir tras él".

"Entendemos que la controversia se calmó después de que ella hizo la acusación pero no tenía pruebas".

"Sí, desapareció después de unas dos semanas. Pero luego el señor Culver, que era el profesor atractivo en aquel entonces, la respaldó cuando dijo que Debbie le había contado sobre eso".

"¿Crees que el profesor mentía?".

Negó con la cabeza. "No, no creo que él hiciera algo así, pero lo único que dijo fue que ella se lo había contado. Nunca dijo que Gerry hubiera hecho algo".

"Sabemos que Gerry amenazó a Debbie Boyle, diciéndole que la haría pagar por lo que hizo".

"Él solo estaba tratando de asustarla, ¿sabes? Hacerse el duro".

"Moore se fue de Naples justo después del asesinato de Debbie Boyle".

"Se fue a la universidad, a Richmond. No recuerdo exactamente cuándo, pero no fue justo después. Sé que fue antes que yo, pero estaba ansioso por un cambio, y un amigo de su hermano tenía un departamento donde nos quedamos hasta que se abrieron los dormitorios".

"Moore nunca volvió a Naples. ¿Alguna razón en particular?".

"Regresó; su familia estaba aquí. Encontró un trabajo en Sarasota. Está a solo dos horas de distancia".

"Moore dijo que estaba contigo la noche que asesinaron a Debbie Boyle".

"Sí, estábamos juntos. Se quedó a dormir esa noche".

"Pero tus padres no estaban en casa, ¿verdad?".

"Subieron a Tampa".

"¿Y no había nadie más allí?".

"No, solo nosotros dos".

"¿Qué hicieron esa noche?".

"Vimos *El Padrino* dos veces y luego *La noche de los muertos vivientes*. Comimos pizza y tomamos algunas cervezas".

"¿Recuerdas lo que viste hace veinticinco años?".

"Sí". En primer lugar, fue la noche en que murió Debbie, y a los dos nos encantaban las películas, especialmente *El Padrino*".

"No estarías protegiendo a tu amigo con una coartada, ¿verdad?".

"No, de ninguna manera. Somos los mejores amigos, pero nunca haría algo así. Eso va contra la ley, ¿no?".

"Obstrucción de la justicia".

Terminamos y, tan pronto como nos subimos al auto, Derrick dijo: "Todo eso de ver películas con Moore parece sospechoso".

"No lo sé".

"Sus padres estaban ausentes y nadie más puede verificarlo. ¿No crees que es demasiado conveniente?".

"Eso es porque está diciendo la verdad".

"¿Cómo puedes decir eso?".

"El expediente decía que los padres verificaron que estaban ausentes. Eso significaría que planearon el asesinato juntos, sabiendo que tendrían una coartada".

"Bien".

"Pero nunca podrían haber sabido que Boyle estaría en Wiggins esa misma noche".

"Oh, no lo pensé bien".

"Cometiste un error cuando empezamos con Jones. Cuando realizamos una entrevista plantamos semillas, encajonamos a un testigo. Empezaste preguntándole si creía que Moore mató a Boyle".

"¿Por qué fue un error?".

"Esperas ese momento, construyéndolo, viendo si el testigo insinúa o directamente nos dice algo que entre en conflicto con esa suposición. Arruinaste la oportunidad de hacerle preguntas a Jones sobre Moore, como si era violento, por ejemplo".

"Podríamos haber preguntado eso".

"Pero estaba en guardia. Ya había dicho que de ninguna manera su amigo podría haberlo hecho. ¿Entiendes lo que digo? Hay una danza psicológica que tenemos que hacer. Ten cuidado y, en caso de duda, calla".

No era fácil sentarse junto a un hombre enfurruñado, pero lo hacía por su propio bien.

23

Tomé mi abrigo y las llaves del Cherokee y salí de la oficina para hacer otra visita a Clem Walker, el pescador, otro tipo cuya historia no encajaba del todo.

Sabía que había incondicionales de la pesca de superficie. De hecho, había un tipo que lanzaba cada vez que yo iba a la playa. Llevaba un sombrero con decenas de plumas de pájaro que había recogido en la playa. Había otro tipo con mala postura que también estaba allí casi todos los días. Hablé con ambos un par de veces y no tenían nada en común con Walker.

Sabía que era una pequeña muestra para hacer un juicio, pero Walker tampoco tenía un balde con él. Hablé con una docena de hombres en el muelle de la ciudad de Naples, y cada uno de ellos dijo que nunca pescaban sin una cubeta de algún tipo. Además, Walker vivía en la isla de Capri, que a mí me parecía un paraíso para los navegantes. ¿Por qué diablos conduciría hasta Wiggins? ¿Por la noche? Le llevaría veinticinco minutos en cada sentido.

Al acercarme a Marco Island, giré a la derecha hacia Capri Island. Una brisa salada recorrió mi Cherokee cuando llegué a la casa de Walker. Su bote y su camioneta roja estaban en la misma posición. El olor a mar dio paso a un olor a humo que pensé que era cedro.

No abrió la puerta, pero vi una figura detrás y caminé alrededor de la casa azul. Con pantalones cortos, Walker estaba de pie frente a una parrilla en forma de barril. De los lados de la parrilla salía humo.

"¿Señor Walker?".

Con el cigarrillo colgando de su boca, Walker se dio la vuelta. "Oh, espera un momento. Ya casi termino aquí".

"¿Estás preparando el almuerzo?".

"No, estoy ahumando un poco de pez espada local".

¿Pez espada? "Nunca hice algo así. ¿Estás usando cedro?".

Walker apagó el cigarrillo en la grava. "Sí. Es fácil. Primero tienes que curar el pescado. Yo uso un montón de especias y sales que mi abuelo me enseñó a usar. Luego lo dejas secar. Forma una especie de esmalte para mantener la humedad dentro y las bacterias fuera. Después de eso, estarás listo para ahumar".

Levantó la tapa y una nube de humo le envolvió la cabeza. Me alejé del humo cuando dijo: "Este bebé está listo. Tan pronto como se enfríe, lo envolveré. A menos que quieras un poco".

Como nunca probé ningún pescado ahumado aparte del salmón y el merlán, quería un poco, pero la preocupación por la refrigeración de la casa y el olor a pescado me desanimaron.

"Gracias, paso. Quizá la próxima vez".

"¿Te importa si hablamos aquí?". Hizo un gesto hacia un conjunto de muebles de exterior que yo mismo había visto en Costco.

"Funciona para mí". No había cojines en las sillas, lo que me lastimó el huesudo trasero.

Walker se sentó frente a mí y encendió otro cigarrillo.

"Iré al grano. No entiendo por qué alguien que vive aquí y tiene un barco conduciría hasta Wiggins Park para pescar, especialmente de noche".

"Prefiero la pesca de superficie; es más desafiante, ya sabes, además puedes caminar por la playa y sentir la arena entre los dedos de los pies".

Tuve que estar de acuerdo con la evaluación de la arena. "¿No vas a pescar en tu bote?".

"No, nunca".

"¿Nunca?".

Walker se quitó un trozo de tabaco de la lengua. "Sí, nunca".

"Puede que no sepa mucho sobre pesca, pero sé que no se puede pescar un pez espada en la playa".

"Así es. Son peces de gran tamaño".

"Entonces, ¿dónde lo pescaste, fuera de tu barco?".

"No, mi vecino, una casa más abajo, lo embolsó".

Buena respuesta y fácil de comprobar. "Entendido. Ahora, verifiqué y tienes antecedentes".

"¿Y? Son cosas sin importancia".

"Tal vez los cargos por marihuana, pero yo no llamaría agredir a tu vecino algo sin importancia".

Walker dio una larga calada, inclinó la cabeza y expulsó el humo hacia el cielo. "Ese bastardo se pasó de la raya".

"Entonces, ¿lo mandaste al hospital con cinco costillas rotas y una conmoción cerebral?".

"Se lo merecía y eso hizo que el cerdo se alejara".

"¿Qué es lo que te molestó?".

"Fue durante un largo periodo de tiempo. Siempre era un imbécil. Pero un fin de semana, mi sobrina Nadeen había venido. Ella solo tenía doce años en ese momento. Tenía un

Boston Whaler y ella quería lavarlo, así que estábamos en el camino de entrada y él se dio la vuelta y empezó a coquetear con ella. Ella era una niña y le dije que dejara de hacerlo. Se fue, no sin antes maldecir y hacer un comentario realmente lascivo. Fui tras él pero solo le advertí. Luego, más tarde esa noche, hicimos una barbacoa y estábamos jugando a las cartas, y él empezó a disparar fuegos artificiales. Los cohetes estaban por todos lados y le pedí que parara. Se detuvo cinco minutos y empezó a apuntarnos con los cohetes. Uno casi golpeó a Nadeen y me volví loco".

El vecino parecía que necesitaba una paliza. "Podrías haber llamado a la policía".

"Créeme, desearía haberlo hecho. Mi hermana no permitió que Nadeen me visitara durante cinco años".

"Afirmaste que fuiste tú quien sugirió llamar a la policía cuando Debbie Boyle desapareció".

"Así es. No sabía qué hacer con lo que estaba pasando. El novio estaba alterado, diciendo que lo habían atacado, y ahí estaba el niño".

"Pero tú nunca llamaste".

Walker tocó otro cigarrillo y dijo: "Si fuera hoy y tuviera un teléfono celular, lo habría hecho".

Al finalizar la entrevista, rechacé otra oferta de pescado ahumado y me dirigí al frente de la casa.

Caminé hasta el camino de entrada. El barco estaba atracado pero no enganchado al camión. Su interior estaba lleno de hojas y el remolque del barco tenía una rueda pinchada. ¿Cómo no me di cuenta? Quizás este Walker simplemente *estaba* pescando. Si no fuera por lo del balde, lo habría descartado.

En dirección norte por la 75, pasé la salida de Rattlesnake Hammock y sonó mi teléfono.

"Frank, soy Tom Haines".

"¿Cómo estás, Tommy?".

"Bien. Quería avisarte. Te envío lo que desenterramos sobre Igor Papadakis.

"Gracias. ¿Algo interesante?".

"El tipo se parece a Peter Frampton".

¿Frampton? ¿Papadakis? "¿De qué está hablando? El tipo tiene el pelo negro".

"Una foto de él con el pelo largo y rubio, ondulado, como el que tenía Frampton en aquel entonces, antes de quedarse calvo".

¿Pelo rubio? La mujer que caminaba en la playa, Nielsen, dijo que vio a una mujer rubia en el parque. ¿Podría haber sido Papadakis?

24

CON LA MENTE Y EL CHEROKEE A TODA VELOCIDAD, ME DIRIGÍ a la oficina. ¿Reconocería Diane Nielsen una foto de Papadakis con su pelo rubio como la persona que vio en Delnor-Wiggins? ¿Había algún pelo rubio en la escena del crimen que pudiera haber sido de Papadakis? Debería haberlo sabido mejor y comprobarlo, en lugar de suponer que procedían de la víctima.

¿No era yo mejor que los aficionados que llevaban el caso? La quimioterapia que había tomado me había afectado y ninguno de los ejercicios o suplementos cerebrales parecía estar funcionando.

Derrick se levantó de un salto cuando entré.

"Oye, Frank, acabo de regresar de ver a Machado".

Hice la señal de T con mis manos. "Espera. El FBI me envió un archivo sobre Papadakis".

"Eso es perfecto, porque Machado reconoció a Mackay".

Mi computadora tardaba demasiado en iniciarse. "¿Qué dijo?".

"Dijo que recordaba que el tipo llevaba una gorra de béisbol...".

"¿Cómo se acordó de eso?".

"Dijo que el tipo la llevaba muy bajo, tirada hasta abajo".

Presioné el ícono de correo electrónico. "En aquel entonces, muchos tipos usaban gorras".

"Sabía que era una gorra de los Cowboys".

Me di la vuelta. "¿Cómo podría saber eso?".

"Nunca mencioné el tipo de gorra. Le pregunté si se acordaba y me dijo que era una gorra de los Cowboys. Dijo que era un gran fanático de los Packers y que perdieron ante los Cowboys en el Super Bowl ese año. Machado dijo que odia a los Cowboys".

"Pero no podía decir con seguridad que fuera Mackay".

"No, pero tiendo a creer que fue Mackay".

El correo electrónico de Haines era el tercero hacia abajo. Hice clic en él y dije: "Profundiza en las finanzas de Mackay. Mira a ver si puedes encontrarlo pagando un préstamo o poniéndose al día con uno. Localiza a su casero y cosas así. Descubre si de repente tenía mucho dinero. Ah, y averigua con Machado y Mackay cuánto obtuvo por las entregas. A ver si eso concuerda".

El correo electrónico se abrió y reveló dos archivos adjuntos y un mensaje breve: Hola Frank, aquí tienes. Buena suerte, Tom.

Hice clic en la extensión JPG y una foto de un hombre con poco parecido a Papadakis me devolvió la mirada. No vi a Peter Frampton en la cara, pero el cabello era rubio, ondulado y hasta los hombros.

Derrick estaba mirando por encima de mi hombro. "Mierda, tiene el pelo rubio. Tal vez sea él el que mencionó la que caminaba en la playa.

Tenía que saber que ya había pensado en eso. "Cuando Haines me llamó, pensé lo mismo".

"¿Estamos seguros de que es Papadakis?".

"Esta imagen tiene más de treinta años. Déjame conseguir algo con qué compararlo".

Mi alarma sonó cuando abrí la foto del DMV de Papadakis. El negro del betún me desconcertó, pero los ojos estaban a la misma distancia y su color combinaba. Su barbilla se había engordado, redondeando su rostro, pero eso es lo que harán tres décadas de gravedad. La nariz en la imagen del DMV era un poco más ancha y robusta, pero lo suficientemente cercana. Cuanto más estudiaba las imágenes, más cercanas parecían. No hacía falta pasarlo por el simulador facial.

"Es él. Veamos qué tienen sobre él".

WHEELER NO QUERÍA QUE VOLVIERA. Me hizo pasar un mal rato por teléfono, haciéndome sospechar. No había manera de que me dejara de lado. Lo presioné y cedió.

Con una amplia sonrisa, Wheeler me saludó como a un viejo amigo, lo que provocó que mi medidor de mentiras sonara. Podría haber sido la barba incipiente de su rostro, pero parecía cansado y mayor. ¿Había algo que le quitaba el sueño?

"Entre. Me alegra verle de nuevo".

Entré mientras Wheeler deslizaba un par de herramientas de plástico a un lado. "Lo siento. Mi hijo no ha aprendido a guardar sus juguetes".

Por alguna razón estaba celoso de Wheeler, de tener un niño con quien jugar y al que enseñar. No había pensado mucho en ser padre, pero recientemente se me había metido en la cabeza.

"Debe ser agradable tener un hijo".

"Oh, es irreal. Es increíble, pero no todo es bueno. Cuando tiene una rabieta, no querrá estar cerca. ¿Tiene hijos?".

"No". La ventana se está cerrando sobre mí".

"Apúrese. Créame, no se ha vivido hasta que se tienen hijos".

Gracias, realmente necesitaba eso. "Ya veremos".

"Vamos, nos sentaremos atrás, como la última vez".

"Suena bien".

Cuando pasamos por la cocina, dijo: "Traeré algo de beber. ¿Agua, está bien?".

"Perfecto".

Me entregó una botella de agua y destapó una lata de cerveza de raíz. Tomó un trago y dijo: "¿Cómo va el caso?".

"Es por eso que estoy aquí". Fui a ver a Clem Walker, el tipo que estaba pescando esa noche. Él está seguro de que fue idea suya llamar a la policía".

"No es así como lo recuerdo. Estaba confundido; era una locura; me dolía la cabeza. Debbie estaba desaparecida y yo necesitaba ayuda, por eso quería a la policía".

"Pero fueron a buscarla primero".

"Por supuesto que lo hicimos. Estaba desaparecida. Miramos a nuestro alrededor con la esperanza de encontrarla".

"Pero si le atacaron, como dijo, había alguien peligroso ahí fuera. ¿Por qué no llamar a la policía?".

"Yo fui *atacado*. Éramos dos, más su hermano, para enfrentarnos a cualquiera".

"¿Puede entender cómo su versión de los hechos, de que fue atacado y dejado inconsciente, pero no lo suficientemente grave como para, digamos, requerir atención médica, suena demasiado conveniente?".

"Fui al hospital y me ingresaron".

"Eso fue para observación. Le liberaron a la mañana siguiente".

"Entonces, ¿usted sería más feliz si hubiera tenido yo una lesión grave? ¿Quizá si hubiera perdido un ojo o algo así?".

"Lo que aclararía esto sería alguna forma de demostrar que fue golpeado por un agresor desconocido; la misma persona que asesinó a Boyle".

"¿Cómo podemos probar eso ahora?".

"Una resonancia magnética".

"¿Una resonancia magnética?". ¿Por qué?".

"Mostraría si usted tuvo una pequeña fractura que sanó y si sufrió algún otro daño".

"No puedo creer que aparezca después de todos estos años".

"Entonces, ¿estará de acuerdo en hacerse una resonancia magnética?".

"Me gustaría, de verdad, me gustaría, pero es una dosis importante de radiación la que recibiría. No sería bueno para mí. Mi médico me recomendó que, debido a mis antecedentes familiares de cáncer, no debería hacerme una radiografía, una tomografía computarizada o una resonancia magnética a menos que sea absolutamente necesario".

Era una excusa que parecía absurda en la superficie. Una prueba más de que si te quedas el tiempo suficiente lo verás todo. Hablaría con su médico para ver si me estaba mintiendo.

25

Colgué el teléfono de golpe. "¡Qué mierda!".

Derrick dijo: "¿Qué pasa, Frank?".

"El médico de Wheeler no me dará ninguna información sobre Wheeler o sus antecedentes familiares. Dijo que es confidencial".

"Pero solo necesitamos saber si le aconsejó que no se expusiera a pruebas que implicaran radiación".

"Lo sé. Esta mujer dijo que fueron demandados en el pasado por divulgar registros sin darse cuenta y dijo que tendríamos que obtener una orden judicial".

"¿Vas a pedirle una al fiscal de distrito?".

"Aún no. Voy a intentarlo de nuevo. Voy a ver al médico a su casa".

"¿Por qué no hablamos con la esposa de Wheeler?".

"Ella mentiría para proteger al padre de su hijo, pero podría valer la pena intentarlo. ¿Quieres hacer los honores? Voy a volver a ver a la madre de Debbie Boyle".

Dio un salto y agarró su chaqueta. "Estoy en ello".

Derrick chocó con Vargas cuando ella entraba por la puerta.

"Oh, lo siento, Mary Ann".

"No pasa nada. ¿Cómo estás?".

"Excelente. Mira, tengo que irme. Frank quiere que entreviste a alguien".

Vargas le gritó: "No aceleres".

"Lo tienes muy excitado, Frank".

"Sobrevivirá".

"¿Cómo le va? Parece que ustedes dos son una buena pareja".

"Está bien. Es un buen chico, pero no estoy seguro de sus instintos".

"Pero dijiste que te sorprendió un par de veces con su línea de interrogación".

"Derrick está bien, pero no es JJ. Hombre, JJ podría mirar a un sospechoso y hacerle una autopsia mental. Él era algo. Único en su clase, eso es seguro".

"Dale a Derrick la oportunidad de desarrollarse. Apuesto a que ustedes dos serán inseparables en menos de un año".

"Trabajaremos juntos, pero eso es todo. No me estoy acercando, como lo hice con JJ. Perderlo fue, bueno, dolió demasiado. No permitiré que eso vuelva a suceder".

"Frank, estás hablando como un niño. Si no te abres, nunca experimentarás lo bueno en las personas. Además, ¿qué hay de mí? Te acercaste a mí, ¿no?".

"Eso es diferente".

"No lo es. Nos arriesgamos el uno con el otro, abriéndonos. Algún día podría salir mal, aunque no creo que sea así. ¿Qué hubiera pasado si uno de nosotros tuviera miedo de abrirse?".

¿Por qué tenía que sacar a relucir todo esto? No quería preocuparme por la vida de Derrick. Me gustaba como estaba:

preocuparme únicamente por Mary Ann, por mí y por atrapar asesinos.

"Probablemente estaría en el bar Campiello's".

Ella me dio un puñetazo en el hombro. "Sí claro. Odio decírtelo, pero no eres exactamente un *sugar daddy*".

"Maldita sea, siempre quise ver cómo era ser atacado por una *cougar*".

"Sigue así y tendrás la oportunidad".

"¿Quieres dar un paseo?".

"¿A dónde?".

"A ver a la madre de Debbie Boyle".

"No creo que deba. Llévate a Derrick, él necesita la experiencia".

"Pero necesito un toque femenino con ella".

"No sería justo para él".

"¿De qué estás hablando? Todavía tenemos tiempo. Chester nos dio noventa días para liquidarlo".

"Pero no he hecho nada en el caso en semanas".

"Lo sé, pero sería divertido trabajar juntos de nuevo. Como en los viejos tiempos".

"No se siente bien, Frank".

"Iremos a almorzar a algún lugar cerca de su casa y diremos que estábamos en el vecindario o algo así".

"¿Por qué inventar una excusa? Lo sabes muy bien".

"Tienes razón. Fue una estupidez. Olvídalo todo. Iré yo solo. Te veo luego".

26

CATHY BOYLE SOSTENÍA UN PAÑO DE COCINA CUANDO ABRIÓ la puerta. La línea de los hombros de su vestido azul marino estaba marcada en cada extremo por puntos huesudos. Sus ojos acerados se habían suavizado y parecía alegrarse de verme.

"Es bueno verle, detective Luca".

"Lo mismo digo señora Boyle".

"Quise decirlo la primera vez que lo vi, tiene un parecido sorprendente con George Clooney".

"Y como sabe, usted y su hija podrían haber pasado por gemelas".

Ella sonrió. "Entre. Déjeme deshacerme de esta toalla".

Nos sentamos en los mismos sofás, pero noté que la foto del vestido de fiesta de su hija había sido reemplazada por una de ella con un traje de porrista. No había nada en la habitación que indicara que la Navidad estaba a la vuelta de la esquina. Olí café y esperé que me ofreciera una taza.

"Sabe, me sorprende un poco que todavía esté interesado en el caso de mi hija. A lo largo de los años, recibí algunas llamadas sobre el caso, lo que aumentó mis esperanzas, pero nunca hubo seguimiento".

"No puedo prometerle más que mi compromiso de hacer todo lo que pueda para llevar al asesino de Debbie ante la justicia".

Ella me miró a los ojos por un momento antes de decir: "Eso es todo lo que siempre quise. Gracias. Oh, acabo de hacer café. ¿Quieres una taza?".

"Sí, por favor. Sin azúcar y solo un chorrito de leche".

Me entregó una taza azul con café que tenía demasiada leche. Forcé un agradecimiento, lo dejé sobre la mesa y saqué mi Moleskine.

"Me gustaría que me contara todo lo que recuerde desde la noche anterior hasta el momento en que Debbie fue al parque Delnor-Wiggins".

Tomó un sorbo de café y dijo: "Créame, he revivido ese día mil veces. La noche anterior fue bastante normal para los niños. Preparé algunas hamburguesas para cenar y comimos afuera. Brian había terminado el año escolar y estaba viendo televisión. Yo tenía una boda al día siguiente, así que Debbie me ayudó a decidir qué joyas y zapatos usar". Frunció el ceño. "Realmente extraño las cosas femeninas que hacíamos juntas".

"¿En qué estado de ánimo estaba Debbie esa noche?".

"Estaba más callada que de costumbre. Le pregunté si todo estaba bien. Ella dijo que no pasaba nada, así que lo dejé pasar. Sabe, recuerdo que cuando me graduaba de la preparatoria tenía miedo. Era como si estuviera entrando al mundo real. Pensé que ella estaba sintiendo eso, o que tenía que ver con un chico".

"¿John Wheeler?".

"Podría haber sido. Sé que a ella le gustaba John, pero sabía que no terminaría con él".

"¿Por qué tuvo ese sentimiento?".

Ella se encogió de hombros. "Parte de eso fue la intuición de una madre, pero la escuché hablando por teléfono con alguien que no era John".

"¿Tiene un nombre?".

"Lo siento, no".

"Está bien. ¿Algo más esa noche?".

"Nada inusual. Brian se fue a la cama a las nueve y vimos *Los expedientes secretos X* juntas". Ella sonrió. "A Debbie siempre le gustó David Duchovny. Luego fue a su habitación y leí durante aproximadamente una hora antes de asearme".

"¿Recibió alguna llamada telefónica o visitas?".

"No. Realmente no hubo nada inusual esa noche".

"Cuénteme sobre el día siguiente".

"Me levanté antes que los niños, alrededor de las siete. Escuché a Debbie en el baño. Sonaba como si estuviera vomitando. Fui a verla, pero dijo que estaba bien. Ella salió pálida. Le palpé la frente, pero estaba fría".

"¿Vomitó?".

"Ella dijo que no. Estoy bastante segura de que sí, pero aprendí a no presionar a una hija adolescente, especialmente por la mañana". Se rio.

"¿Ella desayunó?".

"A ella no le gustaba mucho el desayuno. Creo que esa mañana mordisqueó un pan tostado. ¿Por qué?".

"Solo trato de recrear eventos. Ayuda a la memoria cuando uno recuerda detalles minuciosos. Después del desayuno, ¿qué pasó?".

"Ella se fue a la escuela y yo me tomé el día libre para arreglarme el cabello y las uñas".

"¿A qué hora llegó Debbie de la escuela?".

"Fue medio día para ellos. La escuela casi había terminado entonces. Llegó a casa alrededor de las doce y media".

"¿Estaba usted en casa?".

"Sí, mi cita en la peluquería era a la una y Debbie cuidó a Brian cuando fui".

"¿Se quedó en casa o salió?".

"Vino una amiga, Ángela".

"¿A qué hora volvió usted?".

"Después de la peluquería, fui a hacerme la manicura y llegué a casa alrededor de las cuatro".

El tiempo que dedicaban las mujeres a verse bien era asombroso. "¿Su amiga Ángela todavía estaba allí?".

"Sí. Estaban pasando el rato junto a la piscina".

"¿Debbie se quedó en casa hasta que se fue a la boda?".

"Sí. Su amiga se fue alrededor de las cinco".

"¿Y nadie vino antes de que se fuera?".

"No. Cuando me fui, Debbie y Brian eran las únicas personas aquí".

Cerré mi cuaderno y tomé un sorbito de café. "¿Conocía Debbie a un tal Igor Papadakis?".

¿Papadakis? No, que yo sepa, no".

Saqué de mi bolsillo una foto de un Papadakis más joven. La estudió antes de negar con la cabeza. "No".

"¿Tenía Debbie alguna amiga de pelo rubio con la que hubiera tenido un desacuerdo reciente?".

Ella sonrió. "Esto es Florida. Tenemos muchas rubias. Pero no que yo sepa. ¿Por qué?".

"Hubo un informe de que una mujer rubia fue vista en el parque esa noche".

Ella saltó. "Subamos a su habitación. Podemos ver sus anuarios".

Mientras la seguía por el pasillo, se detuvo y dijo: "Ese

hombre, en la foto. Tenía el pelo rubio y largo. ¿Cree que pudiera ser él?".

Todas las noches de insomnio que había soportado esta pobre mujer la habían convertido en una detective aficionada.

"Estamos analizando todas las posibilidades, por remotas que sean".

La habitación estaba tan luminosa e inquietante como la primera vez que la vi.

"Está bien, entre".

Axel Rose me frunció el ceño desde el cartel de Guns N' Roses cuando entré. La señora Boyle fue a la mesa de noche y abrió un cajón. "Aquí está el anuario". Pasó suavemente la mano por encima. "El del año pasado está en el armario".

"¿El del año pasado?".

"También empezaron a hacer anuarios para los de undécimo grado. Entonces pensé que era una locura, pero me alegro de tenerlo ahora".

Di vueltas por la habitación, estudiando mientras avanzaba. Era la típica habitación de una adolescente: muchas cosas de chicas y recuerdos de la infancia. Había una tortuga en el estéreo que probablemente había pintado en la escuela primaria. Me recordó a un cenicero de mantarraya que había hecho cuando tenía una edad similar.

Le quité el caparazón a la tortuga. "No estoy siendo entrometido, pero ¿a quién pertenece esto?".

"Oh, sí, lo recuerdo".

Era un anillo, un anillo de graduación universitaria de la Universidad Rutgers en Nueva Jersey. Estaba estampado con el año 1984.

"¿Es de su padre?".

"No, Peter fue a Louisiana State".

"¿Alguna idea de a quién podría pertenecer?".

"Me había olvidado de eso. Mil novecientos ochenta y cuatro. Eso hace que quien fuera su dueño tenga hoy unos cincuenta y cinco años. Déjeme pensarlo. Si se me ocurre algo, se lo haré saber".

"Excelente. Mientras tanto, ¿puedo pedirle que lo deje en el señor Tortuga y no lo toque?".

"Dios mío. ¿Crees que es una pista?".

"No sé nada más que es un viejo anillo universitario. Por lo que sé, podría haberlo encontrado cuando tenía doce años y olvidarse de él. Probablemente no sea más que una posibilidad entre un millón, pero me gustaría que estuviera lo más incontaminado posible".

"Tiene razón".

Le volví a poner el caparazón a la tortuga.

La señora Boyle dijo: "Aquí están los anuarios. ¿Quiere revisarlos?".

Abrí una página de retratos y vi todas las notas hechas por los estudiantes debajo de sus fotografías. ¿Quién sabía lo que podría encontrar leyéndolos? "Yo… yo no tengo tiempo ahora, pero si no le importa, me gustaría tomarlos prestados por un tiempo. Prometo tener cuidado con ellos".

Ella dudó antes de aceptar. Le pregunté qué clases había tomado Debbie en su último año y me sorprendió cuando la señora Boyle mencionó cada una de las materias y los nombres de los profesores. Le pedí que los repitiera, anoté los nombres y concluí mi visita.

27

Estaba sentado detrás de mi escritorio, respondiendo otra encuesta departamental, cuando Derrick entró en la oficina.

"La esposa de Wheeler dijo que sus padres murieron de cáncer y su médico le dijo que evitara la radiación si podía".

¿Y el sol? Wheeler no estaba bronceado, pero la mayoría de la gente que vivía aquí no lo estaba. Eran los turistas y los residentes a tiempo parcial los únicos que no se cansaban de tomar el sol.

"No es sorpresa. Apuesto a que Wheeler se lo contó a su esposa y ella lo está encubriendo".

"Ella no podía inventar que sus padres tuvieran cáncer. Además, dijo que a Wheeler le hicieron una resonancia magnética hace unos quince años".

"¿Una resonancia?".

"Dijo que Wheeler estaba trabajando en una escalera y se cayó. Se golpeó la cabeza y lo llevaron al hospital".

"¿A dónde lo llevaron?".

"NCH Baker, en el centro".

Me levanté. "Vamos".

"Espera. Los llamé y tienen que recuperar los registros del almacenamiento".

"¿No es digital?".

"No, eso fue en 2003, antes de que empezaran a almacenar todo en la nube".

"¿Cuánto falta para que lo desentierren?".

"Dijeron que no sería hasta después de las vacaciones. Los guardan fuera de las instalaciones, en un lugar de almacenamiento con temperatura controlada, que cierra entre Navidad y Año Nuevo".

"Pero la Navidad no es hasta la próxima semana".

"Los volveré a llamar, pero eso es lo que me dijeron".

"Diles que es urgente".

"Lo hice".

"Díselos de nuevo. Mira, tengo que salir corriendo a recoger algo".

Hablar de Navidad me recordó que tenía que conseguir algo para poner debajo del árbol para Mary Ann. Mi gran regalo era el viaje. Pero eso era para los dos, aunque fuera para ella. Tenía que comprar una o dos cosas más.

El hecho de que Mary Ann estuviera interesada en el yoga y que Lululemon tuviera una oferta lo hizo fácil. Di dos vueltas alrededor del estacionamiento de Waterside Shops antes de pegar la calcomanía de la policía en el tablero. El centro comercial estaba repleto de compradores, la mayoría con dos bolsas o más. ¿Cuánto hizo este lugar en un día como hoy?

Al pasar por De Beers Jewelers vi a una pareja entrando a la tienda. Me quedé helado. ¿Era una de las parejas de los bolsos? Fingiendo mirar el escaparate de De Beers, vi a la pareja siendo ayudada en un mostrador. Inspeccioné el interior de la tienda y mi corazón se aceleró. En el mostrador trasero había otra pareja familiar.

El hombre llevaba la misma chaqueta deportiva azul y gafas de sol de diseñador que llevaba uno de los ladrones de bolsos. ¿Esta pandilla estaba elevando su juego? Revisé los reflejos en la ventana en busca de cómplices que pudieran estar vigilando para ellos.

Sobre mi hombro derecho había un hombre de aspecto sospechoso sosteniendo un periódico pero sin leerlo. Cambié mi atención a la primera pareja y me dio un vuelco el estómago. El hombre estaba deslizando una joya en su chaqueta.

Al acercarme a la entrada, un vendedor de De Beers me abrió la puerta. Entré, cerré la puerta y puse unas esposas en las manijas. Saqué mi arma y grité: "Levanten las manos. Es la policía".

DERRICK GUARDÓ el *Naples Daily News* en su cajón cuando entré a la oficina. Le dije: "Está bien, lo vi".

"¿Estás bien?".

Aunque me ardía el estómago, dije: "Sí, no te preocupes por mí".

"¿Seguro? Escuché que el sheriff está enojado".

"Lo sé. Voy para allá ahora".

"Buena suerte".

Recordé el mismo sentimiento cuando me llamaron a la oficina del director en quinto grado. Pensé que me iban a suspender por golpear a un compañero de clase que me había avergonzado delante de una chica de la que estaba enamorado. Esta vez las circunstancias eran más graves.

Chester no se levantó ni le tendió la mano. Lanzó un

mentón hacia una silla. Me acomodé, manteniendo los ojos apartados de la pila de periódicos en la esquina de su escritorio. Chester apoyó un codo en el brazo de su silla y puso la otra mano en su cadera.

"¿Por dónde deberíamos empezar, detective?".

Odiaba que se dirigiera a mí de esa manera. Lo entendía en un entorno formal, pero llevábamos más de un año trabajando juntos y había atrapado al asesino en serie cuando él dudaba de mi capacidad.

"Lo lamento. Fue un error honesto. Estaba seguro de que estaban con la banda de ladrones de bolsos.

"El error de identidad es excusable, pero eres un maldito vaquero, Luca. Rompiste todas las reglas, poniendo en peligro no solo a ti mismo sino también a muchos compradores navideños. Deberías haber pedido refuerzos. Podrías haberlos interrogado en silencio. Pero no, ¿esposas en las puertas y sacas tu pistola?".

"Yo...".

"No he terminado. En lugar de que todos hablen del Desfile de Navidad de anoche, están hablando de este departamento y sus oficiales rebeldes. Ni siquiera son las nueve, pero el alcalde, los concejales y la dirección de Waterside me están molestando. Y hay dos mensajes del abogado de la familia Collier. De todas las personas en el mundo, había que meterse con la familia Collier. ¿En qué estabas pensando, en nombre de Dios?".

"Ambas parejas se parecían a los ladrones de bolsos: la misma ropa y gafas de sol. Se las pusieron, y eran igual de ostentosas que los que llevaban en Saks. Los observé y cuando vi que el hombre llevaba un anillo al bolsillo, entré en acción".

"¡Era el anillo de su madre, por el amor de Dios! Quería que De Beers lo copiara. Incluso si estuviera robando, sabes que un lugar como ese tiene más cámaras que la cárcel del condado. Si De Beers hubiera confirmado que había perdido un anillo, se le podría haber pedido que mostrara lo que se había embolsado. Si se negaba, podrías haber usado el video de la tienda".

"Entiendo, señor. Supongo que estaba demasiado ansioso por poner fin a esta pandilla".

Negó con la cabeza.

"¿Un poco ansioso? Rompiste todos los protocolos del libro".

"No volverá a suceder, señor".

"Debería ponerte en licencia administrativa. Creo que lo mereces, pero tienes suerte, no tengo ganas de tratar con el sindicato".

Mirándome los pies al salir del despacho de Chester, me sentí tan decaído que podría haber jugado al balonmano contra la acera. Si Derrick comenzara a hacerme preguntas sobre lo que dijo Chester, me volvería loco. Subí las escaleras traseras y me dirigí al estacionamiento. Como mi madre se había ido hacía mucho tiempo, llamé a Mary Ann.

28

El informe del FBI sobre Igor Papadakis era en realidad solo un resumen. Igor Papadakis nació el 13 de noviembre de 1965 en un suburbio de San Petersburgo llamado Dubrovka, hijo de George y Natasha Papadakis. No tenía hermanos. A los quince años lo arrestaron durante una protesta estudiantil por la calidad de la comida en la escuela preparatoria.

La familia se mudó a Grecia el 20 de diciembre de 1985, cuando Igor tenía veinte años. Se establecieron en Papagou, en las afueras de Atenas.

En abril de 1987, Igor Papadakis fue interrogado por la policía helénica sobre el asesinato de Spiro Xeanax, un joven de dieciséis años de Aryiroupolis.

Dos testigos habían situado a Igor Papadakis cerca del lugar del asesinato. Papadakis negó tener conocimiento del asesinato y afirmó que estaba dando un paseo. La policía helénica observó que Papadakis vivía a más de diez millas de distancia y no tenía nada que hacer en la zona.

La policía helénica notificó a Interpol su interés en asegurarse de que no abandonara el país. También le confiscaron el pasaporte. Había otros dos sospechosos en el caso, uno de ellos un conocido pederasta.

En abril de 1989, se da por concluida la investigación y se devuelve el pasaporte a Papadakis, pero se le aconseja que notifique a las autoridades cualquier viaje internacional. En mayo de 1989, Igor Papadakis abandonó Grecia sin avisar a las autoridades.

La muerte de Spiro Xeanax sigue sin resolverse.

Lo leí de nuevo. Lo que me llamó la atención fue el momento. ¿Se mudaron de Rusia pocos días antes de Navidad? ¿Entonces Papadakis está en Grecia poco más de un año y lo interrogan por asesinato? ¿Era un inmigrante el objetivo? ¿Los problemas perseguían a Papadakis o él los traía consigo?

¿Podría la familia haber huido apresuradamente de Rusia porque su hijo se metió en problemas? No estábamos en los mejores términos con los rusos en estos días, y fue hace treinta años. ¿Estarían dispuestos a investigar a Papadakis? Eso fue durante los días de la KGB. Probablemente sabían cuando estornudabas.

Me recosté en la silla y recordé que Papadakis había dicho que vivía en Miami cuando llegó a Estados Unidos. ¿Era eso cierto? Le pediría a Derrick que buscara todas sus direcciones conocidas y luego verificara las áreas en busca de asesinatos sin resolver.

Mientras consideraba otros caminos a seguir, miré los anuarios en la esquina de mi escritorio y tomé uno. Era de 1993, el año en que se suponía que Debbie Boyle se graduaría de la escuela preparatoria.

Hojeé las páginas buscando su clase. Estaba en la tercera página de la sección Clase de 1993. Cinco filas, cinco fotografías en cada una, de niños posando me miraron fijamente. Todos excepto uno tenían sonrisas de neón.

Algunos de los niños habían dejado mensajes escritos a mano debajo de sus fotos. Dominaban los deseos de buena suerte, con recuerda esto o aquello, pero había dos que destacaban. Uno era de una niña llamada Donna Siler: "No te preocupes, todo saldrá bien. Estaré ahí para ti".

El otro estaba debajo de la foto de Debbie Boyle: "Te vas a arrepentir". Estaba firmado por Fred. ¿Quién era Fred y qué quiso decir con su mensaje? Fui al principio del libro y fui página por página buscando a un chico llamado Fred.

Las primeras páginas eran sobre el personal administrativo y los profesores. Luego un par de páginas de la banda y los grupos de teatro de la escuela en acción antes de las fotografías de la clase. Encontré al primer Fred. Un chico de pelo desgreñado llamado Fredrick Holmes. Estaba en tercer año. Lo anoté y seguí buscando. El segundo, un estudiante de último año, era un chico con una sonrisa torcida llamado Fred Biehl.

Mientras iba página por página, llegué a una doble con fotografías de una fiesta de Halloween. No podía faltar Debbie Boyle con su traje de sirvienta de falda corta. Un hombre rubio tenía los brazos alrededor de sus hombros. Me resultaba familiar. Fui a las páginas de fotos de los profesores. Su cabello no era largo, pero no había duda de que era Larry Culver.

Fue el profesor involucrado en el escándalo del examen SAT. Quizás debería charlar con él. El último Fred que encontré se llamaba Freddy Palmer. Tenía gafas de montura gruesa y un cabello que parecía electrizado.

"YA QUE TUVISTE un presentimiento sobre Papadakis desde el primer día, pensé que te gustaría seguir un nuevo ángulo con él".

Juraría que sus orejas se levantaron como las de un perro de caza. "Claro. ¿De qué se trata?".

"Algo en el informe del FBI me hizo pensar. Toda la familia abandonó Rusia días antes de Navidad. ¿Te parece correcto? ¿Quién se mudaría en esa época del año?".

"A menos que fuera necesario".

"Exactamente. Quizás Igor se metió en problemas y se marcharon".

"¿Quieres que vea qué tienen los rusos sobre él?".

"Sí, pero también, y probablemente más preocupante, es el hecho de que el chico en Grecia fue asesinado aproximadamente un año después de que Papadakis se mudara allí. Cuando partió hacia Estados Unidos nos dijo que se fue a Miami".

"Sí, lo recuerdo".

"¿Pero lo hizo? Verifica todas sus direcciones conocidas. Luego haz una verificación cruzada, digamos cincuenta millas en cualquier dirección, con cualquier asesinato sin resolver.

Derrick asintió. "Muy buena idea, Frank".

"Ya veremos".

"Dime, ¿por qué no le pedimos ayuda a ese amigo tuyo del FBI con los rusos?".

"Esperemos. No quiero abusar de la relación. Guárdalo para cuando realmente necesitemos algo".

29

Enojado por haber perdido la mitad del día en el tribunal, me estaba quitando la chaqueta cuando Derrick dijo: "Frank, revisé la caja de pruebas de Boyle y ¿adivina qué encontré?".

Odiaba cuando la gente decía eso. "Esto no es un juego, Derrick".

"Lo siento. Se recogió una uña del lugar. Seguro que era de Debbie Boyle, el mismo esmalte de uñas".

"¿Qué? ¿No estaba catalogada?".

"No. Quien manejó la evidencia la metió en el bolsillo de los jeans de Boyle. ¿Crees que podremos extraerle ADN?".

"Esperemos que haya peleado, haya arañado a su asesino y que quede algo de piel allí".

"Eso es lo que esperaba".

"Tenemos que llevarla al laboratorio. Rápido. Quién sabe lo que aparecerá".

"Aunque tenga veinticinco años pueden saber a quién pertenece, ¿verdad?".

"Sí, el ADN dura un par de millones de años. ¿Había alguna otra sorpresa en la caja?".

"No. Estaba mohoso, pero revisé todo por completo".

Era lo que debería haber hecho, lo habría hecho más a fondo, antes de la quimioterapia cerebral. "Lleva la uña al laboratorio. Les diré que va para allá".

Esta era la oportunidad para la que estábamos trabajando. En realidad no fue una oportunidad sino el descubrimiento de que el detective Foster y su equipo habían cometido otro error garrafal. Foster no tenía experiencia en homicidios y merecía un poco de holgura, pero no catalogar los elementos recogidos en la escena del crimen rayaba en negligencia.

Me preguntaba si alguno de los sospechosos nos diría algo cuando les pidiéramos muestras de ADN. Wheeler y Papadakis se disputaban la primera posición entre los principales sospechosos, y me imaginaba que ambos armarían un escándalo y se negarían a entregar las muestras.

Cuál sería la reacción de Mackay, era un comodín que no podía predecir. No pensé que fuera Walker, pero necesitábamos una muestra para estar seguros.

El sórdido Boralis también sería analizado. Incluso me aseguraría de que Bert Campos fuera examinado, pero aparte de descubrir que al viejo hippie le faltaban uno o dos cromosomas, no esperaba descubrir nada. Y estaba Moore, que la había amenazado. ¿Coincidiría su ADN?

DERRICK ENTRÓ LUCIENDO como un niño al que le habían quitado su bicicleta. "El laboratorio dijo que pasarían al menos una semana, si no diez días, hasta que pudieran examinar el fragmento de la uña".

"Lo sé. Cuando llamé me dijeron que Miller estaba de vacaciones hasta después del Año Nuevo. Se fue a esquiar a alguna parte del oeste".

"Así que ahora tenemos que esperar".

"Llamé a Peters para ver si podía hacer algo para acelerarlo, pero me dijo que era un caso de hacía veinticinco años y que un par de semanas más no importaría".

"¿Cómo es que nunca te mudaste arriba?".

"¿Te refieres a buscar ascensos?".

"Sí, si me preguntas, tienes lo necesario para dirigir este lugar".

Resoplé. "De ninguna manera. No tengo don de gentes. La clase alta aquí debe ser política y políticamente correcta. Yo estoy tan lejos de eso como se puede estar".

"¿Pero por qué no un teniente o un capitán? O al menos un sargento. Te lo mereces y además la paga es mejor".

"Hago lo que hago porque me encanta. No digo que no sea deprimente o incluso repugnante a veces, pero entrar en la mente de un asesino y localizarlo es muy satisfactorio. No podía imaginarme haciendo otra cosa, especialmente algún trabajo político de escritorio".

"Pero podrías ascender a sargento y seguir en el campo".

"Soy bueno en lo que hago y quiero concentrarme en ello a tiempo completo, no preocuparme del papeleo".

"¿Cuánto tiempo piensas seguir siendo detective de homicidios?".

"Hasta que me echen o me caiga muerto". No era del todo cierto, porque si mi memoria seguía decayendo querría irme antes de que me echaran.

"Me encanta el hecho de que estés totalmente involucrado, Frank. Tuve suerte contigo. Estoy siendo entrenado por el mejor".

Si cree que soy el mejor ahora, debería haberme visto antes de que tuviera cáncer de vejiga. O mejor aún, debería haberme visto cuando JJ era mi compañero en Jersey. Sonreí al pensar en lo buenos que éramos.

"¿Por qué sonríes?".

"Solo recuerdo los viejos tiempos y a mi compañero JJ. Resolvimos un montón de casos y hubo muchos difíciles".

"Este es uno bastante difícil, ¿no?".

"Medio, pero estamos a punto de resolverlo".

30

Esta sería nuestra primera Navidad viviendo juntos. No era exactamente la sensación que tiene un niño de diez años, pero había cierta electricidad en el aire y me ayudó a enterrar mi vergüenza por el error de De Beers.

Incluso violé una de mis normas y compré un árbol de verdad. El olor a pino en la casa era un toque agradable, pero las agujas caían en una llovizna constante. Si alguna vez vuelvo a tener un árbol vivo, me aseguraré de conseguirlo antes.

También fue la primera Navidad desde que las cosas con mi exmujer se complicaron como para que mi melancolía se mantuviera por debajo de la superficie. Estaba entusiasmado con la idea de sorprender a Mary Ann con el viaje a Europa y deseaba pasar un tiempo tranquilo a solas.

Ninguno de los dos teníamos familia cercana, ni en parentesco ni en geografía, y para Nochebuena íbamos a visitar a una amiga de Mary Ann que vivía en la comunidad.

"¿Qué hará Becky mañana? ¿Pescado?".

"No, dijo que iba a ser al estilo sureño, con jamón y costillas".

Crecí en una familia italiana donde la Fiesta de los Siete Peces definía la cena de Nochebuena. Para proteger mi patrimonio y mis arterias, dije: "Iré al mercado de marisco Captain and Krewe por la mañana y compraré algo de pescado para el día de Navidad".

"Suena bien. ¿Qué te apetece?".

"Conseguiré algunas colas de langosta, camarones y un trozo de pescado, tal vez mero".

"Es demasiado".

"Deberías haber visto la Navidad cuando mi madre vivía. Por lo menos siete mariscos diferentes. Nosotros solo tendremos tres".

"Traeré salmón ahumado como aperitivo".

"Ahora estamos hablando. Eso nos lleva a cuatro, más de la mitad del camino. No está mal, considerando que solo somos dos".

"Eres tremendo, Frank".

"Es nuestra primera Navidad. Tenemos que hacerlo bien".

Mary Ann me dio un beso en la mejilla. "A veces puedes ser realmente dulce".

"He estado pensando. Es importante que comencemos a crear nuestras propias tradiciones juntos".

"Tienes razón. Deberíamos".

Aunque había dejado de asistir a la iglesia, dije: "¿Por qué no vamos a misa de medianoche en Nochebuena, después de cenar?".

"Eso sería lindo, una forma especial de celebrar la Navidad juntos. Nunca he ido a misa de medianoche".

"Solíamos ir todos los años y, cuando llegábamos a casa, mi mamá preparaba un tanda fresca de zeppole".

"Iremos a la iglesia, pero no voy a hacer pastelillos a la una de la madrugada".

"Eso es un trato. Por cierto, no se abren regalos en Nochebuena".

Mary Ann hizo un puchero. "¿Incluso después de Misa? Para entonces es oficialmente Navidad".

"Puedes abrir solo uno".

LA NOCHEBUENA FUE un poco rara. Su amiga Becky también invitó a su familia, lo que me hizo sentir como un extraño. La comida estuvo regular, pero la misa fue mágica. Insistí en ir a Saint Williams, pensando que la mayoría de los veteranos que abarrotaban el lugar estarían durmiendo. Además, tuvieron un programa musical impresionante con una docena de instrumentos y un coro numeroso.

Saint Williams estaba lleno pero no abarrotado. Se podía sentir la alegría en el templo. Cantamos villancicos y nos quedamos hasta el final. Cuando llegamos a casa, encendí las luces del árbol y se veía increíble. Lo admiramos durante veinte minutos antes de meternos en la cama. Eran más de las dos.

A la mañana siguiente me desperté poco antes de las nueve. Mary Ann estaba profundamente dormida. Después de intentar quedarme en la cama, salí y preparé café. Abrí las puertas corredizas y me senté en la terraza. Tuve que buscar mis gafas de sol. Hacía unos setenta grados y estaba tranquilo.

Tomando una segunda taza, encendí el árbol. A las diez y cuarto puse música navideña, pero seguía sin aparecer Mary Ann. Pasaron diez minutos antes de que subiera el volumen.

Estaba sonando *The Christmas Song* cuando Mary Ann entró en la habitación.

Con una sonrisa que iluminaba la habitación y una sedosa camisola azul que iluminaba al pequeño Luca, me dijo: "Feliz Navidad, Frank". Le di un beso y un café e intercambiamos regalos. A ella le gustaban los conjuntos de Lululemon, aunque me equivoqué en las tallas. Estaba entusiasmada con las vacaciones europeas, pero me dio la sensación de que sabía lo del viaje.

Nos quedamos un rato, nos duchamos juntos y nos metimos en la cama para disfrutar de una fiesta de amor. Era mi tipo de Navidad.

Pasamos el resto de la tarde relajados haciendo un par de llamadas festivas. Para la cena, lo hicimos al estilo Florida, asando mariscos y bebiendo vino al aire libre. Era la mejor Navidad que había tenido en décadas.

Nunca fui fanático del Año Nuevo y de las tonterías de hacer resoluciones para cambiar esto o hacer aquello. Si querías dejar de fumar, ponerte en forma o hacer puenting, ¿por qué tenías que esperar hasta Año Nuevo para comprometerte con ello? Cada día era un nuevo día, un nuevo comienzo y una oportunidad de vivir la vida que deseabas. ¿Por qué desperdiciar un maldito año?

En mi opinión, la noche de Año Nuevo era de aficionados, y tampoco es una opinión humilde. Dejé de salir antes de entrar a la academia. Mi idea de una buena Nochevieja era una pequeña fiesta en casa con buena comida y vino. Me tomó un poco convencimiento, pero después de una Navidad tan buena juntos, pude persuadir a Mary Ann de ir a cenar temprano a Bleu Provence.

Nos lo pasamos muy bien, pero mientras volvíamos a casa

mi mente se centró en el caso Boyle y en los resultados pendientes de ADN y de la resonancia magnética.

Me tomaba cada caso como un reto personal. Era yo contra el asesino. Estábamos enzarzados en una batalla que tenía que ganar. Sabía que era mi trabajo y que la comunidad se beneficiaba, pero también sabía, en el fondo, que necesitaba la confirmación y el respeto que conllevaba.

Este caso era diferente. Quería ganar, pero también quería ganar para la madre de la víctima. La pobre mujer había sufrido demasiado. Una resolución aquí no le devolvería a su hija, pero podría ayudarla a seguir adelante con el resto de su vida.

Estaba apostando a que los próximos días proporcionarían las pistas que necesitaríamos para resolver este gélido caso.

31

"¿Qué tal el Año Nuevo, Frank?".

"Agradable y tranquilo. ¿Y tú?".

"Fuimos a casa de mis padres. Nada grande. Llegamos a casa poco después de medianoche".

"Mary Ann me hizo quedarme despierto y ver caer la bola. ¿Por qué es tan importante? No significa nada".

"No puedo imaginarme a esa gente ahí parada durante horas, congelándose el trasero".

"Amén. Mira, vamos a tener los resultados de ADN en cualquier momento, y quiero estar listo para cotejarlos".

"Está bien. ¿Qué quieres hacer?".

"Busquemos a todos los sospechosos y veamos si se someten voluntariamente a una prueba de ADN".

"Pero ni siquiera sabemos si hay ADN en la uña".

"Estoy al tanto. Pero creo que lo habrá".

"Pero si lo hay, podría ser una mujer".

"Mira, yo hago los planes aquí. ¿De acuerdo?". Vamos a aprender algo sobre cada uno de los sospechosos. Ver cómo reaccionan ante la solicitud; es información que podemos usar.

Además, tendremos muestras de ADN para cualquiera que acepte hacerse la prueba. "Eso es bueno".

"Vale. Ya veo. Para que lo sepas, Frank, no estaba desafiando. Solo estaba haciendo preguntas, eso es todo".

Lo miré a la cara. Estaba mintiendo. "Vámonos. Quiero que vayas a ver a Mackay, Campos y Boralis. Tienes que prestar atención a cómo reaccionan. Fíjate en todo lo que dicen y hacen. El lenguaje corporal te dirá mucho. ¿Entendido?". Recoge un par de kits de hisopos del laboratorio y ten cuidado. Utiliza guantes".

Derrick asintió. "Lo entiendo, pero ¿por qué Campos? Él no lo hizo".

"Ambos creemos que no, pero estuvo allí en Delnor esa noche. Tenemos que saberlo con certeza. Si no es compatible, lo eliminamos de la lista".

"Supongo que así es como debe hacerse".

"Parece que hoy me estás cuestionando. Espero que no lo conviertas en un hábito".

"No, no, no lo estaba. Es solo que parece una pérdida de tiempo, considerando que tenemos sospechosos más creíbles a quienes perseguir como Papadakis, Wheeler, Walker y Moore".

"Yo voy a verlos. Cuando termines con ellos, llámame. Quizás podamos encontrarnos".

Mi plan original era hacer todas las visitas juntos. No necesitaba ayuda, pero Derrick necesitaba la experiencia. Un detective experimentado podría obtener un montón de información por la forma en que reacciona la gente. Pero Derrick me había enfadado, al cuestionarme sobre el ADN. Necesitaba hacer un poco de trabajo sucio para volver a caerme en gracia.

Me dije a mí mismo que no era venganza. Había que visitar a los sospechosos menores, y sería una pérdida de tiempo si lo hiciera yo y una negligencia si los omitiéramos. Me quedé un rato, haciendo un par de llamadas antes de salir. De ese modo, Derrick se reuniría conmigo a tiempo para visitar a uno o dos sospechosos.

Era mi tercera visita a John Wheeler. Estaba trabajando en una obra comercial en Venetian Village y accedió a reunirse conmigo. No quería levantar sospechas y quería mantener el asunto en privado. Estaba trabajando en el extremo sur de Venetian Village, un complejo de tiendas y restaurantes en dos parcelas frente a la bahía que se extienden a lo largo de Park Shore Drive.

Las vistas y el ambiente de Venetian Village eran estupendos, especialmente fuera de temporada, ya que tendía a volverse turístico. Me puse las gafas de sol y me senté en un banco junto a una fuente de agua saltarina. Conos de helado en mano, un padre y un hijo salían de Ben and Jerry's cuando vi a Wheeler.

Levanté una mano y Wheeler asintió en reconocimiento. Llevaba una camisa safari de manga larga, jeans y un sombrero flexible para protegerse del sol cuando trabajaba al aire libre.

Extendió la mano mientras se acercaba y yo me levanté y la estreché. Nunca me gustó un hombre que no se levantara para estrechar la mano.

"Gracias por reunirse conmigo, señor Wheeler".

"No hay problema. Agradezco la discreción que ha mostrado. Todo el mundo sabe que el caso ha sido reabierto y he tenido muchas preguntas al respecto. ¿Qué pasa?".

"Nos gustaría pedirle que envíe voluntariamente una muestra de ADN".

"¿Una muestra de ADN? ¿Por qué?".

"Es rutina".

"¿Rutina? Vamos, detective. ¿De qué se trata?".

"Creemos que hemos podido recuperar ADN de la escena del crimen".

"¿La escena del crimen? Sucedió hace más de veinticinco años".

"Permítanme reformular eso. Se acaba de descubrir una prueba que se recuperó en la escena del crimen en ese momento".

"¿Qué quiere decir con se acaba de descubrir?".

"Nunca fue catalogada y estaba metida en el bolsillo de los jeans de Debbie. No puedo responder por qué, y usted no se enteró por mí, pero es otro ejemplo de lo mal que se manejó este caso".

"A mí me parece sospechoso. La policía planta pruebas todo el tiempo".

Sabía que iba a ser un problema de credibilidad. Debería serlo, y si resultara ser una prueba críticamente incriminatoria, los abogados defensores la atacarían en el tribunal.

"No estoy en condiciones de decir que eso nunca sucede, pero es algo que ocurre muy raramente. Las únicas personas que hemos tenido acceso a las pruebas de este caso somos mi socio y yo. Puedo asegurarle que no las hemos manipulado".

"Me siento incómodo con todo esto. Primero, quiere que me haga una resonancia magnética y ahora que me someta a una prueba de ADN. Por alguna razón, está apuntando a mí. No lo entiendo".

"Si apunto a algo, es a la verdad. Eso es todo. Hace mucho tiempo, cuando comencé en homicidios, estuve involucrado en un caso en el que arrestaron al hombre equivocado. Desde entonces, he trabajado muchísimo para asegurarme de que esto nunca suceda en ningún caso en el que estoy trabajando".

"No es que no confíe en usted, pero ¿por qué debería hacerlo? ¿De qué me serviría?".

"Le exculparía sin lugar a dudas, borraría cualquier sospecha que pudiera tener la gente".

"Mire, hasta que usted llegó, nadie había hablado de este caso durante años. Lo lamento. No estoy dispuesto a seguir adelante con esto".

Wheeler presentó el argumento correcto y pareció sincero al respecto. Pero, por otro lado, ahora ha rechazado dos pruebas para aclarar su papel. ¿Necesitábamos elevarlo? Dado que su antigua resonancia magnética estaría disponible más tarde hoy o mañana, no tenía sentido desperdiciar energía en él ahora.

Cuando llamé a Clem Walker, accedió a reunirse conmigo, pero en el muelle de la ciudad de Naples. ¿Por qué alguien que afirmaba pescar en la playa estaría en un puerto deportivo?

Había un olor a salmuera en el aire mientras esperaba en la entrada, como me indicó Walker. Observé un flujo constante de gente que llegaba después de una tarde en el agua. Un minibús se detuvo y desechó a un grupo de empresarios que pedían indicaciones para llegar a un catamarán llamado *Sweet Liberty*. Les indiqué dónde estaba atracado y, mientras me hablaban del paseo en barco que iban a hacer, vi a Walker caminando por el estacionamiento.

Walker llevaba una camiseta con un pez vela, chanclas y pantalones cortos de peto. Se metió el cigarrillo en la boca y extendió la mano.

¿Cómo estás?".

"Bien. ¿Has salido a pescar?".

"No, me encontré con algunos amigos para almorzar en The Dock". Pasó un pulgar por encima de su hombro. The

Dock era un lugar concurrido, situado en el borde del puerto deportivo, que atendía a los pescadores y a los turistas.

"Hacía tiempo que no iba". Tenía unas vistas estupendas pero era ruidoso y no aceptaba reservas.

"¿De qué querías hablar?".

"¿Te someterías voluntariamente a una prueba de ADN?".

Dio una larga calada a su cigarrillo. "Siempre y cuando sea algo positivo".

"Absolutamente".

"Siempre y cuando sea por las buenas".

Le hablé de las pruebas recién encontradas.

"No tengo nada de qué preocuparme, así que terminemos con esto".

"¿Por qué no vamos a mi coche?".

Una vez en el auto, Walker firmó el formulario de consentimiento y abrí el kit. Me puse guantes de látex y abrí el tubo de almacenamiento de vidrio para que fuera más fácil introducir las muestras después de la recolección.

Walker abrió la boca y reveló una serie de dientes manchados de nicotina. Limpié el interior de su mejilla con el hisopo, expulsé la punta dentro del tubo y repetí el proceso con el otro lado de su mejilla.

Walker era un enigma. Partes de su historia no encajaban, pero tampoco ninguna de las otras. No dudó en entregar una muestra, pero tratándose de un caso de veinticinco años de antigüedad, los abogados lucharían si fuera necesario. Mientras salía del estacionamiento, Derrick llamó.

32

Sentado en el estacionamiento del Coastland Mall y hablando con Mary Ann, vi llegar a Derrick. Me saludó con la mano y me sonrió aún más. ¿Intentaba volver a caerme en gracia o simplemente estaba emocionado por entrevistarse conmigo?

Subió al Cherokee y, antes de que se cerrara la puerta, dijo: "Hice tres de tres. "¿Cómo te fue?".

"¿Tienes muestras de ADN de Mackay, Boralis y Campos?".

"Sí. Tengo que ser honesto contigo, fue fácil".

¿No se daba cuenta la gente de lo estúpido que sonaba decir que estaban siendo honestos? "¿Mackay no hizo ningún escándalo?".

"La verdad es que no. Estaba escéptico. Boralis me dijo que esperaba que no le incrimináramos. Quiero decir, ¿la gente realmente cree que la policía es tan corrupta?".

"Ésa es la pregunta de los mil millones de dólares. Tuvimos algunos problemas en Jersey, como estoy seguro que tú los tuviste en DC. A mi modo de ver, cuanto mayor es la fuerza, más oportunidades hay para la corrupción".

"Probablemente tengas razón. ¿Cómo te fue?".

"Wheeler no quiso hacerlo. Le preocupaba que las nuevas pruebas fueran plantadas. Pero Walker no tuvo ningún problema con eso".

"¿Crees que Wheeler estaba asustado?".

"Es difícil de decir. Ha cooperado hasta cierto punto, pero yo digo que lo dejemos hasta que tengamos la resonancia magnética".

"Tiene sentido. ¿A quién vemos?".

"Solo tenemos que ver a Papadakis. No quería conducir hasta Sarasota por nada, así que llamé a Moore. Estuvo de acuerdo en dar una muestra, pero quería que se hiciera bajo supervisión. Hice arreglos para que le diera una muestra a la policía de Sarasota".

"¿Otro que piensa que lo incriminarían?".

"Supongo que un caso tan antiguo hace que la gente sospeche. De todos modos, llama al NCH y mira dónde diablos está esa resonancia magnética".

Cuando llegamos a la casa verde de Papadakis, NCH había confirmado que la resonancia magnética estaba lista y Derrick había enviado un mensaje para que la recogieran y la enviaran al Dr. Brown, un radiólogo con el que trabajamos.

El perro ladraba, pero a diferencia de la última vez, no estaba encadenado a una estaca. Le dije a Derrick que llamara a la puerta. La puerta del garaje estaba abierta y quería echar un vistazo.

Mis ojos se llenaron de lágrimas por un fuerte olor a lejía. ¿Qué estaba desinfectando o eliminando? Me asomé al interior. Bolsas de plástico negras estaban apiladas debajo y encima de un banco de trabajo de madera. En el lado opuesto había una cortadora de césped oxidada, dos palas, una caja de herramientas y un cofre de madera cerrado con candado. Derrick me llamó y me acerqué trotando a la puerta principal.

Papadakis estaba pulcramente vestido con unos chinos color beige y una camisa de golf azul. Debe haberse lavado el pelo; sus mechones color carbón estaban esponjosos. Papadakis agarró el collar de su perro que ladraba.

"Es bueno verlos a los dos de nuevo".

"¿Podría encerrar al perro?".

"Gorky no es peligroso. Pero si quiere, lo ataré".

"Por favor".

Nos hicimos a un lado y Papadakis llevó al perro a la estaca y lo encadenó a ella. Luego nos miró por encima del hombro y cerró la puerta del garaje.

"Gracias".

"Gorky es un buen chico. Solo necesita conocerle".

"No pude evitar fijarme en su garaje".

"Está un poco desordenado".

"Ese cofre. Parece europeo. ¿Se lo trajo cuando vino?".

"Sí. Pertenecía a mi padre".

"Lo tiene bastante cerrado".

Se encogió de hombros. "¿Por qué no entra?".

"¿Tiene algo particular en el cofre?".

"Solo algunas cosas personales de la familia, ¿sabe?".

Volvimos a la cocina, que esta vez estaba notablemente más iluminada. Examiné las encimeras... nada.

"Siéntese, siéntese".

Nos sentamos, pero Papadakis se quedó de pie.

"¿Para qué quería verme?".

"Nos gustaría pedirle que envíe voluntariamente una muestra de ADN".

Le tembló el labio. "¿Una muestra de ADN? ¿Para qué?".

"Para cotejarlo con el ADN recogido en la escena del crimen de Boyle".

"Pero eso fue hace mucho tiempo".

Derrick deslizó un kit sobre la mesa de la cocina. "No importa".

Cuando Papadakis se movió sobre sus pies, por una fracción de segundo pensé que iba a correr.

"No tengo que hacerlo, ¿verdad?".

Le dije: "Es voluntario, pero si no tiene nada que ocultar, no debería tener miedo de darnos una muestra".

"No lo sé. Alguien podría tomar mi ADN y ponerlo en algún lugar para causarme problemas".

Estaba cansado de la excusa de la incriminación. "No creo que sea un temor válido. ¿Está insinuando que la policía podría plantar su ADN e incriminarle?".

"Lo he visto suceder".

"Bueno, en primer lugar, no hacemos eso, y nunca he sido parte de ninguna fuerza acusada de eso. Pero lo que es más importante, si alguien quisiera hacerlo, incluida la policía, su ADN está por todas partes: su cepillo de pelo, su cepillo de dientes, su ropa... está por todas partes".

"Entonces, ¿por qué necesita que haga una prueba?".

"Realmente no lo necesitamos".

"¿Qué? Yo....yo... ¿Cómo funciona eso? Quiero decir, ¿puedes tomar mi ADN de cualquier lugar?".

"Dejamos nuestro ADN en todas las cosas que tocamos, como el volante de su coche".

El pálido rostro de Papadakis se volvió blanco como la harina. Dijo: "Tengo que ir al baño". Y desapareció por el pasillo.

Derrick levantó el pulgar y extendió el puño para chocar. ¿Choque de puños? ¿Dónde empezó esto?

Susurré: "Contrólate".

Hubo una descarga del inodoro y Papadakis reapareció. "Lo siento. Cuando tengo que ir, realmente tengo que ir".

"No hay problema, entiendo". Y entendía. "¿Va a aceptar una prueba?".

Meneó la cabeza. "No creo. Creo que sería una buena idea consultar con un abogado".

Mientras nos alejábamos, Derrick dijo: "Eso fue increíble. Se vino abajo cuando le dijiste lo de conseguir su ADN sin una prueba".

"Está ocultando algo. ¿Qué diablos había en ese cofre?".

"Podríamos obtener una orden judicial".

"Ningún juez lo aprobaría; no tenemos suficiente".

"Todavía. Conseguimos su ADN, lo enviaremos a Grecia, veremos si está relacionado con el asesinato de ese chico. Y a Rusia. ¿Quién sabe qué encontrarán?".

"Un paso a la vez. No trabajamos para Interpol".

"Lo sé, pero incluso si él no es el asesino de Boyle, aún podría ser quien mató a ese chico griego. O a alguien más".

Era un punto fuerte que había pasado por alto y que no debería haber pasado por alto. "Tal vez".

33

El comedor estaba abarrotado. Phil Murray se jubilaba. Phil era un patrullero tranquilo al que no le gustaba llamar la atención; de lo contrario, nos despediríamos en el pub Old Naples de Venetian Village. En cambio, fueron wraps, sándwiches y refrescos, en lugar de cerveza y hamburguesas.

A mitad de un wrap de pavo, Bárbara, una encargada de relaciones públicas, me tocó el hombro.

"Esto acaba de llegar para ti".

Era un gran sobre manila del doctor Brown. Era la resonancia magnética. Me metí el resto del wrap en la boca de camino a mi oficina.

Agité el sobre. "Recibimos los resultados de la resonancia magnética".

Derrick saltó de su asiento mientras yo abría el sobre. "¡Y el ganador es!".

Del sobre se cayó un informe de dos páginas y un DVD. Escaneé el informe del doctor Brown. Estaba lleno de jerga médica. Pasé al resumen de la segunda página.

Los aspectos más destacados fueron:

Evidencia de una antigua fractura en el hueso frontal que ha sanado.

Origen: probablemente causado por un traumatismo contundente.

Derrick dijo: "Tenía una fractura. Supongo que lo golpearon esa noche".

"No hay forma de demostrar si la fractura ocurrió esa noche o en algún otro momento de su vida antes de esa noche".

"¿Tú crees?".

"No importa, tenemos los resultados del ADN en camino. Fractura o no, si su ADN está debajo de la uña de ella, Wheeler es nuestro hombre".

"Pero no tenemos su ADN para compararlo".

"Obtenemos los resultados y vemos si coinciden con alguien en la base de datos y los que recopilamos. Si no hay ninguna coincidencia, nos conseguiré algo de su ADN".

MARY ANN ESTABA DOBLANDO la ropa cuando entré. Ella dijo: "¿Qué pasa?".

"Nada".

Dejó una toalla. No me digas nada".

"Te digo que no es nada".

"Frank, si quieres andar por ahí aguantando lo que sea que te moleste, adelante, pero no arruines mi noche dando vueltas".

Otra vez tenía razón. "Estoy un poco frustrado, eso es todo".

"¿Acerca de?".

"Llegó la resonancia magnética de Wheeler. Había evidencia de una fractura antigua".

"¿Y?".

"Era el principal sospechoso".

"Está bien, ahora ya no lo es. Como siempre me dijiste, eliminar a un sospechoso es bueno, enfoca las cosas".

Odiaba que me echara en cara lo que había dicho. Necesitaba un poco de simpatía. "Esperemos que sí".

Mary Ann se acercó y me rodeó con sus brazos. "El pobrecito Frankie está decepcionado". Me hizo cosquillas en la axila.

"Oye, no es justo". Le sujeté los brazos y la besé.

Envolvió una de sus piernas alrededor de la mía y apretó sus caderas contra mí. La levanté y la llevé al dormitorio para el máximo consuelo.

DERRICK CONTESTÓ EL TELÉFONO. "Frank, es Dempsey, del departamento forense".

Cogí el teléfono. "Rick, soy Frank. ¿Qué tienes para mí?".

"Hicimos un perfil de las células de la piel de la uña y realizamos una verificación cruzada en la base de datos, pero no hubo coincidencias".

"¿Qué pasa con las muestras de hisopo que te dimos? ¿Lo comparaste con ellas?".

"Fue lo primero que hicimos, Frank".

"¿Estás seguro?".

"Lo lamento, Frank. No hay coincidencia".

"¿Lo revisaste en el banco de datos nacional?".

"Sí, y en el de Florida también, pero no hay resultados".

"Bajo".

"No tengo tiempo, Frank. No hay coincidencia y el que vengas no va a cambiar las cosas".

"Está bien. Gracias, Rick. Hay otras dos personas de

interés que se negaron a enviar muestras. Voy a recolectar especímenes y entregártelos".

"No hay problema. Consíguelos y haremos una verificación. Tengo que irme".

"Espera, ¿el ADN era masculino o femenino?".

"Masculino".

"Gracias".

Colgué el teléfono de golpe. "Parece que no podemos encontrar un respiro en este caso. Lo único que descubrimos es que es un hombre".

"Todavía tenemos que examinar a Wheeler y Papadakis".

"Lo sé".

"Sabes, no puedes olvidar que lo que sea que había en la uña de la víctima no tenía por qué ser del asesino".

"Desde luego. Es solo que tengo un presentimiento al respecto".

"Eso es suficiente para mí. ¿Qué quieres hacer?".

"Averigua cuándo recoge el camión de reciclaje en el barrio de Wheeler".

"¿Reciclaje?".

"Sí". Wheeler es un bebedor de cerveza de raíz. Ve a su casa la mañana que llega el camión y saca tres latas vacías de su basura".

Derrick me miró como si le hubiera pateado a su perro.

"Así es, este es el mundo real, no *CSI*".

Ambos tomamos nuestros teléfonos. Llamé a Papadakis y concerté una cita para volver a verlo.

El camión de reciclaje llegaría al vecindario de Wheeler por la mañana. Le recordé a Derrick que se pusiera guantes, que colocara las latas en bolsas por separado y salí a ver a Papadakis.

EL PERRO ESTABA ENCADENADO, vigilando la propiedad y ladrando mientras me dirigía a la puerta. El garaje de Papadakis estaba cerrado. Me di cuenta de que la cadena no era lo suficientemente larga para evitar que un intruso llegara a la puerta principal. Me imaginé el baúl cerrado con candado en el garaje y toqué el timbre.

La puerta se abrió antes de que desapareciera el sonido del timbre. Una pequeña gota de sudor recorría el rostro de Papadakis.

"Detective Luca, entre".

"¿Ese perro alguna vez deja de ladrar?".

"¡Gorky! ¡Cálmate!". Me siguió hasta el pasillo. "Es un buen perro, realmente bueno".

En la cocina pregunté: "¿Puede darme una botella de agua?".

"Seguro". Abrió el refrigerador y sacó una botella. El intercambio de botellas no sería una opción.

"¿Ha reconsiderado permitirnos tomar una muestra de ADN?".

Se sentó en una silla de la cocina. "Uh, no, quiero decir. No creo".

"Bien".

"Realmente no hay ninguna razón para que deba hacerlo".

"Ayudaría a eliminarlo como sospechoso del asesinato de Boyle".

"Pero... no hice nada. Estaba caminando...".

"¿Como lo hizo en Ariypool, donde encontraron muerto a ese chico Spiro?".

Los hombros de Papadakis se hundieron. "Fue Aryiroupolis y yo no tuve nada que ver con la muerte de ese chico.

Intentaron inculparme. Nos acabábamos de mudar a Grecia, matan a un niño y creen que yo lo hice. A los griegos no les gustan los rusos. Aunque mi padre era griego, nos trataban como a personas de segunda".

"¿Es por eso que huyó tan pronto como recuperó su pasaporte?".

"El modo en que nos trataron por la muerte de ese chico fue repugnante. ¿Cómo podría alguien quedarse allí?".

"Pero se fue solo. Si era tan malo, ¿por qué se quedaron sus padres?".

Se le arrugó la cara y agachó la cabeza. ¿Iba a confesar?

"Mi mamá estaba enferma de cáncer. Ella no podía viajar. Nunca la volví a ver".

Parecía genuinamente molesto. Aun así, estoy seguro de que ha habido miles de asesinos que han perdido a sus madres a causa del cáncer.

"Siento escuchar eso. ¿Te importa si uso su baño?".

Por supuesto que no. Es la segunda puerta a la derecha".

Ya era hora de orinar, pero los quince minutos que me llevaría lograrlo levantarían sospechas.

Quería tomar su cepillo de dientes, pero él sabría lo que estaba haciendo y podría volver a correr. Miré en el cubo de la basura. Había dos Plackers que había usado para limpiarse los dientes. Asqueroso, pero una buena fuente de ADN. Me puse guantes y guardé las herramientas de hilo dental en una bolsa. Al deslizar la puerta de la bañera, vi dos pelos oscuros junto al desagüe y también los guardé en una bolsa.

Tiré de la cadena, abrí el lavabo durante un minuto y salí secándome las manos en los pantalones.

"Gracias".

"No hay problema".

"Entonces, dígame. Dejó Rusia en 1985".

"Sí. Fue difícil con la caída del comunismo: algo bueno, pero caótico, así que nos fuimos a Grecia".

"Se fueron a toda prisa".

Él dudó. "No, no creo".

"Se fueron pocos días antes de Navidad. Eso me parece inusual".

"¿Estábamos ansiosos por irnos? Sí, queríamos empezar nuestra vida en Grecia con las fiestas. La Navidad es importante en Rusia, pero nada comparable a lo que es en un país cristiano como Grecia".

Tenía un aire ensayado, con respuestas suaves que creía que arreglarían las cosas. Disfruté extrayendo información, pero mi bolsillo de ADN establecería si él era el asesino de Boyle. Ya era hora de irme, además, la alarma de mi pipí había vuelto a sonar.

34

ESTÁBAMOS SENTADOS EN NUESTROS ESCRITORIOS LEYENDO correos electrónicos y siguiendo pistas que sabíamos que no valían para nada. El reloj solo se había movido veinte minutos desde la última vez que chequé. Necesitaba saber si el ADN de las latas de Wheeler o el de lo que tomé de Papadakis coincidían. Era imposible concentrarse.

Derrick colgó el teléfono.

"Caray, esta es la segunda vez que esta mujer llama. Ahora dice que tuvo otro sueño y que el asesino es el alcalde de Miami".

"No falta gente que busca atención. Estás soltero, tal vez puedas darle lo que necesita".

"No, gracias".

"¿Cuándo dijo el laboratorio que tendrían los perfiles?".

"Esta tarde en algún momento".

Eran apenas las 10:45 a.m. Para mí, el tictac del reloj era audible. Tuve que matar el tiempo. Sonó mi alarma para orinar. Fue la primera vez que agradecí escucharla. Me levanté para ir al baño, sabiendo que me llevaría quince minutos.

Sentado en el trono, sacando la orina, el estado del caso Boyle consumía mi mente. No era como si esperara que ocurriera un homicidio, pero sin nada más que me distrajera no tenía otra opción.

Todo dependía del informe de ADN. Wheeler y Papadakis eran los únicos dos sospechosos que nos quedaban. Quizás el detective Foster no era tan mal investigador como pensaba. Aun así, no había excusa para la forma en que se manejaron la escena del crimen y las pruebas.

Por mucho que odiara considerar la posibilidad, tenía que pensar en los siguientes pasos si el ADN no coincidía con ninguno de nuestros últimos candidatos. ¿Qué sabíamos? Una chica de diecisiete años, que se prepara para ir a la universidad, es asesinada a puñaladas en un parque del condado. Estaba con su novio considerablemente mayor y su hermano menor.

Todos los que sabíamos que estaban en el parque habían sido interrogados. Todos menos dos estaban absueltos en este momento. Tenía que ser uno de ellos. Papadakis era turbio. Era culpable de algo, pero yo me inclinaba por Wheeler. Él estaba allí y su historia olía a basura de hace una semana. La resonancia magnética no demostró nada. Tenía una herida en la cabeza, ¿y qué? No había pruebas de que procediera de un golpe la noche en que asesinaron a Boyle.

Me lavé y le envié un mensaje de texto a Mary Ann. Tenía que salir de la oficina y esperaba que ella pudiera escaparse para almorzar temprano.

MI OFICINA ESTABA vacía cuando regresé a las doce y media. Pulsé el ratón y el monitor cobró vida. Había un correo electrónico de los forenses. El panel de vista previa decía: Perfil 2 de ADN del Caso Boyle completo.

Dudé antes de abrir el correo electrónico. Mi dedo se cernía sobre el ratón como un jugador de póquer que saca una carta. Dejé caer mi dedo y mi espíritu lo siguió. No había coincidencias ni con Wheeler ni con Papadakis.

Apoyé la cabeza en el respaldo de la silla. ¿Cómo diablos podría ser eso?

Derrick entró con una caja de biscotti. "¿Quieres uno?".

"¡No!".

"¿Qué te pasa?".

Cogí el teléfono. "El maldito informe de ADN resultó no coincidir".

"¿Qué? Habría apostado que fue Papadakis".

"Sí. Hola, soy Frank Luca. Quiero hablar con Dempsey... ¿Cuándo volverá? ... Bueno, dile que me llame tan pronto como regrese. Es urgente".

Colgué el teléfono de golpe. "¿Tienes el número de celular de Dempsey?".

"No. Ni siquiera lo conozco".

"Apuesto a que el maldito laboratorio metió la pata".

"Son bastante buenos, por lo que sé".

"Todos cometen errores".

"Digamos que no lo hicieron y que todos a los que apuntamos son inocentes. ¿Qué hacemos ahora?".

Quería decir que nos rendimos; eso es lo que hacemos. Guardamos el maldito expediente Boyle y sacamos otro caso sin resolver de la caja. Tenía muchas ganas de hacerlo, pero le había prometido a la madre de la chica que le daría respuestas, y lo haría.

"Lo que hacemos es empezar de cero. Repasar todo, ver si nos perdimos algo. Seguir hablando con la madre y las amigas de la chica. Esta adolescente fue asesinada en un parque; alguien tiene que pagar por esto. Su madre merece justicia".

"Sentí que estábamos muy cerca".

"No te rindas; atraparemos a este bastardo".

"Sé que lo haremos. ¿Qué quieres que haga?". ¿Debería dejar de checar a Papadakis en el extranjero?".

No quería decirle que la herramienta para usar hilo dental y el cabello de su baño podrían haber sido de otra persona. "No, mantén esa línea abierta. Ha hecho algo".

"Está bien. ¿Qué más?".

"Había un mensaje extraño escrito en su anuario por un chico llamado Fred. Revisé e identifiqué a tres chicos con los que deberíamos hablar. Aquí, déjame mostrarte".

Tenía un papel adhesivo amarillo en el mensaje y en cada una de las páginas donde una clase tenía un Fred.

Derrick dijo: "No es una amenaza total, pero se siente como tal".

"Por eso tenemos que verificarlo".

"Podría ser que ella lo dejó o que nunca le devolvió su afecto".

¿No pensó que yo había pensado en eso? "Yo sé eso. Si no fuera por el ángulo del amor de cachorros, ya habríamos localizado a Fred".

Le entregué el anuario. "Encuentra a Fred y entrevístalo. Tengo que estar en un lugar".

EL CONSULTORIO del médico estaba cerca de Old 41. Mi cita no era hasta dentro de cuarenta minutos. Pasé la curva y me dirigí a Estero.

Al girar a la derecha en Corkscrew, reduje la velocidad. El

garaje de la casa de Papadakis estaba cerrado. Su perro se levantó pero no ladró cuando pasé por delante. Me detuve aproximadamente a un cuarto de milla de distancia y esperé cinco minutos antes de dar vuelta en U y volver a pasar. No había señales de Papadakis y me fui.

Al registrarme, charlé con una linda enfermera antes de tomar asiento. Había un molesto programa de jueces en la televisión. La mitad de la gente que esperaba estaba remachada con el denominador más bajo del país. Las minucias que se están arbitrando deben hacerlos sentir superiores a los delincuentes del programa.

Habían pasado cinco minutos de la hora de mi cita. Llevaba más de dos años acudiendo a él y la hora de mi cita equivalía a la mitad de un billete de cincuenta dólares. No pude seguir jugando con mi teléfono y fui a la recepcionista.

"Hola, estoy seguro de que el médico está ocupado, pero debo presentarme en el juzgado en una hora. ¿Hay algo que puedas hacer?".

Ella sonrió. "Déjame ver, Frank".

Antes de que el espectáculo judicial tuviera una pausa comercial, me llamaron por mi nombre y me acompañaron a una sala de examen. Ella me pesó, me tomó los signos vitales y me senté en la camilla de examen, encima de ese ridículo papel blanco. Ni siquiera cubría toda la superficie. Con toda la tecnología que tenemos, ¿por qué seguíamos confiando en las medidas preventivas de los años cuarenta?

El doctor Brown era un tipo normal y un buen médico. Lo mejor de todo es que tenía más o menos mi edad y no era alarmista.

"Hola, doctor. ¿Cómo va todo?".

"Bien, Frank. ¿Cómo estás?".

"Bastante bien".

"¿Algo que te moleste?".

¿Podría él ayudar con el caso Boyle? "No, estoy cansado de vez en cuando, pero me siento muy bien para tener cuarenta y tres".

"Deberías. Me enviaron el escáner que te hicieron y está limpio".

Exhalé. Mi oncólogo me dijo que estaba claro, pero después del diagnóstico original de que tenía un pequeño tumor que se transformó en algo mucho más grave, ansiaba confirmación.

"Genial".

"¿Todavía te pellizca un poco el tejido de la cicatriz?".

"Sí, pero no está tan mal. Me acostumbré a ello".

"Déjame ver".

Presionó mi estómago y masajeó el área alrededor de la cicatriz con los nudillos. "Se siente bien. ¿Sigues un horario regular para hacer tus necesidades?".

Toqué mi reloj. "Tengo una alarma configurada para avisarme".

"¿Le haces caso?".

"La mayor parte del tiempo".

Negó con la cabeza. "No puedo enfatizar más la importancia de esto, Frank. No tienes vejiga y lo que te crearon no tiene la misma elasticidad. No lo fuerces, ¿vale?".

"Lo entiendo. Lo haré mejor".

"Odiaría que arruinaras todas esas elegantes tuberías que hicieron allí".

"Nunca he preguntado esto, pero con todo lo que me han cortado y pegado, ¿me impediría algo de esto, digamos, tener un bebé?".

Brown me miró. "No, tu sistema reproductivo no debería haberse visto afectado por la cirugía".

Asentí. "Solo preguntaba".

"Sin embargo, si lo piensas bien, cuanto antes, mejor. No querrás estar en un campo de futbol cuando tengas sesenta años. Si quieres hacer algo como tener hijos, será mejor que te pongas en marcha".

Sonó la alarma de mi pipí. Le sonreí al doctor Brown y, como buen chico, le dije: "Es hora de ir al baño". Me despedí y me dirigí al baño.

Encima del inodoro había un estante con decenas de botellas de muestras de orina. Me senté en el cuenco y comencé a pensar.

¿Sesenta? Solo faltaban diecisiete años. Hace diecisiete años yo tenía veintiséis. Parecía que había pasado toda una vida. Estaba en Nueva Jersey y acababa de graduarme de la academia. El tiempo parecía haberse acelerado. La idea de que tendría sesenta años era aterradora.

¿Cómo quería que fuera mi vida a los sesenta? Quería continuar como detective de homicidios y la idea de vivir en otro lugar era imposible. ¿Dónde estaríamos Mary Ann y yo? ¿Alguno de nosotros sufriría una enfermedad grave? ¿Volvería mi cáncer?

Raro era el día en que no me rondaba por la cabeza la idea de que mi cáncer volvería a aparecer. Dijeron que extirparon todo el cáncer, pero tuvieron que omitir un par de células. ¿No es así? Durante un año después de mi cirugía, me imaginé una célula que quedaba atrás, dividiéndose, construyéndose y creciendo furiosamente. Había perdido mucho sueño por eso.

Fue Mary Ann quien me hizo darme cuenta de lo destructivos que eran esos pensamientos. Todavía puedo oírla decir: "Aunque tú has tenido cáncer y yo no, tus probabilidades son mejores que las mías. Estás siendo monitoreado. Tan pronto como aparezca algo, lo detectarán temprano. Si algo está creciendo en mí, no lo sabré hasta que empiece a causar problemas. Así que deja de preocuparte por eso y vive".

Tenía razón, pero era otra cosa más fácil de decir que de hacer. Había evitado pensar en lo mucho que parecía querer tener hijos. Era buena al respecto, o tal vez inteligente era la palabra correcta, al no tratar de insistir conmigo en el tema. Sentí que se me escapaba una sonrisa cuando pensé en Billy, el chico de al lado.

Tendría que pensar en esto de tener un hijo. No podía ordenar mis pensamientos con el caso Boyle tomando la mayor parte de la capacidad intelectual que me había dejado la quimioterapia. Tan pronto como terminara con el caso Boyle, consideraría seriamente la idea. En este momento, tenía que decidir mi próximo movimiento.

35

¿Debería visitar a los maestros de Debbie y preguntarles sobre su último día, o sobre esa amiga suya que firmó el anuario con ese mensaje acerca de que Debbie superó algo? Podría volver a visitar a sus amigas y presionarlas sobre lo que sea que Debbie pudiera haber estado pasando. Podría haber sido un desacuerdo con un amigo o la pérdida de un amigo que estaba en una universidad fuera del estado.

Eran las únicas pistas, si se les podía llamar pistas, que tenía que seguir. No era como intentar romper una piñata con los ojos vendados, pero sí lo suficientemente cerca. No sabía qué dirección tomar y recurrí a lo que había funcionado en el pasado: volver a visitar a los amigos y familiares de la víctima.

Muchas veces, con espacio entre entrevistas, las mentes se filtraban y generaban nueva información o historias que proporcionaban pistas.

Una de las amigas de Debbie Boyle, Nancy Flowers, había estado tan enferma que nunca tuve la oportunidad de entrevistarla. Cada vez que la llamaba, su hermana me decía que estaba en el hospital o que estaba demasiado débil para hablar. La mujer tenía problemas cardiacos y estaba en lista de espera para un trasplante. Eso sí que era grave. Hizo que mi cáncer de vejiga se sintiera como un padrastro.

Flowers había sido profesora de oceanografía en la Universidad de la Costa del Golfo y vivía en Miromar Lakes, una gran comunidad de viviendas de diferentes precios cerca del aeropuerto Salí de la interestatal en Corkscrew Road y, en lugar de girar a la derecha hacia Miromar, decidí pasar de nuevo por la casa de Papadakis.

Las dos últimas veces que pasé por allí, Papadakis no estaba a la vista y el garaje estaba cerrado. Mientras iba despacio por la calle, noté que el garaje estaba abierto y que un hombre, supuse que era Papadakis, estaba de espaldas a la calle.

Tan pronto como bajé del auto, el perro comenzó a ladrar y Papadakis se dio vuelta. Saludé con la mano y él se dio la vuelta, desapareciendo de la vista. Corrí hacia el garaje y el perro se abalanzó sobre mí. Corté hacia la izquierda, fuera del alcance del perro, mientras Papadakis gritaba: "¡Abajo Gorky! ¡Abajo!".

Gruñendo, el perro se sentó sobre sus patas traseras.

"Realmente lo tienes bajo control, ¿no?".

"Lo llevaba a clases de adiestramiento cuando era apenas un cachorro. Es un buen chico. ¿Verdad, Gorky?".

No iba a poner a prueba esa afirmación y me acerqué a Papadakis, que cogió una botella de agua casi vacía.

"¿Qué puedo hacer por usted, detective?".

Entré al garaje. "Estaba en el vecindario y pensé en ver si había cambiado de opinión sobre la prueba de ADN".

"No he cambiado de parecer. Estoy un poco ocupado en este momento".

El cofre estaba cubierto por una vieja cortina de ducha. "¿Qué está haciendo?".

"Solo limpiando".

¿Qué tiene en el cofre?".

"Recuerdos familiares".

Levanté la cortina. "Si vienen de Rusia y Grecia, debe haber algunas cosas interesantes allí".

Papadakis dejó la botella de agua. "Detective, realmente preferiría que se fuera. No tiene derecho a estar aquí".

Tenía razón. "No quise molestarle. Solo tenía curiosidad. Nunca he estado fuera del país. Iremos a Europa en primavera y tal vez sea ingenuo, pero ver las cosas desde un lugar como Rusia parece interesante, eso es todo".

"Rusia en aquel entonces no era nada interesante. Fue deprimente".

Retrocedí hasta donde estaba la botella de agua y dije: "¿De dónde sacó a Gorky, de Rusia?".

Papadakis miró a su perro y yo me guardé la botella de agua en el bolsillo y dije "Buen chico" para tapar el sonido al arrugarse que hacía el plástico.

"Gorky solo tiene cuatro años. Me lo dio un criador de Venecia".

"Bonita ciudad, Venecia. Mantuvieron la vieja sensación de Florida allí arriba. De todos modos, me pondré en marcha. Nos vemos".

Papadakis tenía la mirada perpleja de alguien que ha visto una levitación.

Le mostré mi placa al guardia de Miromar y di la vuelta hasta la casa del carruaje de Flowers en Valiant Court. Su unidad era una de las cuatro en un edificio de dos pisos pintado de color blanquecino. Cuando se abrió la puerta del departamento del primer piso, una mujer sin maquillaje que necesitaba dormir dijo: "¿Puedo ayudarle?".

Mi placa aumentó su preocupación. "¿Nancy Flowers?".

"No, soy su hermana, Susan. Nancy falleció hace cuatro días".

"Oh, lo lamento. No lo sabía".

"No pasa nada. Sé que intentaba hablar con ella, pero se acabó el tiempo".

"¿No pudo recibir el trasplante?".

"No. Es un sistema absurdo, pero Nancy tenía tantos otros problemas que no sé si hubiera importado".

"Lo siento".

"Sé que quería hablar con ella sobre Debbie Boyle. Tal vez yo pueda ayudar. Nancy le contó todo a su hermana mayor". Sonrió.

No vendría mal hablar unos minutos, y a esta pobre mujer ciertamente le vendría bien la distracción. "Seguro".

No pensé que el lugar tuviera más de diez años, pero lo sentía más viejo. La casa fue construida en un estilo que estaba siendo arrastrado por una ola costera contemporánea. Puse un precio de trescientos veinticinco mil dólares por el lugar.

Me condujo junto a la encimera de la cocina, donde había dos pilas de tarjetas de pésame, lo que me hizo sentirme culpable por mis pensamientos inmobiliarios, y me llevó a la sala de estar, donde había un andador apoyado contra la pared.

Las puertas corredizas estaban abiertas y nos sentamos alrededor de la mesa en la terraza. El sol brillaba en un lago.

"El clima ha sido simplemente increíble. Cero humedad".

En la mayoría de mis visitas, o me ofrecían algo de tomar o bien el tiempo era lo que siempre me abría las puertas. "Hemos tenido una racha meteorológica increíble. ¿Qué puedes decirme sobre su hermana y Debbie Boyle?".

Divagaba sobre lo cercanas que eran. Empecé a alejarme, pero ella dijo algo que me tomó por sorpresa.

"Lo siento, me perdí la última parte sobre las porristas".

"Estaba diciendo que las dos fueron porristas desde siempre. Nancy era la capitana del último año y estaba enojada porque Debbie abandonó el equipo a mitad de temporada".

"¿Sabía por qué Debbie renunció?".

"No creo que ella alguna vez lo supiera realmente. Creo que Debbie le dijo que no se divertía haciéndolo. Pero si me pregunta, creo que fue lo que ella pensó que era, cuál es la palabra correcta, inmadura. A Debbie le gustaban los chicos mayores, los hombres en realidad, y las porristas no iban bien con ese grupo".

"Dice que a ella le gustaban los hombres. Otros han dicho lo mismo. ¿Hay alguien en particular?".

"No lo sé con seguridad. Yo era dos años mayor, así que estaba fuera de la escuela, pero hubo un par de rumores, y eso es todo".

"¿Qué tipo de rumores?".

"Algo sobre ella y uno o dos profesores".

"Hombres".

"Sí, y ella no era la única de la que había oído hablar. Pero para ser justos, podrían ser solo rumores. Ya sabe cómo pueden ser las adolescentes".

36

"Vaya, Frank, eso fue una pérdida de tiempo".

"Nunca pierdes el tiempo si estás aprendiendo. Incluso cuando se obtiene un cero, puede ayudar a eliminar a un sospechoso o cerrar una línea de investigación. "¿Qué pasó?".

"Tuve que esperar a cada uno de esos tipos. Pero todos dijeron que no recordaban haber escrito nada parecido".

"¿No sabemos quién escribió ese mensaje?".

"No".

"Hay que recolectar muestras de escritura de ellos".

"¿Crees que vale la pena hacer eso?".

"Sí. Nunca se sabe".

"Uno de estos tipos está en Winter Gardens y otro en Cape Coral".

"¿Que te puedo decir? Debemos saber quién escribió ese mensaje y por qué".

"Tienes razón, Frank. Lo siento".

"La conclusión es que nunca se sabe a qué conduce algo. Oye, dejé una botella para una prueba de ADN. Avíseme cuando llegue un informe".

"¿Una botella? ¿De quién?".

"Nuestro asqueroso ruso-griego".

"¿Papadakis?".

"Sí".

"Pero pensé que ya habías recolectado algo de su ADN".

"Lo hice, pero vino del baño y no podía estar seguro de que fuera realmente suyo".

"¿Pero qué pasa con Wheeler? De las latas que tomé, no sabemos si bebió de ellas".

"Las tres latas tenían el mismo ADN y Wheeler es el bebedor de cerveza de raíz".

"Cuando regreses a los tres Fred, pregúntales sobre los rumores de que un maestro pudo haber estado involucrado con una o dos estudiantes".

"¿Románticamente? ¿Sexualmente?".

"No se sabe, pero supongo que las dos cosas".

"¿Debbie Boyle?".

"Podría ser".

"¿Dónde escuchaste esto?".

"Una hermana de una de las amigas de Boyle".

"Vaya. Eso sería enorme".

"Si fuera cierto, sí, pero el sexo entre profesores y estudiantes no es nada nuevo y está a un mundo de distancia del asesinato".

"Lo sé. Pero aun así, es una locura pensar que un profesor se aprovecharía de una chica".

"No hace falta que te recuerde que hay muchas personas enfermas caminando por el planeta".

"Amén".

"No difundas esto. No quiero que la madre se entere antes de preguntarle al respecto".

"No hay problema".

"¿Por qué no te vas a casa? Tienes mucho que conducir mañana".

Podía escuchar a Amy Winehouse cantar desde el garaje. Al abrir la puerta de la casa me recibió el olor a setas salteadas en ajo y aceite. Mi estómago dio un vuelco. La pasta y los champiñones estaban subiendo rápidamente en la escala de mis platos favoritos.

La primera vez que lo probé fue en Molto en la Quinta Avenida. No recordaba el nombre italiano del plato, pero tenía algo que ver con tentar a los sacerdotes. Me vino a la cabeza un consejo sobre vinos que había leído la semana anterior, que los champiñones y el pinot noir eran una combinación perfecta.

Mary Ann estaba frente a una sartén, con pantalones cortos tan cortos que se podía ver la curva inferior de su trasero. No sabía qué elegir primero, si un puñado de su trasero o un bocado de champiñones.

"Huele bien". Le besé la nuca y presioné su trasero.

"Tranquilo, Frank, o los champiñones se quemarán".

Metí mi mano debajo de su blusa. "No me importa. Deja que se quemen".

Ella me empujó hacia atrás con su trasero. "Sí, claro, durante los próximos cinco minutos. ¿Qué tipo de pasta quieres, fusilli, corbata o pluma?".

"Fusilli. ¿Quieres que te haga algo a la plancha?".

"Hay un tupperware en el refrigerador con camarones marinados".

Encendí la parrilla, me cambié y tomé un Siduri pinot noir.

La cena estuvo estupenda, pero el vino se acabó. Necesitaba algo más pesado y abrí un Syrah francés que me había recomendado Bleu Cellars. Tomé un vaso mientras limpiábamos. La vida no podría ser mejor. Pero eso no iba a impedirme intentarlo. Encendí el spa y obligué a Mary Ann a ponerse un traje de baño.

Con copas de vino en mano, nos sumergimos en el agua burbujeante.

"Deberíamos hacer esto más seguido". Le rodeé el hombro con el brazo. "Tienes el cuerpo de una adolescente".

"¿Las chicas jóvenes le excitan, detective?".

"Hablando de eso. Llevas mucho tiempo en Naples. ¿Recuerdas algún rumor acerca de que los profesores de la escuela preparatoria tuvieran relaciones con sus alumnas?".

"¿Tener sexo con ellas?".

"Sí".

"No creo. ¿Se trata del caso Boyle?".

"Sí, la hermana de una amiga de Debbie dijo que había rumores al respecto".

"Eso habría sido hace veinticinco años o más. A diferencia de ti, yo ni siquiera era adolescente entonces".

"¿Estás tratando de restregármelo?".

"Depende de lo que haya que restregar".

Puse mi mano entre sus muslos.

Ella se liberó. "Ahora no, Frank".

"¿Es esa una promesa para más tarde?".

"Tal vez".

"Eres una provocación".

Hablamos de su nuevo puesto en el equipo de Delitos Cibernéticos hasta que el cronómetro del spa terminó y las burbujas se apagaron. Podíamos oír al niño de al lado jugando con su perro. Dije: "Parece que Billy le está haciendo que Buttercup haga ejercicio".

"Él es tan lindo. Ayer fui a recoger el correo y él estaba paseando al perro con Mary. Me uní a ellos".

"Es un buen chico".

"Lo es. Depende de los padres; marcan la diferencia".

"Tienes razón".

"Serías un gran padre, Frank".

¿Está bromeando? Soy tan egocéntrico como puedas imaginar. "No sé nada de eso".

"Bueno, yo sí. No tengo ninguna duda".

Sabía que tenía que tener cuidado o arruinaría la noche. No dije nada.

"Frank, es algo de lo que deberíamos hablar antes de que sea demasiado tarde".

¿Ella y el Dr. Brown hablaron hoy? "¿Acerca de qué?".

"Si deberíamos considerar tener un hijo".

De repente el agua se sintió fría. "Supongo que sí".

Ella tomó mi mano. "No hablo de inmediato, pero si es algo que ambos queremos, entonces deberíamos hablar de ello".

"He estado pensando al respecto".

"¿Sí?".

"Solo un poco. Sé que te gustaría ser mamá y he estado pensando en todo esto. No mucho, pero ya sabes...".

"Es algo en lo que no deberíamos apresurarnos. Pero debemos mirar el reloj si queremos ser padres lo suficientemente jóvenes. No quiero ir a la noche de escuela abierta y parecer una abuela".

¿Noches de escuela abierta? "Tenemos un par de años antes de que tengamos que preocuparnos por eso".

"Cuando mucho. Tienes cuarenta y tres años, Frank. Y digamos que dentro de dos años tenemos un bebé, cuando nuestro hijo tuviera diez años tú tendrías cincuenta y cinco".

"Gracias, realmente necesitaba eso".

"Es solo un hecho, pero eres tan joven como actúas".

Y era genial actuando como inmaduro. "Lo sé, pero te alcanza. Puedes actuar como quieras a los ochenta, pero todavía tienes ochenta y no juegas al futbol".

"Eso es cierto, hasta cierto punto, pero no te obsesiones con eso. Piénsalo un poco, ¿de acuerdo?".

Asentí.

"No te preocupes, Frank, no te obligaré a hacer nada".

"Gracias".

"Salgamos de aquí".

Realmente quería salir de aquí después de esa discusión. Nos secamos con una toalla y le sugerí que se duchara. Ella mordió y, antes de que Mary Ann se diera cuenta, ya estaba con ella.

37

Sentarme detrás de mi escritorio me estabilizó. Mary Ann nunca mencionó el tema de los niños durante el resto de la noche, pero quedó en el aire. Incluso mientras lo hacíamos no podía dejar de pensar que pronto lo haría como una misión y no como un placer.

Tomé un sorbo de café y estaba leyendo un correo electrónico de un viejo amigo de Jersey cuando entró Derrick.

"Buen día. ¿Tuviste una buena noche?". Puso una taza de Starbucks en mi escritorio.

¿Él también estaba en esto? "Gracias".

"Voy a salir de aquí en media hora".

"Sí, que se calme el tráfico en hora pico en la 75".

"¿Tienes algo para mí?".

"No. Solo trae las muestras de escritura y no olvides preguntar sobre el tema del sexo entre profesor y alumna.

"Lo tengo cubierto. No me imagino regresando aquí antes de las siete".

Quité la tapa del café. Estaba perfecto. Hacía tiempo que

no cometía un error. "Vete directamente a casa. Puedes dejarlo en el laboratorio por la mañana".

"Gracias. ¿Qué harás hoy?".

"Estoy pensando en volver a ver a la madre, o tal vez a las amigas de Boyle".

"Oh casi lo olvido. Recogí tres latas más de cerveza de raíz del contenedor de reciclaje de Wheeler".

Le levanté el pulgar. "Nunca se puede ser demasiado cuidadoso".

"Pensé en lo que dijiste y tenía mucho sentido".

"No vale la pena correr riesgos o ser descuidado. Vas a ser un excelente detective de homicidios. ¿Por qué no analizamos lo que este chico Fred podría haber querido decir cuando escribió 'Te vas a arrepentir'?".

"Creo que probablemente quería salir con ella y ella lo rechazó".

"O podría haber sido tan simple como la universidad o la carrera a la que iba".

"¿Podría haber un vínculo entre eso y lo que dijo su otra amiga acerca de que ella siempre estaría ahí para ella? ¿Como si ella fuera a hacer algo y Fred dijo que era un mal movimiento y la otra chica le ofreció su apoyo?".

Era exagerado, pero pensar fuera de lo común era lo que hacía a un buen detective. "Fuera de posibilidades, pero dudoso. Oye, antes de que lo olvide, parece que Boyle dejó de ser animadora a mitad de temporada. A ver si algún Fred sabe algo sobre el motivo".

MIRÉ las ofertas en la cafetería Second Cup. Estaba entre un bagel y un croissant. Con el viaje a París por delante, opté por la pastelería francesa y un tostado oscuro mientras esperaba a Joanne Wilbur. La vieja amiga de Debbie Boyle estaba enseñando a un cliente un par de departamentos en Mercato.

Al tomar una migaja restante, la vi entrar. Se subió las gafas de sol a la parte superior de la cabeza y sonrió. Intercambiamos saludos.

"¿Quieres una taza de café?".

"Definitivamente. La pareja que acabo de dejar era agotadora. Encontraron un problema con todo. Si les encontrara un palacio en la playa por un millón, encontrarían algo malo en él".

"Si encuentras eso, llámame primero. ¿Tostado medio u oscuro?".

Le entregué un café y ella buscó en su bolso y sacó un paquete de color morado. Vació el contenido en su taza y lo removió. La gente estaba llegando a extremos para controlar lo que metían en sus cuerpos.

Tomó un sorbo manchando la taza con lápiz labial. "Gracias, lo necesitaba. Así que, ¿cómo va la investigación?".

"Estamos trabajando duro y es por eso que quería hablar contigo nuevamente".

"De cualquier manera que pueda ayudar, lo haré. Sabes, te pareces a George Clooney".

Sonreí. Esa era la tercera referencia a Clooney en un mes. Quizás sesenta no estaba tan cerca como pensaba. "Escucho eso de vez en cuando. Dijiste que estabas en el equipo de porristas con Debbie".

"Sí, así es".

"Me dijeron que ella renunció a mitad de la última temporada. Me interesa saber por qué".

"Nos sorprendió cuando renunció. En realidad, ella nunca dio una razón. Una vez, Debbie me dijo que estaba cansada y que era inmaduro, pero les dijo a otros que le molestaba el tobillo y que no quería correr el riesgo".

"¿Tú, qué pensaste?".

"Pensé que era extraño, pero pensé que seguía adelante, poniendo cierta distancia entre ella y la preparatoria".

"¿Quién era Fred?".

"¿Fred? ¿Qué apellido?".

"No estoy seguro todavía, pero fue el tipo que escribió 'Te vas a arrepentir' en su anuario".

"No sabía nada de eso y no me gusta cómo suena. Aunque creo que ella me lo habría dicho".

"¿Debbie guardaba secretos?".

Ella inclinó la cabeza y apareció un arete. "Todos tenemos secretos, ¿no?".

"¿Uno de sus secretos era que tenía una relación con un maestro?".

El café se derramó sobre la mesa. "Oh, lo siento". Cogió un puñado de servilletas y limpió lo derramado.

"¿Debbie Boyle tenía una relación con un maestro?".

"Todas estábamos enamoradas de los maestros de vez en cuando, pero no creo que ella hiciera nada parecido a lo que estás infiriendo".

"Pero a ella le gustaban los hombres mayores; Dijiste eso la última vez que charlamos".

"Sí, pero también dije que a todas nos gustaban los chicos mayores. No es inusual a esa edad".

Tenía una memoria aguda que estoy seguro aprovechaba para vender casas.

"¿Hubo rumores en la escuela secundaria sobre un maestro o maestros que podrían haber cruzado la línea con una o dos estudiantes?".

¿Sexualmente?".

"Sí".

"No creo".

"¿Hay algo más que puedas decirme?".

"En realidad no, pero ¿alguna vez investigaste a Jason Norwicky?".

Maldita sea. Me había olvidado de ese chico. Estaba tan concentrado en Moore que Norwicky fue víctima de mi quimioterapia cerebral.

"Lo siento, señora Wilbur, pero no puedo hablar de una investigación en curso".

38

De vuelta a la oficina, no podía quitarme la tristeza de encima. ¿Cómo diablos se me olvidó investigar sobre Norwicky? Boyle lo hizo enojar después de que ella se le insinuó y luego lo avergonzó en el patio de la escuela. Los adolescentes varones no podían soportar ese tipo de falta de respeto en público. Si este fuera el centro de la ciudad de Chicago, probablemente le habría disparado en ese mismo momento. Y tal como iba Chicago, probablemente se saldría con la suya.

Gracias a Dios, esto no era Chicago, sino el condado de Collier. La violencia no tenía fronteras, pero ¿un adolescente despreciado esperaría meses antes de actuar? Reduje la velocidad. Lo más probable era que lo hubiera olvidado en un par de semanas.

La nube azul se disipó hasta que recordé al asesino en serie que había atrapado. Hablando de paciencia, el vengador esperó años para igualar el marcador. Tendría que investigar rápidamente a Norwicky o arriesgarme a pasar una noche sin dormir. Todavía había tiempo hoy para localizarlo.

LA BASE de datos del tribunal no tenía nada sobre Jason Norwicky; nunca había sido arrestado. Dudaba que nuestro nuevo sistema de gestión de registros tuviera algo, y no lo tenía.

El deseo de la gente de conducir era la excusa que utilizaban los gobiernos para seguirte la pista. El Departamento de Vehículos Motorizados tenía información que equivalía a una cédula de identidad. No me gustaba que el gobierno supiera demasiado sobre mí, pero como agente de la ley, no podía imaginarme no tener al DMV como recurso.

Escribí Jason Norwicky en su portal. No surgió nada. Probablemente se mudó fuera del estado. La base de datos nacional de conductores problemáticos también resultó vacía. Este maldito caso no me permitiría ni siquiera tomar el atajo más simple.

Hice una búsqueda rápida de propiedades y otra vez no encontré nada. Es hora de buscar en las redes sociales. Todo el mundo en estos días estaba en Facebook, excepto yo y Mary Ann, y ahora, Norwicky. ¿Estaba persiguiendo a un fantasma? Le envié un mensaje de texto a Mary Ann, pidiéndole que revisara otros canales y profundicé.

La última dirección conocida que tenía el sistema escolar de Collier para Norwicky estaba en una comunidad junto a Orange Blossom Road llamada Sunshine Village. Era una urbanización antigua con muchos ladrillos rojos que desorientaban. Los árboles maduros proporcionaban mucha sombra y la mayor parte de la hierba había dado paso al musgo.

Un par de niños de diez años jugaban a la pelota frente a mi dirección objetivo. Lo más probable era que la familia Norwicky se hubiera mudado. Tras confirmar mis impresiones, inspeccioné la manzana, buscando casas que no hubieran sido actualizadas.

Caminé hasta la puerta de una casa de ladrillo y estuco amarillo con un gnomo haciendo guardia. Fui de dos en dos. La mujer que abrió la puerta tenía unos sesenta años.

"Buenas tardes, señora. Trabajo en el departamento del sheriff y estoy buscando a la familia Norwicky".

"¿En serio? Se mudaron hace mucho tiempo".

"¿Puede darme una idea de hace cuánto tiempo?".

"Oh, fue hace mucho tiempo. Algún tiempo después de que encontraran muerta a esa pobre niña".

"¿Debbie Boyle, en Delnor-Wiggins?".

"Sí. Era ella. Todos quedamos impactados. Mis hijos fueron a la escuela con ella, al igual que algunos otros aquí".

"¿Sabe a dónde se fueron?".

"No estoy segura, pero tal vez mi hija lo sepa. Puedo llamarla".

"Sería muy amable de su parte. ¿Qué puede decirme sobre Jason Norwicky?".

"¿Jasón? Era un buen chico. Fue una pena que le pasara lo que le pasó".

"¿Qué fue eso?".

"Epilepsia".

Por eso no podía conducir. "¿Qué tan grave era su epilepsia?".

"Cuando era niño era terrible. Un par de veces cuando estuvo aquí tuvo convulsiones, pero con el tiempo le afinaron la medicación y estuvo mucho mejor".

"¿Sabe a dónde se mudó la familia?".

"Oh, recuerdo que se mudaron a Bonita, pero déjeme consultar con mi hija".

Llamó a su hija, sacudió la cabeza y le dejó un mensaje.

Aquí está mi tarjeta. Por favor llámame tan pronto como hable con su hija".

DERRICK TENÍA una mirada sombría y un nuevo corte de pelo. "Hola jefe. ¿Qué hay?".

"Acaba de surgir algo nuevo e interesante". No era nuevo, pero era interesante. "Un tal Jason Norwicky tuvo un altercado con nuestra víctima en la escuela. Parece que ella le coqueteó y, cuando él siguió, ella lo rechazó. Se volvió físico y este chico Norwicky terminó avergonzado frente a toda la escuela".

"¿Dónde descubriste eso?".

"Una amiga de Boyle; la vi antes". Eso era cierto.

"Él no estaba en la investigación original. Habría recordado un nombre así. Suena prometedor".

"Veremos. Estoy tratando de localizarlo".

"¿Qué quieres decir?".

"Es un fantasma virtual en este momento, no hay registros de él, ni siquiera tiene una licencia".

"¿Qué pasa con un último domicilio conocido?".

"Fui a su antiguo barrio, cuando ocurrió el homicidio. Espero que la hija de una vecina tenga algo que podamos seguir".

"¿Nada en las redes sociales?".

"Zippo en Facebook, pero tengo a Vargas revisando".

"¿Crees que este tipo desapareció justo después de matarla?".

"Lo averiguaremos".

"Frank, esto podría ser todo. Alguien que peleó con ella; tiene un motivo y luego desaparece. Tiene que ser él".

"Espera, Derrick".

"Pero me dijiste que si mi instinto me lo dice, no lo ignore".

"Acabas de enterarte de esto, chico. Eso no es tu instinto sino una reacción instintiva. No podemos perder el foco cada vez que nos topamos con una persona de interés. Tenemos que ser metódicos, seguir persiguiendo y eliminando. Atraparemos a nuestro tipo".

"Yo, uh, sonaba como si él encajara perfectamente".

"¿Qué obtuviste de los Fred?".

"Dejé muestras de su escritura en el laboratorio para su análisis".

"¿Alguien se resistió a dártela?".

"La verdad es que no. Todos afirmaron no haber escrito en su anuario".

"¿Qué pasa con los rumores sobre las relaciones entre profesores y alumnos?".

"Nada en realidad. Solo algunos comentarios de que aparentemente había una profesora que era bastante atractiva".

"¿Pero qué pasa con un maestro?".

"Solo que había dos profesores que agradaban a todas las chicas, un señor Stark y un señor Culver".

"Culver fue el implicado en el lío del examen SAT".

"Sí, es cierto, pero no tiene nada que ver con nada".

"Hazme un favor, consulta con el laboratorio sobre la botella de Papadakis. Tengo que ir al baño".

39

DESPUÉS DE IR AL BAÑO, TOMÉ UN CAFÉ EN LA CAFETERÍA. AL regresar a la oficina, me detuve. Derrick estaba hablando con una mujer de cabello castaño y un niño de unos siete años.

"Oh, aquí está mi compañero, el detective Frank Luca. Frank, esta es mi hermana Paula y mi sobrino Bert".

¿Bert? ¿Quién llama Bert a un niño? "Encantado de conocerte". Fui a estrechar la mano de su hermana, pero el niño se acercó y tomé su mano extendida.

"Tienes un fuerte apretón de manos, Bert".

"El tío Derrick dijo que le estás enseñando cómo atrapar asesinos. ¿Puedes enseñarme a mí también?".

"Bueno, necesitas ser un poco mayor".

"Pero ya tengo ocho años y medio".

Entonces ya casi has llegado. No me dejarán enseñar a nadie hasta que tengan veintiún años".

"Falta mucho para eso. Yo quiero ser policía".

"Me temo que las reglas son las reglas, pero parece que tienes potencial, así que déjame ver qué puedo hacer. Ya vuelvo".

Teníamos un programa de acercamiento a la comunidad que me gustaba mucho. Humanizaba a los agentes de la calle y ayudaba a generar confianza en nosotros. Entré en la oficina y recogí un par de artículos.

Tenía las manos detrás de la espalda cuando volví a entrar.

"Oficial Bert".

El niño se dio vuelta y le entregué una placa de plástico. "Aquí está tu placa. Eres un oficial subalterno del Departamento del Sheriff del condado de Collier".

El niño tenía una sonrisa de lado a lado. "¡Mamá! Mira mi placa. Pónmela, deprisa".

"Espere, oficial, necesitará su gorra". Le puse el quepis y le cayó hasta las orejas. Ajusté el velcro y lo encajé en su cabeza.

"Mamá, esto es genial. Toma una foto y envíasela a papá".

Derrick articuló un agradecimiento mientras se tomaba una fotografía.

"Toma una mía y del detective, apúrate".

El niño se acercó a mí y me arrodillé.

"Derrick, ¿por qué no llevas al oficial Bert a dar un recorrido? Quizá el sheriff pueda saludar".

"Oh, ¿el sheriff? ¿Puedo conocer al verdadero sheriff?".

"Si no está ocupado resolviendo un crimen, estoy seguro que le gustaría conocer a su nuevo ayudante subalterno".

El niño agarró la mano de su tío y comenzó a salir por la puerta cuando se dio la vuelta y me saludó. Le devolví el saludo y me quedé allí durante dos minutos. El niño era increíble.

Estaba sintiendo algo. No era orgullo por haber hecho feliz a un niño; eran celos y era una estupidez.

Me dejé caer en mi silla y revisé los correos electrónicos. Al hacer clic en uno de los análisis forenses, mi estado de ánimo bajó un peldaño. La botella de agua que le quité a Papadakis no coincidía, ni tampoco las latas de cerveza de raíz de Wheeler.

Dos de los sospechosos más fuertes estaban a salvo. ¿O lo estaban? ¿Era el ADN bajo la uña de la víctima el factor decisivo? Según todos los indicios, Boyle era una luchadora y se habría resistido a su atacante. Pero si hubiera conocido al asesino y hubiera sido sorprendida por él o ella, tal vez no habría podido arañarlo.

Pensé en Wheeler. Su historia me preocupaba. No era su ADN el que estaba bajo la uña, y si tenía una leve fractura de cráneo, podía o no haberse producido aquella noche. Si no fuera por su historia, el aspecto físico de las cosas me habría llevado a prescindir de él.

Papadakis tenía un segundo nombre y no era griego ni ruso. Te haría creer que fue Desafortunado. La realidad era que los adolescentes aparecían muertos sin importar en qué continente estuviera.

Dejarlos ir a los dos era algo que no estaba preparado para hacer en este momento. Les daría espacio mientras seguíamos buscando debajo de las rocas. El teléfono sonó. Era la vecina de Norwicky con la que había hablado.

"Está bien. Me alegra que haya llamado... ¿Habló con su hija? ... ¿Qué? ... ¿Está segura? ... ¿Cuándo pasó esto? ... ¿Dónde? ... Sé que no lo hizo. Por favor, deme su número y el de su hija, en caso de que necesite hablar con alguna de ustedes".

40

"HOMBRE, DEBERÍAS HABER VISTO A CHESTER CON BERT. NO pensé que el sheriff tuviera mucha personalidad, pero maldita sea, actuaba como si trabajara para Disney...".

"Norwicky está muerto".

"¿Qué?".

"Jason Norwicky, el chico que peleó con Boyle y desapareció, está muerto".

"¿Cuando? ¿Cómo?".

"Murió de un ataque cardiaco masivo hace unos once años".

"No puedo creerlo. Podría ser nuestro chico. ¿Ahora qué?".

Quería decirle cómo me sentía realmente, como alguien que intenta atar una pajarita en la oscuridad con una mano.

"Vamos a indagar, a ver qué más podemos saber de él. Averiguar las circunstancias que le llevaron a mudarse. Ver si había algo más entre él y Boyle".

"Pero si él es el asesino, nunca será llevado ante la justicia".

"Estoy seguro de que a la señora Boyle le gustaría ser

testigo de la pena de muerte impuesta al asesino, pero si fue Norwicky, tal vez Dios obtuvo la venganza definitiva. Solo espero que sea lo suficientemente bueno para esa pobre mujer".

"¿Mi primer homicidio y estamos persiguiendo a un hombre muerto?".

"No lo sabemos, pero podría ser. Oye, siento haberte interrumpido con lo de tu sobrino. Ese niño es otra cosa".

"Gracias por ser tan amable con él. Le alegraste el día. No sabía que teníamos cosas para niños aquí".

"Tu hermana tiene suerte de tenerlo, y tú de ser su tío. Debe ser divertido llevarlo de un lado a otro y enseñarle cosas".

"La primavera pasada lo llevé a Fort Myers para ver a los Medias Rojas. Fue su primer juego. Le compré una pelota de béisbol y coleccionó más autógrafos en un día que yo en diez años".

"Ni siquiera los jugadores pueden resistirse a un niño lindo".

"¿Crees que alguna vez tendrás hijos, Frank?".

Me encogí de hombros. "¿Quién sabe?".

"Se supone que debes saberlo".

"Ver a un niño como tu sobrino me hace decir que sí, pero no lo sé. Sería una forma de vida completamente nueva".

"¿Qué tal Mary Ann?".

"Ella es un sí definitivo. Pero ella es buena, ¿sabes? no presiona demasiado el tema".

"No soy un experto, pero creo que será mejor que te asegures de estar en la misma página. Algo como esto puede arruinar las cosas entre ustedes dos en el futuro".

Tenía razón. Si le impedía tener un hijo, lo pagaría con un

montón de resentimiento que acabaría arruinando nuestra relación.

EL EXAMINADOR de documentos forenses colocó una lupa sobre la muestra. "Verás, Frank, la curva en este bucle no coincide del todo. Pero mi opinión es que la diferencia fue intencional".

"¿Intencional? ¿Te refieres a intentar que su letra sea diferente a la habitual?".

"Precisamente. Mira aquí, la oscilación ascendente es natural, pero aquí es forzada; Se utilizó un ritmo más lento en el golpe".

No sé cómo diablos pudo inferir eso. Uno parecía tener un pequeño vibrato, pero eso era todo. "¿Estás seguro de eso?".

"Estoy seguro, aunque con dos salvedades. Tengo entendido que el original tiene veinticinco años. Muchos factores podrían alterar naturalmente la escritura de una persona, como una enfermedad nerviosa o muscular o una afección de la vista".

¿Cierto y salvedad en la misma frase? ¿Era un político? "Mencionaste dos excepciones".

"La otra es la condición psicológica del escritor. No soy grafólogo, pero tu escritura puede verse afectada por tu estado de ánimo".

"Excelente. Necesitaba un psiquiatra de escritura. "No sé si quiero ir allí. Si lo llevara a los tribunales, lo destruirían".

"Muy cierto".

"Está bien, la conclusión es que ¿crees que esta muestra fue escrita por la misma persona que dejó la nota en el anuario?".

"Exactamente. Aunque hay diferencias entre las dos, la persona que tendió esta muestra la escribió a propósito de forma que enmascarara su estilo natural".

TAN PRONTO COMO regresé a mi oficina introduje a Freddy Palmer en el sistema. No había antecedentes policiales, ni siquiera por un accidente automovilístico. Los registros de propiedad proporcionaron dos resultados. Los cotejé en el DMV: un tal Freddy Palmer tenía solo treinta y dos años; el otro tenía cuarenta años, gafas y era nuestro hombre.

Mary Ann me había hecho saber que Derrick mencionó su deseo de realizar más entrevistas conmigo. Tenía razón y quería que adquiriera más experiencia. El problema era que no regresaría del campo de tiro hasta dentro de una hora.

Freddy Palmer vivía en Livingston Road en un área ahora denominada Livingston Estates. Su extensa propiedad se llamaba Nautical Ranch. Llamé a la cabina de la puerta y ésta se abrió. El camino de grava serpenteaba junto a un establo y un gran corral con tres caballos. Una camioneta estaba enganchada a un remolque para caballos, bloqueando la entrada a la gran casa.

Un par de cipreses enmarcaban un par de puertas de caoba de tres metros de altura. El viento levantó una nube de polvo sobre el camino de entrada. Mientras inspeccionaba la propiedad, la puerta se abrió. Un hombre con la cabeza rapada, gafas y una sonrisa dijo: "¿Eres de la policía?".

Le mostré mi placa. "Sí, detective Luca, ¿y tú eres?".

"Freddy Palmer. ¿Qué hay?".

"Me gustaría hacerte un par de preguntas".

Palmer se echó hacia atrás. "¿Acerca de qué?".

"¿Debbie Boyle?".

"Ya le dije a ese otro detective que no sabía nada al respecto".

El sol me golpeaba la espalda. "Lo sé, pero el caso ha sido reabierto y básicamente estamos empezando desde cero".

Palmer parpadeó dos veces y sacudió la cabeza. "Pero eso fue hace más de veinte años".

"¿Puedo pasar?".

Se hizo a un lado. "Vamos a mi oficina".

La casa tenía suelo de terracota y un aire mediterráneo. Un par de grandes cuadros de galeones españoles dominaban el vestíbulo.

La oficina de Palmer era un asunto moderno. Un enorme escritorio de cristal con cuatro monitores que parpadean con números y símbolos en verde y rojo. Este tipo era una especie de comerciante.

"¿A qué te dedicas?".

"Comerciante de divisas".

"He oído que hay que levantarse bastante temprano para operar en los mercados europeos".

Él sonrió. "Es cierto, pero puedo dejarlo temprano y montar a caballo. Ahora, ¿en qué puedo ayudarte?".

Saqué una hoja de papel y la puse sobre su escritorio. "Escribiste esto en el anuario de Debbie Boyle. ¿Por qué?".

Negó con la cabeza. "Como le dije al otro detective, nunca escribí eso. Casi ni la conocía. Había quinientos niños en la escuela".

"Ella era una chica popular, una porrista. ¿Me estás diciendo que no la conocías?".

"Sabía quién era ella, pero eso era todo. En lo que respecta a las porristas, no practicaba deportes ni entonces ni ahora. ¿Qué crees que hice?".

"Lee el mensaje. Es una amenaza".

Deslizó el papel hacia mí. "Podría significar cualquier cosa, pero no lo sabría porque no lo escribí".

"Los expertos en caligrafía no están de acuerdo".

"¿Fuiste con un experto en caligrafía? ¿Qué diablos está pasando aquí?".

Sonó la alarma de mi pipí y la pospuse. "Solo estoy tratando de entender lo que querías decir con eso".

Levantó las manos. "Cuántas veces tengo que decirte que yo no escribí ese mensaje".

"¿Dónde estabas la noche que Debbie Boyle fue asesinada?".

Metió la barbilla y vaciló. "Creo que fui al cine. Sí, eso fue todo".

"¿Qué viste?".

Hubo ese parpadeo de nuevo. *"Parque Jurásico"*.

Tenía la película adecuada para 1993, pero eso no significaba que la viera esa noche.

"¿Con quién fuiste?".

"¿Me estás tomando el pelo? Me estás tratando como a un maldito sospechoso".

"¿Con quién fuiste al cine?".

"Steve Bueller".

Mientras anotaba el nombre, dijo: "Sabes, si estás buscando a un maldito Fred, ¿por qué no investigas al señor Stark? Su nombre es Fred".

"¿Estás hablando de Fred Stark, el maestro?".

"Sí".

41

UNA HORA DESPUÉS DE LA HORA LÍMITE, ME SENTÉ EN EL trono y le hice cosquillas a mi vientre hinchado. Con la esperanza de que el alivio llegara pronto, reflexioné sobre el caso Boyle. Teníamos dos novatos a quienes investigar, Norwicky y Stark, pero yo estaba intranquilo. No podía identificarlo. ¿Estaba lidiando con un canalla que se aprovechaba de las chicas? ¿Eran mis instintos de policía o mis instintos paternales los que estallaron?

La orina empezó a gotear mientras me preguntaba si debería hacer un seguimiento de Norwicky primero. Si resultaba que lo había hecho un hombre muerto, evitaría involucrarme con la escuela y el sindicato de docentes, sin mencionar la posibilidad de hacer acusaciones infundadas. Además, si se filtraba, y siempre se filtraba, pondría una mancha en la reputación de un tipo que le seguiría hasta el cementerio.

Pero si algo estaba pasando, no podía dejar que el pervertido continuara. Las últimas gotas de orina cayeron cuando me decidí por un término medio.

"Derrick, quiero que empieces con Norwicky. Ve a ver a

sus padres, descubre por qué se mudaron, por qué se fue su hijo. A ver si recuerdan dónde estaba la noche del asesinato. Si te dan algo como coartada, quiero que lo investigues para que no quede ninguna duda. ¿Puedes hacer eso?".

"Por supuesto que puedo. ¿No confías en mí?".

"Eres mi pareja; eso es más grande que la confianza".

"Gracias".

"Lo que realmente quiero es el ADN de los padres. Sabríamos si era el ADN de su hijo debajo de la uña. Pero no quiero presionar. Veamos qué se te ocurre antes de acelerarlo".

"Lo tengo".

En dirección norte por Airport Road, giré a la izquierda en Cougar Drive, la carretera de acceso a la escuela Barron Collier High. La escuela, que lleva el nombre del patriarca de la familia que dio nombre al condado, aparentaba tener más de cuarenta años.

Estaba bien cuidada, pero el estilo y la construcción con bloques de hormigón hablaban de otra generación, una de la que Debbie Boyle había sido parte.

Caminé por el centro de una U invertida hacia la entrada con azulejos azules. Había un silencio inquietante para un edificio que alberga a cientos de adolescentes. Las puertas estaban cerradas y toqué el timbre.

El piso del pasillo reflejaba luces fluorescentes cuando pasé salón tras salón. Oí voces apagadas al pasar por delante de las puertas. Una puerta estaba abierta y la maestra, que estaba recitando un poema, miró en mi dirección cuando pasé. A los pocos pasos llegué a mi destino.

Me quedé mirando el cartel en la oficina administrativa.

Decía: Director Larry Culver. El profesor había conseguido una importante mejora en veinticinco años. Abrí la puerta, y me anuncié. Mientras la recepcionista llamaba a Stark, escudriñé el despacho en busca de Culver. No parecía estar allí y me llevaron a una sala de conferencias.

Me senté en la habitación sin ventanas esperando al señor Stark. Tenía la impresión de que nos estábamos reuniendo por uno de sus estudiantes. El elemento sorpresa era un cliché, pero me gustaba utilizarlo.

Puede que Fred Stark fuera guapo en 1993, pero me costaba creer que este hombre calvo pudiera haber atraído a Debbie Boyle. Tenía la constitución de un avestruz: piernas flacas, barriga y cuello largo.

Nos dimos la mano y él se sentó al otro lado de la mesa de formica.

"Espero que uno de mis alumnos no se haya metido en un lío demasiado profundo. Pero su presencia lo desmiente, ¿verdad?".

"Mi visita se relaciona con una antigua alumna suya".

Su rostro se relajó. "Oh, qué bien. ¿Quién es entonces?".

"¿Debbie Boyle?".

¿Fue miedo o tristeza lo que cruzó por su rostro?

"Oh, escuché que el caso fue reabierto. ¿Cómo puedo ayudar?".

"¿Qué tan bien conocía a Debbie Boyle?".

Se acarició la barbilla. "Ella estaba en mi clase, creo que era su tercer año. Sí, tenía que ser porque no era su último... último año. Ella era una buena estudiante. Creo que ella también era porrista".

"¿Era amigable?".

"¿Amigable? Sí, eso creo. Era una chica bastante popular".

"¿Y también bonita?".

"No entiendo".

"¿Pensaba que ella era bonita? ¿Una chica guapa?".

"Supongo que sí".

"¿Se sentía atraído por ella?".

Starks entrecerró los ojos. "¿Disculpe?".

"Tengo entendido que, en el pasado, muchas colegialas pensaban que era usted guapo".

Stark se dio unas palmaditas en el vientre. "Deberían verme ahora".

Tenía razón sobre eso. "¿Alguna vez intentó explorar el interés de Debbie Boyle en usted?".

"Ahora, espere un momento, detective. No me gusta la dirección que está tomando esto. ¿Está tratando de insinuar que tuve una relación inapropiada con una estudiante?".

"Es algo sobre lo que hemos recibido información".

"¿Acerca de mí? ¿Qué información?".

"Nos han dicho que es posible que haya un par de profesores que cruzaron la línea con alumnas".

"¿Y cree que yo era uno de ellos?".

Así que no era un rumor. "¿Tuvo una relación con Debbie Boyle?".

"Ninguna otra que la que un profesor preocupado tiene con una alumna".

¿Preocupado? ¿Por qué el modificador? "¿Vino a usted con sus problemas personales?".

"Animo a todos mis alumnos, hombres y mujeres, a que me hablen sobre sus vidas. Quiero que se sientan cómodos confiando en mí".

"¿Qué compartió Debbie Boyle con usted?".

"Nada memorable. Estaba preocupada, como todos los chicos, por cómo sería su futuro. Estaba dividida entre elegir una vida como la de su madre o aspirar a más. Creo que quería

Dan Petrosini

probar suerte en la vida, pero tenía miedo de dejar atrás a su madre viuda".

Sabía mucho sobre ella. "¿Y qué consejo le dio?".

"El mismo que les doy a todos mis alumnos: sigan su corazón y sus sueños. Los animo a vivir de una manera que les abra la oportunidad de alcanzar su máximo potencial".

Saqué la foto del anuario. "¿Qué quiso decir cuando escribió esto?".

Miró el mensaje y luego a mí. Volvió a mirar el papel y lo dejó. "No sé qué está pasando aquí, pero me hace sentir incómodo. Yo no he escrito esto".

"¿Está seguro?".

"Por supuesto que sí. No es mi letra y la política escolar prohíbe a los profesores firmar los anuarios de los estudiantes".

Eso era mentira. Había varios otros mensajes de profesores en el libro de Boyle.

Antes de que pudiera responder, llamaron a la puerta y ésta se abrió. Un hombre de pelo arenoso, hombros y mandíbula cuadrados, entró en la habitación. Sus ojos color avellana brillaron cuando dijo: "¿Está todo bien aquí?".

Stark dijo: "Detective Luca, este es el director de la escuela, Larry Culver".

Me levanté y le estreché la mano. "Encantado de conocerlo, señor Culver".

"Lo mismo digo. Entiendo que un estudiante del señor Stark se ha metido en problemas. ¿Hay algo por lo que la escuela deba preocuparse, además del bienestar del estudiante?".

"No por el momento, señor Culver. Hemos terminado aquí, pero ¿puedo tener un minuto de su tiempo?".

Culver miró su reloj. "Tengo veinte minutos antes de una reunión de personal".

"Eso es más de lo que necesito".

"Fred, ¿por qué no regresas a clase mientras hablo con el detective?".

Seguí a Culver hasta una amplia oficina con una serie de ventanas que daban a un campo de juego. Aparte de una brillante manzana de cerámica y una placa con su nombre, su escritorio estaba vacío.

"Póngase cómodo. ¿Quieres un café o algo?".

"No, gracias".

Culver se acomodó en su silla mientras yo examinaba el aparador que había detrás. Cuatro fotografías de una niña. Tenía una hija.

"¿Qué lo trae a Barron Collier High?".

"Ha llegado a nuestro conocimiento que a principios de los noventa hubo relaciones inapropiadas entre maestros y alumnos".

Culver me estudió por un momento. "¿Inapropiadas?".

"De naturaleza sexual".

"Oh, vamos, detective, ¿me está diciendo que un maestro aquí" —golpeó su escritorio con el dedo índice— "tuvo relaciones sexuales con una estudiante?".

"Exactamente, y son maestros, no maestro".

Frunció el ceño.

"Usted era maestro en aquel entonces, no me diga que no había rumores al respecto".

"Eso es lo que eran, rumores".

"¿Está seguro?".

Se encogió de hombros. "Por aquel entonces había un profesor que gustaba a muchas chicas, y no había duda de que le gustaba llamar la atención, pero eso es todo lo que sé".

"¿Cómo se llama?".

"Morgan. Peter Morgan, pero hace tiempo que se fue".

"¿Una de las chicas a las que le gustaba era Debbie Boyle?".

Él dudó. "¿Sabes qué? Ahora que lo pienso, lo era".

"Me gustaría echar un vistazo a su historial y obtener su última dirección conocida".

"Claro, vamos".

Al salir de su despacho me detuve a mirar el diploma universitario que había en la pared. Era de la Universidad de Rutgers.

42

No podía dejar de pensar en el vínculo con Rutgers. Debbie Boyle tenía un anillo de Rutgers y ahora teníamos un maestro que se graduó en Rutgers. ¿Era una coincidencia o una conexión? Era necesario explorarlo, pero primero quería darle seguimiento a Peter Morgan.

Morgan vivía en Jacksonville y enseñaba en la preparatoria Robert E. Lee. Solo había enseñado en Barron Collier High por dos años. Mientras ingresaba lo que sabía sobre Morgan en el expediente del asesinato, me preguntaba qué lo hizo irse tan rápido.

Mientras consideraba mi siguiente movimiento, Derrick entró en la oficina agitando un dibujo con crayones.

"Bert hizo esto para ti".

Era un coche de policía azul con una bola roja en el techo y dos muñecos de palitos al lado. En el globo de diálogo que había encima del coche, Bert había escrito: "El detective Frank y yo".

"Tienes un nuevo amigo".

"Voy a tener que enmarcar esto. Me vendrían bien algunas fotos por aquí.

"Lo sé, es como si no tuvieras vida fuera de este lugar".

"Me gusta mantener las cosas separadas, ¿sabes?". Esperaba que no aplastara esa teoría preguntándome por qué vivía con mi expareja.

Levantó una ceja y se sentó detrás de su escritorio.

"¿Qué encontraste sobre Norwicky?".

"Los padres vendieron la casa en 2001, casi ocho años después del asesinato de Boyle. Su hijo Jason se fue para ir a la Universidad Estatal de Florida en Tallahassee después de graduarse. Dijeron que se fue a finales de julio".

"¿Cuál fue tu sensación sobre ellos?".

"Les creí".

"El creer viene con hechos, no con sentimientos. Llama a la universidad y averigua cuándo llegó Norwicky. Ahora bien, ¿qué tal una coartada para él la noche del asesinato?".

"Dijeron que no podían recordarlo".

"¿Ves?".

"¿Ver qué? Tienen más de setenta años".

"Cosas como un asesinato se graban a fuego en tu memoria. Recordarías lo que estás haciendo si alguien que conoces, alguien del que tu hijo fuera amigo, fuera asesinado. Esto no es Nueva York, donde un cadáver aparece como el sol cada día. Especialmente en 1993, esta ciudad era mucho más pequeña".

"Eres como el presidente Reagan: confía pero verifica".

"Exactamente. Deberías saber eso. ¿Cuántas tonterías escuchaste en DC?".

"Sin fin. Tienes razón. ¿Quieres que consiga algunas muestras de ADN?".

"No hay otra manera de estar seguro de que no es él".

"¿Debería preguntarles directamente o tomar lo que pueda?".

"Esa es tu decisión. No me importa cómo lo consigas, siempre y cuando lo hagas".

"Entiendo".

"Pensándolo bien, no les preguntes. Ve qué oportunidades hay para obtener una muestra de ellos".

"¿Por qué ese cambio de opinión?".

"Ya han pasado por mucho al perder un hijo. Si su hijo no estuvo involucrado, no quiero estresarlos".

"Tienes razón".

"Oye, hazme un favor, échale un vistazo a la Universidad de Rutgers, en Jersey. Vea cuántos licenciados producen y qué tamaño tiene su departamento de titulaciones en docencia".

"Estoy en ello".

Mientras él tecleaba, completé una página sobre Morgan.

"Vaya. Rutgers ha existido desde siempre. Se inició en 1766, antes incluso de que fuéramos un país".

¿Cómo iba a ayudar eso a la investigación? "No lo sabía".

"Es enorme. Cincuenta mil estudiantes, más otros veinte en sus programas de posgrado".

"¿Qué tamaño tenía en 1984?".

"Es difícil decirlo exactamente, pero parece que ronda los treinta mil, más el programa de posgrado. Más grande que la mayoría de las ciudades".

"¿Cuántos títulos de docentes otorgaron en 1984?".

"Voy a tener que llamar para averiguar eso. Pero incluso si fuera solo el diez por ciento, serían un par de miles".

"Olvídalo. No pierdas más tiempo en ello. Vuelve a Norwicky".

Jacksonville estaba a unas buenas siete horas de distancia con tráfico moderado. A punto de decirle a Derrick que me llevara, vi la foto que su sobrino me había hecho y rompí mi propio protocolo al usar el teléfono.

Cuando escuché la voz de fumador de Peter Morgan, me alegré de haber esquivado el humo de segunda mano. Me presenté y seguí diciendo: "Me gustaría hacerle un par de preguntas sobre tu tiempo en Barron Collier High".

"Eso fue hace años".

"¿Conocía a una estudiante llamada Debbie Boyle?".

"Claro, la pobre chica fue asesinada justo después de que me fui".

"¿Después de que dejó la escuela?".

"Sí. Me fui aproximadamente un mes antes de que la mataran".

"¿Y por qué abandonó la zona?".

"Mi madre tuvo Alzheimer de aparición temprana y me mudé a Jacksonville para ayudar a mi padre".

"Y está seguro de que eso fue antes del homicidio de Boyle".

"Absolutamente".

"¿A qué universidad fue?".

"Universidad Estatal de Florida".

Oí un cerillo encenderse. "Entiendo que fue objeto de mucha atención por parte de las estudiantes cuando estuvo allí".

"¿Qué quiere decir?".

"Que muchas chicas estaban enamoradas de usted".

"¿De mí? ¿Quién le dijo eso?".

"Larry Culver".

"¿Culver? Eso es una locura. He oído que ahora es el director".

"Lo es".

"Debería preguntarle a él. Entre Fred Stark y él, tenían a la mitad de las niñas de la escuela comiendo de sus manos".

"¿Cree que alguno de ellos tuvo una relación inapropiada con alguna de las estudiantes?".

"No lo sé con certeza, pero ciertamente es posible. El coqueteo solía enojarme".

"¿Cree que alguno de ellos podría haber tenido algo que ver con Debbie Boyle?".

"No sé sobre Stark, pero vi a Culver y a ella juntos varias veces".

"¿Solos?".

"Solo una vez en su salón de clases, pero otras veces con otras chica o dos".

"Cuando estaban solos esa vez, ¿qué observó?".

"No estaban haciendo nada. Él estaba sentado detrás de su escritorio y ella a un lado. Pero se sentían incómodos; había tensión. La chica no me miraba. Tuve la sensación de que había estado llorando".

43

MARY ANN ESTABA SENTADA EN MI SILLÓN RECLINABLE cuando dejé caer el dibujo en su regazo.

"¿Qué es esto?".

"Bert, el sobrino de Derrick, lo hizo para mí".

"¿Cuándo lo conociste?".

"Hace un par de días. Vino a la oficina con su madre. Ese niño es otra cosa. Tomé una placa y una gorra del área de servicio comunitario del vecindario y se volvió loco".

"Fue amable de su parte hacer esto para ti. Le causaste una gran impresión".

"Bert dijo que quiere ser oficial de policía".

"No lo desanimaste, ¿verdad?".

"Nunca haría eso. Los niños deberían decidir por sí mismos".

"Serías un buen padre, Frank".

"No sé nada de eso".

"Bueno, yo sí. Un niño tendría suerte si jugaras con él y lo guiaras por la vida. Tener un padre como tú es muy importante para el desarrollo de un niño. Sé que no es garantía, pero contribuye en gran medida a garantizar que un niño se convierta en un adulto sano".

"No estoy cambiando de tema" —aunque lo hice—, "pero la chica Boyle perdió a su padre cuando era niña. Ella gravitaba hacia los chicos mayores, pero ¿qué pasa con un maestro?".

"Muy posible. Un maestro es el líder de la clase, un líder que enseña a los niños y vela por su bienestar".

"Es la última parte con la que estoy luchando. Si la relación cruzó una línea, si se volvió sexual...".

"¿Crees que pudo haber estado involucrada con un maestro?".

"Algo estaba pasando en esa escuela. Pero lo que voy a descubrir es si involucró a Boyle o tuvo algo que ver con su muerte".

DE VUELTA EN PELICAN LANDING, estacioné frente a la casa de Janet Lipton. El color de la casa me recordó a la mostaza Boar's Head. Un jardinero estaba cortando el pasto y apagó la podadora cuando me acerqué. Al tocar la campana, estudié el carillón de viento tubular. En cada tubo había pequeñas figuras de Kokopelli grabadas. Con el timbre balanceándose, parecían estar bailando.

"¿Le gusta nuestro timbre?".

"Siempre me gustó tocar la flauta Kokopelli".

"Bueno, funcionó para nosotros".

"¿La música?".

"No, los nativos americanos consideraban a Kokopelli el dios de la fertilidad. Cuando teníamos problemas para tener un hijo, mi hermana nos compró esto y quedé embarazada un par de semanas después".

¿Fertilidad? ¿Embarazo? "No lo sabía, pero es un tema del que quería hablar con usted".

Me miró con desconfianza. "¿Nos sentamos atrás como la última vez?".

"Claro. Es un día maravilloso".

"Adelante, voy a traernos un par de tés helados".

Tenía más o menos mi edad pero parecía mayor. ¿Era el estrés de tener hijos?

Lipton dejó dos vasos llenos de hielo. No me gustaba cuando había demasiado hielo.

"Gracias".

"¿Cómo va la investigación?".

"Bien. Estamos progresando".

¿Cómo puedo ayudar?".

"Debbie dejó el equipo de porristas a mitad de temporada. ¿Sabe por qué?".

"Ella nunca dijo realmente por qué. Nos sorprendió, pero en un momento ella dijo que le empezaba a molestar la rodilla y luego dijo que era infantil ser porrista".

"¿Pasaba algo en su vida en el momento en que renunció?".

"No se me ocurre nada".

"Tengo curiosidad por algo. ¿Crees que Debbie podría haber tenido una relación con un profesor de Barron High?".

Acarició su vaso con un dedo, dibujando líneas en la condensación. "La respuesta es, no lo sé".

"Pero cree que era posible".

"Supongo que sí".

"La última vez que nos vimos, dijo que pensaba que ella podría haber estado haciendo algo con el padre Harrigan, creo que sí".

Asintió. "Sí. A Debbie le gustaban los hombres mayores. Figuras de autoridad".

"¿Era un maestro llamado Peter Morgan?".

"¿Peter Morgan? De ninguna manera. Solíamos burlarnos de sus dientes amarillos y sus dedos manchados de nicotina. Olía a cenicero".

Siempre me pregunté cómo alguien podía casarse con un fumador si no fumaba.

"¿Qué tal Fred Stark o Peter Culver?".

Sus cejas se arquearon. "Señor Stark y señor C eran los rompecorazones de la escuela, sin duda. Y Debbie, bueno, ella era Debbie. Ella coqueteaba con ellos todo el tiempo".

"¿Crees que ella podría haber estado, eh, jugando con ambos?".

"De ninguna manera".

"Pero dijiste que ella coqueteaba con ambos. ¿Podría haber estado jugando uno contra el otro?".

Su rostro se iluminó con una sonrisa. "Esa sería Debbie".

"¿Tenía ella un favorito entre los dos?".

"No lo sé, pero a la mayoría de las chicas les agradaba el señor C. Pero claro, Debbie no era como la mayoría de nosotras".

"¿Debbie estaba usando algún tipo de método anticonceptivo?".

"No lo sé".

"¿Crees que es posible que Debbie estuviera embarazada en el momento de su asesinato?".

Pasó el dedo por el borde del vaso. "Es posible; ella era sexualmente activa".

44

LLEVÁBAMOS BOLSAS DE COMESTIBLES QUE MARY ANN compró en Publix cuando gritó: "¡Ay! Creo que me rompí el hueso de la risa".

"Cuéntame un chiste. Veré si está roto".

"No estoy bromeando. Lo golpeé aquí mismo".

"Besaré tu lesión; te hará sentir mejor".

Sonrió. "Eso es lo que mi madre solía decirme cuando me lastimaba. ¿Te lo había dicho?".

"No." Saqué una botella de Neurofuse de una bolsa. "¿Qué es esto?".

"Un suplemento. Dijiste que Brainol no estaba funcionando, así que pensé que deberías probar algo diferente".

¿Es esa la verdadera razón o estaba notando que mi memoria estaba empeorando? "Gracias. Sabes, no puedo dejar de pensar en la madre de Boyle. Tenía tristeza. Es como si tuvieras miedo de acercarte demasiado y contagiarte, ¿sabes?

"No es de sorprenderse. No hay nada peor que perder un hijo. Es increíblemente difícil recuperarse de eso. Leí en alguna parte que más de la mitad de las parejas que tienen un hijo que muere antes de los treinta años acaban divorciándose.

"Mmm. Eso asusta".

"No puedes dejarte intimidar por eso. Las posibilidades son pequeñas, pero aunque no sea así, vale la pena. Mi mamá siempre decía: 'No has vivido hasta que tienes un hijo'".

No supe qué decir y solté: "Tener un policía como padre no es fácil para un niño, ¿sabes?".

"Puede ser más fácil si ambos lo son. Mira a Ron y Joan, tienen tres, y Bill y Lucy; Ambos son como familias de Disney".

"Eso es porque realmente no los conoces".

"¿De qué hablas?".

"Solo de que en cada casa, no me importa cómo se vea desde fuera, cada cuadro no está colgado derecho".

"Muy cierto. Recuerdo que había una familia que vivía al otro lado de la calle y tenían una hija un par de años mayor que yo y un hijo que era el mariscal de campo de la preparatoria. El padre era médico y la madre, Miss Voluntaria. Luego se supo que la niña, que solo tenía quince años, había quedado embarazada y la madre era alcohólica".

"¿Qué tipo de cosas le pasarían a una niña cuando queda embarazada? Sé lo de las náuseas, pero ¿qué otros signos habría?".

"¿Estás hablando de la chica Boyle?".

Metí brócoli en el cajón de verduras. "Sí".

"Ella habría tenido algo de flujo vaginal. Le mancharía la ropa interior".

"¿Su madre podría haberlo confundido con algo de su ciclo menstrual?".

"Nunca he estado embarazada, Frank. "Realmente, no lo sé".

"¿Puedes preguntarle a una amiga?".

"Realmente crees que estaba embarazada, ¿no es cierto?".

No podía decirle que los Kokopelli me dieron un concierto privado de flauta. "Lo encuentro más probable. Respondería a un par de preguntas".

"¿Cómo?".

"Por qué dejó de ser porrista y un posible motivo si la persona que la dejó embarazada no quería el bebé y ella sí".

"¿Crees que ella se habría quedado con el bebé? No lo sé".

"¿Por qué dices eso?".

"Ella acaba de cumplir diecisiete años. Toda su vida estaba por delante. Ella iba a ir a la universidad. ¿Cómo iba a hacer eso con un bebé?".

Era un buen punto. "Tal vez cambió de opinión cuando descubrió que estaba embarazada. Dejó de ser porrista para proteger al bebé, ¿no?".

"Era una época diferente, Frank".

"Exactamente. Hace veinticinco años pude ver que tener un bebé cambiaría el punto de vista de una chica. Hoy en día, no creo que dudarían en abortar si eso se interpusiera en sus planes".

"¡Demonios, Frank! Eres un neandertal".

"No te emociones tanto, Mary Ann. No estoy juzgando a nadie".

"Diablos, sí lo haces".

"No, lo digo en serio. Solo estoy intentando resolver este homicidio, eso es todo".

"Una mujer tiene derecho a hacer lo que quiera. Es su maldito cuerpo".

"Yo sé eso. No digo que no pudiera hacer lo que quisiera".

"No empieces a mentirme, Frank".

"No lo hago".

"Ah, ¿sí? Entonces, ¿qué es esa tontería de abortar si un bebé se interpone en el camino?".

"Simplemente salió mal, eso es todo. ¿Adónde vas?".

"A dar un paseo".

Me estaban crucificando por nada. No estaba a favor ni en contra del aborto. Por Dios, cuando mi exesposa quedó embarazada mientras estábamos en camino al divorcio, fui yo quien sugirió un aborto. No habría sido bueno para el niño y ciertamente no iba a ser el salvavidas que ella pensaba. Estaba agradecido por la opción y no le negaría a una mujer su elección.

¿Por qué Mary Ann se ofendió tanto? ¿Estaba yo demasiado obsesionado con el caso? ¿De nuevo? ¿Era que ella quería tener un bebé? Me puse mis tenis y salí por la puerta para buscarla.

MI CABEZA LATÍA CON FUERZA. Derramé tres aspirinas y las tragué con café. Con un sabor desagradable en la boca, revisé la actividad de arresto durante la noche. Agradeciendo que no hubiera surgido nada, me recosté y cerré los ojos.

"¿Saliste tarde anoche?".

"Bebí demasiado, Derrick".

"¿Tú? Me sorprende. ¿A dónde fuiste?".

"A ninguna parte, Mary Ann y yo tuvimos una pelea. ¿Sobre qué? No podría decírtelo".

"¿Está todo bien?".

Bostecé. "Sí, nada que un par de botellas de vino no puedan arreglar. ¿Cómo te fue con los padres de Norwicky?".

"Sin problema. Recogí tres botellas de agua y dos colillas de cigarrillos".

Mi estómago se revolvió al pensar en un cigarrillo. "¿Los enviaste al laboratorio?".

"Sí. ¿Qué sigue?".

Me obligué a decir: "Voy a dar un paseo para ver a la madre de Boyle. ¿Quieres venir?".

"Definitivamente".

"No lo tomes a mal, pero esta mujer ha pasado por más de lo que nadie debería pasar. Me gustaría que desempeñaras un papel de observador. Si tienes algo importante, por supuesto, dilo, pero ten tacto".

45

La fina sonrisa de la señora Boyle se transformó en un ceño fruncido cuando vio a Derrick. Dio un pequeño paso atrás. "¿Hay noticias en el caso?".

"Todavía no, señora. Éste es mi compañero, el detective Dickson".

Le estrechó la mano y le dijo: "Entre, por favor".

Volvía a sentir ese olor a cera para muebles. La seguimos hasta el mismo par de sofás. En la mesita había otra foto de la joven Debbie, esta vez delante de un autobús escolar. Tenía que ser su primer día de clases. Debbie llevaba una mochila rosa, una cola de caballo y una sonrisa de oreja a oreja. Dejé a un lado la melancolía que se estaba filtrando y dije: "Gracias por vernos de nuevo".

"Está bien". Encontrar al asesino de Debbie es lo único que me importa".

Quería preguntar, ¿no importa su hijo? "Apreciamos su disposición para ayudar y ha sido de gran ayuda. Sé que es difícil, pero intente seguir con tu vida. Voy a permanecer en esto hasta que llevemos a quien hizo esto ante la justicia".

La cabeza de Derrick se movió.

"No lo entiende; nadie entiende. ¿Cree que atrapar a quien hizo esto hará que todo esté bien? Bueno, ¡no será así!". Sacudió la cabeza. "No me malinterprete, quiero que el hombre que le hizo esto a mi bebé pague, pero eso no va a arreglar nada".

¿Hombre? ¿Era esa una descripción general para todos los hombres? "Entiendo, señora. Todo lo que puedo hacer es lo que prometí: llevar al perpetrador ante la justicia".

"Y por eso estaría agradecida".

"No estoy seguro de que usted supiera sobre un incidente que ocurrió en la escuela preparatoria Barron. Fue entre su hija y un estudiante llamado Jason Norwicky".

Sus ojos apagados cobraron vida. "No dejaba en paz a Debbie. Él seguía llamando y Debbie le colgaba. Finalmente, tuve que decirle que dejara de llamar".

"¿Sabe de qué se trataban las llamadas?".

"Un malentendido de algún tipo. Debbie dijo que ella le agradaba a él, pero que ella no tenía ningún interés en él".

"¿Cuándo fue la última vez que llamó?".

La luz de sus ojos desapareció. "Una semana antes de que sucediera".

"¿Dijo Debbie alguna vez que él la amenazó?".

"No amenazar, solo que no la dejaría en paz".

"Tengo un par de preguntas que pueden molestarle, pero son parte de la investigación y es información que necesito. ¿De acuerdo?".

Puso las manos en el regazo y asintió.

"¿Por qué Debbie dejó de ser porrista a mitad de temporada?".

"Estaba aburrida de eso. Debbie lo consideró infantil y,

francamente, estuve de acuerdo con ella. Me alegraba de que estuviera madurando".

"¿No estuvo relacionado con una lesión?".

"No, en absoluto".

"¿Estaba su hija embarazada en el momento de su muerte?".

Su mejilla se torció. "¿Embarazada? No creo".

"Cuando estaba lavando la ropa, ¿notó alguna secreción en su ropa interior o en las sábanas?".

No sabía de quién eran las mejillas más rojas, si de la señora Boyle o de Derrick. Con los ojos fijos en las manos, exhaló. "Hubo una vez que le pregunté sobre eso y ella dijo que era su periodo. Lo dejé pasar, pero, sinceramente, ella misma empezó a lavar la ropa. Tenía miedo de que estuviera teniendo sexo, y eso era. ¿Sabe algo que yo no sé?".

"Como dije, estamos explorando todas las posibilidades. ¿Era su hija sexualmente activa?".

"Eso creo. Le dije varias veces que tuviera cuidado".

"No había nada en el expediente acerca de que ella tomara pastillas anticonceptivas. ¿Estaba usando algo?".

"No que yo sepa". Debería haberlo sabido, pero el obstetra nunca me lo habría dicho si le hubiera preguntado, así que nunca lo hice".

"Existen leyes de privacidad para proteger a los pacientes. Así que no se preocupe por eso".

"Gracias".

"¿Le importaría si me llevo el anillo que encontramos en esa tortuga? Nos gustaría realizar una prueba al respecto. Lo devolvería lo antes posible".

"¿Quiere el anillo?".

"Si no le importa".

"Me parece bien. Ni siquiera sabía que estaba ahí". Se levantó. "Voy a buscarlo".

"Gracias y por favor no toque el anillo. Baje la tortuga. Yo quitaré el anillo".

Sus cejas se arquearon. "Oh. Está bien". Desapareció por un pasillo.

Derrick se inclinó. "Hombre, ella está agotada". Cogió la foto del autobús escolar.

Susurré: "Deja eso".

"Vive sola, ¿verdad?".

"Sí".

"El lugar huele a Lemon Pledge y todo está muy limpio".

"Deberías ver la recámara de la chica...". Cerré la boca cuando escuché sus pasos.

La madre de la víctima llevaba la tortuga con ambas manos como si llevara huevos. Ella extendió los brazos y tomé la tortuga. La dejé, le quité el caparazón y me puse unos guantes.

Clavé el anillo con mi bolígrafo, lo metí en una bolsa de plástico para pruebas y se la entregué a Derrick, quien anotó la fecha y el lugar.

"¿De verdad cree que fue su anillo? ¿De la persona que hizo esto?".

Derrick dijo: "No lo sabemos, pero el proceso de eliminación es un componente crítico del proceso de investigación".

Bien dicho, pero estaba viendo demasiados programas policiales en la televisión.

"Gracias de nuevo, señora Boyle. Hemos terminado por hoy, pero estaré en contacto".

El sonido de la puerta del auto cerrándose todavía estaba en el aire cuando Derrick dijo: "¿Cómo es que nos fuimos tan rápido?".

"Conseguimos lo que queríamos: el anillo, información sobre su embarazo y un poco de información sobre Norwicky".

"No dejaba en paz a Boyle. Acosándola a ella y a la madre".

"Sin duda Norwicky fue persistente. Veamos qué nos dice el ADN de los padres".

"Deberíamos tenerlo mañana".

"Bien".

"¿Crees que la chica estaba embarazada?".

"Sí".

"Ojalá no le hubieras dicho que trajera el anillo. Quería ver el dormitorio, como tú".

"Créeme, no necesitas verlo. Es deprimente".

"¿Qué vas a hacer con el anillo? ¿Ponerlo a prueba?".

"También podríamos ver si tiene ADN".

"Más información. ¿Verdad?".

Asentí.

"Me quedé callado, como dijiste".

"¿Ensayaste esa frase sobre el proceso de eliminación frente a un espejo?".

46

Mis hombros se hundieron cuando vi al chico de Informática sentado detrás del escritorio de Derrick.

"Buenos días, detective Luca".

"Buenos días, Marco. ¿Qué hay?".

"Solo una actualización, señor".

"¿Voy a perder algo otra vez?".

"No, no. La última vez no tuvo nada que ver con lo que estábamos haciendo".

"Sí, solo otra coincidencia".

Se encogió de hombros y encendí mi computadora. A mitad de mi café, estaba mirando un cursor parpadeante.

"Marco, dime que no tocaste mi computadora".

"¿Por qué? ¿Qué te pasa?".

"No se enciende".

"Solo espera, no toques nada. Necesita pasar por la actualización".

Agotando lo último de mi java, la pantalla cobró vida.

"Está de vuelta".

Hubo un correo electrónico del sistema escolar de Jacksonville. El asunto era Peter Morgan. Me incliné hacia la pantalla, lo abrí y leí.

Peter Morgan se había mudado a Jacksonville antes del asesinato de Boyle y estaba enseñando allí el día del asesinato. Enseñó todo el día y su última clase terminó a las tres y media. Jacksonville estaba a siete horas de distancia. No podía descartar la posibilidad, pero a menos que Morgan fuera Clark Kent, sería imposible que fuera él.

Podía oler el café antes de que Derrick entrara con dos tazas. Puso los ojos en blanco. "¿Qué sucede? ¿Otra actualización?".

"Sí. Creo que podemos eliminar a Morgan. Estuvo en Jax enseñando hasta las tres y media.

"La última vez que conduje hasta allí me llevó casi diez horas".

Quité la tapa del café: agradable y oscuro. "¿Llevaste el anillo al laboratorio?".

Derrick sacó su celular. "Sí, lo tienen. Dijeron que el informe de los padres de Norwicky estaría listo esta tarde. Eh, mira este correo electrónico de Interpol".

El documento de Interpol era una recopilación de informes de la Policía Helénica y de la versión rusa del FBI, el Comité de Investigación de Rusia. La mayor parte de lo que había en el informe eran cosas que sabíamos: que Papadakis era sospechoso de la muerte de un chico en Grecia, que la familia había abandonado Rusia para ir a Grecia y que Papadakis había ignorado el requisito de informar a la policía helénica antes de viajar al extranjero.

La novedad la habían aportado los rusos. Se trataba de información sobre la agresión a un sacerdote ortodoxo y el robo de la colecta diaria. Boris Yenko, un hombre de sesenta y ocho años que dirigía la Catedral de Cristo Salvador, casi fue asesinado a golpes inmediatamente después de una misa.

La familia Papadakis era miembro de la iglesia, e Igor Papadakis fue el único monaguillo en la misa de la mañana antes del asalto. Papadakis fue interrogado sobre la golpiza y el robo, pero no fue detenido. Un día después del asalto, la iglesia se dio cuenta de que faltaban cuatro valiosos íconos.

Las autoridades creían que los íconos fueron robados después de que el padre Yenko quedó incapacitado.

Papadakis fue visto por un vecino cargando un saco la mañana siguiente al ataque al padre Yenko.

La policía interrogó a Papadakis y registró la casa familiar. No se recuperó nada y la investigación se agotó cuando la Unión Soviética se desintegró. Los íconos siguen desaparecidos hasta hoy.

Le dije: "¿Puedes creer a este tipo? Es un problema en todos los continentes".

"¿Crees que golpeó a un sacerdote?".

"No".

"¿Por qué? ¿Porque era monaguillo?".

"No. Porque es un oportunista".

"No lo entiendo".

"Creo que Papadakis fue testigo de la golpiza y el robo, usándolo como tapadera para robar los íconos".

"¿Qué te hace pensar eso?".

"Como servidor, no tenía motivos para golpear al sacerdote para robar. Estoy seguro de que tenía muchas oportunidades y acceso si quería el dinero. Creo que no pudo resistir la oportunidad que le brindó el incidente. El problema para él fue que era demasiado estúpido para darse cuenta de que nunca podría descargar los íconos".

"Mmm".

"Mi corazonada es que los íconos están en ese cofre suyo".

"Probablemente, pero ¿cómo crees que esto afecta el caso Boyle?".

"Es una prueba más de que Papadakis es un bastardo depravado con un juicio cuestionable".

47

Derrick dijo: "Sin una coincidencia en el ADN de Papadakis, necesitamos algo duro con él. Ahora mismo lo único que tenemos es humo".

"Por lo que aprendí sobre los asesinos en serie, y no digo que él sea uno, las personas que matan entre largos periodos de tiempo son raras".

"Tal vez no hemos atrapado a suficientes, especialmente a alguien como Papadakis. Este tipo no solo se mudó sino que cruzó tres continentes; por eso no hay rastro".

No lo creía pero dije: "Puede que sea más inteligente de lo que pensamos".

"Pero ahora estamos sobre él".

"No estoy convencido".

Abrí el traductor de Google y escribí Fred, buscando la traducción al ruso. ¿Era algo así como Igor? Surgieron caracteres rusos que no se parecían en nada al inglés. Golpeé el altavoz y reprodujo algo que sonaba como Igor. Repitiendo el proceso, Igor en griego sonaba como Igor en inglés.

"Derrick, ¿Papadakis tenía un segundo nombre?".

"Sí, Misha. Es ruso para Michael. Deberíamos pedir una orden judicial".

Papadakis me molestaba, pero ¿era él el asesino de Boyle? Su ADN no coincidía con lo que había debajo de la uña de la chica, pero no podía quitarme de la cabeza ese cofre cerrado. ¿Qué había ahí dentro? ¿Los íconos robados? Estaría loco si guardara el arma homicida ahí. No quería pedir una orden de registro. No teníamos suficiente y arruinaría mi reputación el ir por algo a lo que no teníamos ningún derecho legal. Por un nanosegundo pensé en pedirle a Derrick que redactara la solicitud, pero el chico no necesitaba empezar con el pie izquierdo.

"No tenemos la base para ello. Ningún juez se la concedería".

"Puede que no sea necesaria. Acaba de llegar el informe sobre los padres de Norwicky. Te lo reenviaré".

No parecía que Norwicky fuera el asesino. El ADN de debajo de la uña de Boyle no coincidía con el ADN mitocondrial de la madre de Norwicky.

"¿Qué significa el ADN mitocondrial?".

"Es un tipo de ADN que heredamos de nuestras madres. La conclusión es que quien dejó ese ADN en la uña de la víctima, su madre no era la señora Norwicky".

"¿Y si fuera adoptado? Ya sabes, ¿si tuvo una madre biológica diferente?".

Me gustó la forma en que pensaba. Así era como lo hacía antes de la quimioterapia. "Es bastante fácil de comprobar. Busca los registros de nacimiento".

"Voy a hacerlo".

ERA un día tan bonito que iba a llevar a Mary Ann a almorzar al Turtle Club. Ella siempre pedía ir, pero como era el lugar donde conocí a Kayla, me resistía a llevarla allí.

Me alegré de haber llamado a un amigo que atendía el bar allí. Una veinteañera con una blusa escotada y pantalones cortos diminutos nos llevó a través del restaurante hasta la terraza. Para ser una tarde de mediados de enero, la cubierta estaba ocupada.

La mano del destino nos dirigió a la misma mesa donde había almorzado con Kayla.

"¿Hay algo más disponible?".

"Es perfecto, Frank. "¿Qué te pasa?".

La chica dijo: "Lo siento. Si quieres esperar en el bar hasta que se abra algo".

"No, está bien".

"Esta mesa es maravillosa, Frank".

Estaba tenso y quería una copa de vino para lubricar las cosas. "¿Quieres una copa de vino?".

"¿Vino? Estamos trabajando".

"Un vaso no te perjudicará, Mary Ann".

Sus ojos se enfriaron. "Va en contra de las reglas del departamento, y lo sabes".

"Vale, de acuerdo. Solo busco celebrar nuestra primera vez aquí".

Tomó el menú. "¿Qué sueles pedir?".

"El sándwich de pescado basa. Es bueno".

"¿Basa? ¿De dónde viene eso?".

"De algún lugar de Asia".

"Me quedaré con algo del Golfo".

Hicimos nuestro pedido y mi teléfono sonó con un nuevo correo electrónico. Mary Ann y yo habíamos hecho un pacto de no mirar nuestros teléfonos cuando estuviéramos fuera. No podíamos creer la cantidad de gente que se sentaban en las mesas y jugaban con sus teléfonos en lugar de interactuar entre sí. De hecho, instituimos una regla cuando salíamos a comer con amigos: ponías el teléfono en el medio de la mesa y quien tomara el suyo tenía que pagar la cuenta. Funcionó como por arte de magia.

El teléfono sonó. Un cosquilleo recorrió la base de mi cráneo. Miré a Mary Ann. Asintió. Era el laboratorio forense. Respondí y la vibración aumentó.

"Tenemos que irnos".

¿Qué sucede?".

"Llegaron los resultados del anillo de Boyle y no lo vas a creer, pero coinciden".

Mary Ann se puso rígida. "¿Quién es?".

"El mismo tipo cuyo ADN estaba debajo de la uña de la víctima".

"Pero no sabes quién es".

No necesitaba el recordatorio. "Por el momento no. Pero esto es grande. "Vámonos".

"Frank, el caso es de hace veinticinco años. Los dos tenemos hambre. Puede esperar media hora".

¿QUÉ TENÍAMOS? Debbie Boyle conocía a su asesino. Tenía que haber tenido un interés romántico en él. ¿Por qué si no tendría ella su anillo universitario? Era un hombre mayor, de unos cincuenta y cinco años. Tal vez tenía el pelo rubio y probablemente fue a la Universidad de Rutgers o a su escuela de posgrado.

Me inclinaba por un profesor, pero Papadakis tenía más o

menos la edad adecuada, tenía el pelo rubio y una historia enlodada. El problema era que su ADN no parecía coincidir.

Volví a visitar el anuario del último año de Debbie Boyle y fui directamente a la fotografía de la clase de Fred Stark. Stark tenía el pelo color arena, aunque lo llevaba corto. Con una sonrisa de comemierda y una figura juvenil, parecía solo unos años mayor que sus alumnos. Había catorce mujeres y solo ocho varones en su clase, una mezcla perfecta para alguien que podría aprovecharse de chicas impresionables.

Larry Culver tenía el pelo largo y rubio y una constitución musculosa. Si no fuera por la corbata roja y la camisa blanca, podría haber pasado por un surfista. Pude ver cómo una adolescente podría sentirse atraída por su buena apariencia y su vibra relajada. La mezcla de sexos de estudiantes se dividió uniformemente en once cada uno.

Pasé a la sección de eventos. Estaba esa foto de Halloween de Culver con su brazo rodeando a Boyle y a otra estudiante. Estudié su rostro. ¿Estaba borracho o drogado? Era difícil saberlo, pero algo parecía raro.

Una página dedicada al grupo de teatro tenía una foto de dos alumnas abrazadas a un profesor de pelo canoso. No recordaba que los niños de mi escuela secundaria mostraran tanto afecto a los profesores. La mayor parte del tiempo nos quejábamos de la carga de trabajo que nos daban.

Barron High llevó a cabo varios programas para beneficiar a los menos afortunados. Me llamó la atención la imagen de la fiesta de Navidad de United Way. Dos lindas estudiantes estaban sentadas en el regazo de Santa. Él las abrazaba por la cintura y le susurraba al oído a una de ellas. No podía decir qué maestro era, pero no era Stark o Culver.

Había muchas otras fotografías de profesores y profesoras abrazando y tomando las manos de los estudiantes de manera que hoy les causaría problemas. Cerré el anuario. No concluyente en el mejor de los casos.

Era hora de comprobar el año del diploma de Culver y ver en qué escuela se graduó Stark. Cogí el teléfono y llamé a Barron High School.

48

"¿Cuáles son las probabilidades de eso?".

Derrick dijo: "¿De qué estás hablando, Frank?".

"Fred Stark y Larry Culver se graduaron de Rutgers en 1984".

"¿Fueron juntos a la escuela?".

"¡Maldita sea!". Solo dije que se graduaron en Rutgers el mismo año".

"Está bien, está bien. Es del mismo año que el anillo del dormitorio de Boyle".

"¿Estaban estos dos bastardos trabajando juntos? Sería difícil ocultar una relación con una estudiante, pero si cada uno de ellos cubriera al otro, sería mucho más fácil".

"Me enferma pensar en eso. Pero ya sabes, muchos sacerdotes se salían con la suya en cosas muchísimo peores".

"En aquel entonces los padres confiaban en los profesores. Hoy en día, si un maestro critica a un niño, los padres corren y buscan un abogado".

"Es de locura".

"Podría ser cualquiera de ellos o ambos".

"Entonces, ¿no es Papadakis?".

"Si estuvieras escuchando, sabrías que estoy hablando de una relación, que puede tener o no algo que ver con su asesinato".

"Pero crees que sí, ¿verdad?".

"Es un motivo sólido. Boyle podría haber amenazado con revelar la relación o podría haber quedado embarazada, lo que realmente complicaría las cosas para un maestro".

"Parece que te inclinas a que sea Stark o Culver".

"Necesitamos muestras de ADN de ellos, así sabremos a quién pertenece el anillo. Que les expliquen cómo llegó su ADN hasta sus uñas y qué estaba haciendo Boyle con su anillo".

"¿Cómo podrían explicar eso?".

"No lo sé". Papadakis encaja en el perfil y podría ser él, pero de cualquier manera, voy tras estos maestros. Si hicieron lo que creo que hicieron, deben rendir cuentas. Y si Boyle estuviera embarazada y pudiéramos establecer por cuánto tiempo, podríamos tener un caso de delito grave por sexo con una menor, aunque haya prescrito".

"Pero Florida tiene sanciones especiales si un maestro participa en ello, ¿no?".

"Sí, pero eso lo deben manejar ellos arriba. Si descubrimos esto, Stark y Culver estarían más que deshonrados; les quitarían sus pensiones y los echarían de la ciudad".

"Si fuera padre, hombre, patearía traseros".

Sonó el teléfono de mi escritorio. Era una amiga de Joanne Wilbur que sonaba dócil. Mientras hablaba, hice un gesto con la mano a Derrick y levanté el pulgar. La llamada duró un minuto pero abrió un camino a seguir.

"Esa era una mujer que dijo que quería hablar sobre Fred Stark".

Derrick salió disparado de su silla. "Es el golpe que necesitábamos. ¿Lo traeremos?".

"No. Voy a verla. Quiero que vayas a ver al fiscal, averigua qué podemos o no hacer con un cargo de veinticinco años por sexo con una menor. Ni siquiera sé si esta mujer era menor de edad en ese momento. De cualquier manera, aclaremos los aspectos legales".

MURIEL TULCH VIVÍA en un edificio antiguo en Vanderbilt Drive. Los andamios cubrían la estructura de cinco pisos, cuya mejor característica era la vista del Golfo. Los trabajadores escuchaban música en español y martillaban el estuco. Subí las escaleras exteriores hasta el segundo piso y toqué dos veces el timbre.

La puerta se abrió y me anuncié. Tulch quitó la cadena y me miró a los ojos brevemente. Tuve que esforzarme para oírla cuando me invitó a pasar.

Muriel Tulch no era gran cosa, pero si tenía un busto así en la preparatoria, se explicaba el interés de un desviado como Stark. Había una fotografía familiar en el vestíbulo con dos niñas y un marido alto. Me hizo sentir bien que Tulch hubiera sobrevivido a lo que hubiera pasado en la escuela preparatoria. Vestía un suéter amarillo y jeans negros.

Su casa era pequeña. Las hijas debían de ir a la universidad. Una gran vista del Golfo compensaba la sensación de limitación proveniente de los techos bajos de la unidad. Tulch rodeó una mesa de cristal de la cocina y sacó una silla.

"Bonita vista".

"Normalmente, tendría las puertas corredizas abiertas, pero con todo el trabajo que se está haciendo...".

¿Qué? ¿Ninguna oferta de bebida o algo sobre el tiempo? "Quiero agradecerle nuevamente por presentarse. Es muy valiente de tu parte".

"Dejé esto atrás hace años, pero cuando Joanne mencionó que estaba investigando a los profesores de Barron. Yo solo… Sentí que tenía que decir algo".

"Nos alegramos de que lo hiciera. Hábleme de Fred Stark".

Tulch se hurgó en una uña del pulgar. "Bueno, todas las chicas quedaron cautivadas con él y el señor C. Eran guapos, independientes y nos prestaban mucha atención".

"¿Qué tipo de atención?".

"Bueno, al principio era solo un aliciente rutinario. Ya sabe, decir cosas bonitas sobre cómo nos veíamos, lo inteligentes que éramos, ese tipo de cosas".

"¿Lo llamaría acoso?".

"Lo he pensado y, en retrospectiva, creo que el señor Stark lo hizo sin generar ninguna alarma".

"¿Qué hizo exactamente?".

"Al principio, cuando estaba yo en tercer año, fue cuando me tocó por primera vez. La clase había terminado, pero estaba teniendo problemas con un proyecto y me quedé para mostrárselo. Él estaba sentado en su escritorio y yo estaba de pie junto a él, inclinada. Él… él me rodeó con el brazo y me atrajo hacia él. Puso su cara justo en mi pecho y no me soltó. No sabía qué hacer. Me dijo que me sentía bien y volvimos al trabajo".

"¿Las cosas progresaron a partir de ahí?".

"Yo solía ser voluntaria en el puesto de golosinas para los partidos de futbol y tenía que llegar temprano, y él lo sabía. Empezó a acercarse y una cosa llevó a la otra, y empezamos a besarnos y, ya sabes, a tocarnos".

Tuve que inclinarme hacia adelante para escucharla. "¿Con las manos?".

Miró fijamente la mesa y susurró: "Sí, él, quiero decir; lo masturbé".

"¿Hubo alguna penetración corporal? ¿Oralmente o de otra manera?".

"¡No! Nada tan malo. Fue solo la masturbación".

"¿Cuántos años tenía cuando esto sucedió?".

"Diecisiete".

"¿Sabía de algún otro profesor que hiciera esto?".

Ella se sonrojó como un tomate. "El señor C empezó a hacerse el simpático, si sabe a lo que me refiero. Estoy segura de que Stark debe haberle hablado de nosotros, ese bastardo".

"¿Pasó algo entre usted y Larry Culver?".

"No. Pero estoy bastante segura de que estaba haciendo algo, o al menos intentando hacerlo, con la chica que murió".

"¿Qué le hace creer eso?".

"Los vi discutiendo una vez debajo de las gradas, antes de un partido".

"¿Recuerda cuándo fue eso?".

"Fue un par de días antes de que la mataran".

49

Stark intentó ignorarme, diciéndome que su esposa estaba enferma y que tenía que calificar trabajos. Cedió rápidamente cuando le dije que lo entrevistaría por la mañana en la preparatoria. Como decía que su mujer estaba enferma, le sugerí que nos reuniéramos en Bayfront, un barrio de rascacielos con restaurantes y un puerto deportivo.

Stark estaba sentado en una de las mesas al aire libre del EJ's Café. Llevaba una gorra de béisbol de los Yankees bien calada. Saqué una silla de metal y me senté. Stark tenía un anillo de boda pero no un anillo de la escuela de Rutgers.

La mano de Stark tembló al levantar su taza. "¿Quiere un café?".

"No".

Stark se limpió la crema del labio. "Soy adicto a estos frappuccinos".

"Muriel Tulch".

Podía oler el miedo que emanaba de él antes de que su apellido saliera de mi boca.

"¿Perdón?".

Me incliné sobre la mesa. "Déjese de tonterías, señor Stark. Sabe exactamente quién es y lo que le hizo".

"No sé de qué está hablando. Honestamente".

Lindo. Eliminamos pronto la invocación de la honestidad. "Esperaba tener una conversación franca sobre lo que estaba pasando en Barron High hace veinticinco años. Para que lo sepa, Muriel Tulch fue muy explícita al describir su relación".

Stark bajó la cabeza. "Cometí un error, pero eso fue hace mucho tiempo. Fue cosa de una sola vez...".

"Ahórreme el arrepentimiento. Cruzó una maldita línea, eso es lo que hizo".

"¿Debería contratar un abogado?".

"Eso depende totalmente de usted, pero ahora solo quiero hablar sobre Debbie Boyle".

"¿Qué hay de ella?".

"¿Hiciste algo con ella o a ella, como hiciste con Muriel Tulch?".

"No. No lo hice. Lo juro".

Lo juró. Qué reconfortante. "¿Sabe de alguien más que lo haya hecho?".

Stark hizo una pausa demasiado larga. O hizo algo o conocía a alguien que lo hizo. "No, no sé nada de eso".

"¿Está dispuesto a dar una muestra de ADN?".

Los ojos de Stark se abrieron de par en par. ."No creo que sea una buena idea".

"Puedo hacerlo aquí, discretamente; nadie lo sabrá".

"No".

Quería escupirle. "¿Por qué sigue enseñando? Debe tener suficiente tiempo para jubilarse".

"Sí, pero me encanta enseñar. Los niños me divierten".

No había duda de eso. "Váyase de aquí. Ya he terminado con usted".

"¿En serio?".

Asentí y él se fue como un mapache asustado. Lo observé hasta que se perdió de vista y tomé la taza de café que había estado bebiendo.

MIENTRAS MOJABA un trozo de pan en aceite de oliva, Mary Ann dijo: "Estamos cerca de atrapar a un ciberpervertido. Voy a ser un señuelo en el Starbucks del Golden Gate".

"No me gusta. Pueden hacerte daño si eres un cebo".

"No te preocupes, Frank. Tenemos todo bajo control".

"Crees que lo tienes controlado, pero nunca sabes cómo va a reaccionar".

"Todo irá bien".

"¿Quién dirige esto? ¿McGowan?".

"Sí".

"Dile que quieres dos hombres dentro de la tienda. Que uno esté detrás del mostrador y otro se haga pasar por cliente".

"Ya está hecho".

"Asegúrense de que haya al menos dos automóviles con los motores en marcha".

"Vamos a tener tres".

"No olvides...".

Puso su mano sobre mi brazo. "No te preocupes, Frank". "Voy a estar bien. No hay nada de qué preocuparse".

"No quiero que nada salga mal".

"Nada saldrá mal".

"Sabes, si te conviertes en madre o algo así, no puedes hacer este tipo de trabajo".

Dejó el tenedor y sonrió. "Si llegara ese día, me aseguraré de que me asignen tareas de escritorio. ¿De acuerdo?".

Asentí. "No estoy diciendo que te lastimarías ni nada por el estilo, pero un niño, no lo sabe, se preocuparía cada vez que salieras de casa".

"¿Qué pasa contigo? También se preocuparían por su papi".

¿Papi?

DESPUÉS DE UNA noche de insomnio imaginándome como padre, me alegré de estar trabajando un sábado. La idea de la paternidad se convirtió en un tira y afloja mental. Sería bueno tener un niño al que pudiéramos enseñar, pero...

La idea de tener una hija daba miedo. ¿Cómo podría protegerla en un mundo como el nuestro? Había asquerosos y pervertidos detrás de muchas caras sonrientes. Arresté a tanta gente que sorprendió a sus amigos con su criminalidad que dejé de contar.

Mira a los sucios del caso Boyle. Stark y Culver se aprovecharon de las chicas jóvenes, y Papadakis, ¿quién sabía de lo que era capaz? Incluso los tipos que eliminamos no fueron ganadores. Si mi hija alguna vez trajera a alguien como ellos a casa, sufriría un ataque cerebral.

Había muchos hombres malos por ahí. Hombres que no querían nada más que sexo. Hombres que querían dominar a sus esposas. Que suprimían sus sueños, mataban su chispa.

Las posibilidades de tener un buen chico eran escasas, y eso si el niño nacía sin ningún problema médico. Ése era otro riesgo y, además, Mary Ann no era tan joven como la mayoría de las madres. Sabía que las mujeres tenían hijos más tarde, pero hubo muchas investigaciones que reforzaron los riesgos que enfrentaban las madres mayores.

El mundo era demasiado peligroso y, en combinación con la edad de Mary Ann, mi mente se inclinaba contra la idea de la paternidad cuando giré hacia Crayton Court.

Larry Culver vivía en un rancho encalado construido en los años sesenta. Su casa quedó eclipsada por dos casas nuevas: un coloso color café construido en estilo mediterráneo y una elegante casa costera contemporánea, pintada de gris claro.

Al ponerme un anillo en el dedo, noté que un padre iba detrás de un niño en una bicicleta con ruedas de apoyo. El padre sonrió como si su hijo hubiera escalado el Monte Everest. El niño dio vueltas y se detuvo frente a la entrada de su casa.

"¡Papi! ¡Papi, lo logré!".

El padre bajó a su hijo de la bicicleta. "Lo sé. ¡Ves, puedes hacer cualquier cosa!".

Sentí que mis mejillas se extendían en una sonrisa y aplaudí. "¡Así se hace, así se hace!".

El niño me saludó con la mano, se liberó y volvió a montarse en la bicicleta. Se parecía a Bert. Levanté el pulgar hacia el padre y caminé hacia la puerta de la casa de Culver.

Un gato negro estaba acurrucado en una silla Adirondack, tomando el sol. Abrió un ojo verde antes de reanudar su siesta.

El timbre todavía resonaba cuando se abrió la puerta. Culver había estado esperándome. Vestía una camisa blanca de manga larga y un pantalón chino beige. ¿Un sábado por la mañana? Aunque había un indicio de bolsas debajo de ellos, sus ojos color avellana aún brillaban.

"Buenos días, detective. Pase".

"Buenos". Entré a una casa que tenía pisos de madera nuevos.

Una mujer en ropa deportiva salió al pasillo con una taza de café en la mano. "Buenos días, ¿le apetece una taza de café?".

"Seguro, gracias".

La cocina tenía gabinetes que habían sido repintados de un color blanquecino y estaban rematados por un mármol beige veteado. Mientras su esposa me servía la taza, otro gato, este atigrado, saltó sobre la encimera.

"Bájate de ahí, Fred".

"¿Fred?".

"A Larry le gusta llamar a sus gatos Fred".

¿También escribía mensajes bajo sus nombres?

"No todos. Solo he tenido tres".

"No, han sido al menos cuatro".

"Ya está bien. Vamos a sentarnos en la terraza".

Me sorprendió el gran lago en forma de media luna. No es de extrañar que sus vecinos hubieran invertido tanto dinero en sus casas.

"Esto es bonito. Tiene amplias vista en ambas direcciones".

"Es un gran escenario. Llevamos aquí casi veinte años, pero ha cambiado". Señaló a su vecino mediterráneo.

Tomé un sorbo de café. "Como dicen, todo tiene sus pros y sus contras".

Él asintió y cogió un cigarrillo electrónico que estaba sobre la mesa de cristal.

"Vine aquí desde Jersey, así que no me puedo quejar de nada. Oye, eso me recuerda que vi su diploma en su oficina. Fue a Rutgers, así que sabe todo sobre Nueva Jersey, ¿no?".

Exhaló una nube de humo por un costado de la boca. "Supongo que sí".

No pude detectar ningún olor del humo. "Rutgers es una

buena escuela. Incluso su equipo de futbol está triunfando en estos días".

"Era una buena opción. Allí pasé algunos de mis mejores años. Incluso conocí a mi esposa allí".

"Entonces debe tener mucho de ese espíritu escolar".

"Era activo, seguro".

"Yo fui a John Jay". Señalé el anillo de mi escuela. "¿Dónde está su anillo?".

Se encogió de hombros. "Ha pasado mucho tiempo. No sé dónde puede estar".

"¿En serio?".

"¿Trabaja los sábados por la mañana para investigar anillos perdidos?".

"¿Preferiría que hablemos en su escuela?".

Frunció el ceño y tomó un sorbo de café.

"Ha sido maestro y ahora director de Barron High durante más de treinta años. Se lo pregunté la última vez que nos vimos, y se lo preguntaré de nuevo. ¿Los miembros del cuerpo docente mantuvieron relaciones inapropiadas con las estudiantes?".

"Esa es una acusación seria, detective".

"No estoy infiriendo. Estoy haciendo una pregunta directa y espero una respuesta honesta".

La vena de su sien empezó a latir. "He sido director durante casi diez años y no tengo conocimiento de tal comportamiento".

"¿Y los veinte años anteriores?".

"Yo no tenía capacidad de liderazgo en ese momento. Mi papel era puramente el de maestro".

"Su colega, el señor Stark, era maestro, pero, digamos, era más que conocedor".

"¿Va a pedirme también una muestra de ADN?".

Stark y Culver habían hablado. ¿Tenían un plan? "¿Le gustaría enviar una voluntariamente?".

Dio una larga calada a su aparato. "Es sorprendente su interés por cosas que pudieron haber sucedido hace mucho tiempo".

"¿Por qué le resulta desconcertante?".

"Los plazos de prescripción habrían expirado hace años para cualquier transgresión que usted crea que ocurrió".

Era un listillo. Pero conocer la ley era admitir que había abusado de su posición como maestro. ¿Qué otra razón había para conocer los estatutos?

"Eso es cierto, pero el asesinato no prescribe".

No se inmutó. "¿De verdad cree que Fred Stark asesinó a Debbie Boyle?".

¿Culver estaba dirigiendo la atención a Stark? "Si está al tanto de una conexión y se niega a divulgarla, como mínimo estaría obstruyendo la justicia y posiblemente sería cómplice de asesinato".

Culver dejó el cigarrillo electrónico sobre la mesa. "Fred Stark y yo hemos trabajado juntos durante treinta y tantos años. Es un buen hombre y un buen maestro, pero como el resto de nosotros, no es perfecto".

"¿No es perfecto? ¿Se viste mal? ¿Maldice demasiado? ¿O es un depredador sexual?".

"¿Depredador? Ese no es el hombre que conozco".

Sonó la alarma de mi pipí. "Lo siento, tengo que correr o llegaré tarde a mi próxima cita".

Culver se levantó tan pronto como dije la palabra correr. "Oh, entonces será mejor que se vaya".

Abrió las puertas y regresó a la casa. Lo seguí un par de pasos antes de darme la vuelta, "Oh, olvidé mi teléfono". Me apresuré a salir, cogí el cigarrillo electrónico y lo cambié por mi teléfono.

"Lo tengo".

Culver abrió la puerta y el gato negro entró corriendo entre sus piernas. ¿Fue eso mala suerte? ¿Para quién?

50

En cuanto subí al carro, le envié un mensaje a Derrick. Necesitábamos una muestra de la letra de Culver, y se me ocurrió que los anuarios siempre llevaban una carta firmada por el director. ¿Estaban funcionando los nuevos suplementos de memoria que compró Mary Ann?

Culver se daría cuenta de que tomé su dispositivo antes de llegar a Pine Ridge. No me importaba: la información era la información. Si mi corazonada era correcta, me preocuparía más adelante por conseguir pruebas que pudieran sostenerse en el tribunal. Embolsé el cigarrillo electrónico y me alejé. Eran las diez cuarenta y cinco. Podría dejar la evidencia en el laboratorio forense y llegar a tiempo a la barbacoa en la casa de nuestro vecino a las dos.

Todos los sábados se desinfectaba el laboratorio forense. Al entrar en el vestíbulo, el olor a cloro me quemó la nariz. El mostrador de recepción estaba vacío. Me registré y toqué el timbre. Estaba a punto de volver a tocar el timbre cuando vi a Miller, un técnico sénior, a través de la estrecha ventana de la puerta.

Los botones inferiores de su bata de laboratorio estaban abiertos. Al apresurarse hacia la puerta, la parte inferior de su abrigo parecía la cola de una sirena. Frunció el ceño cuando me vio a través de la ventana. Las cerraduras giraron y la puerta se abrió.

"Detective Luca. ¿Qué lo trae por aquí un sábado?".

Levanté la bolsa. "Necesito un perfil de ADN sobre esto lo antes posible. Luego necesitaremos una referencia cruzada con el ADN del caso Boyle".

Volvió a fruncir el ceño. "¿El caso Boyle, de hace veinticinco años?".

"Sí, Debbie Boyle, una inocente joven de diecisiete años que fue brutalmente asesinada a puñaladas en el parque Delnor-Wiggins".

Miró su reloj. "No sé si tendré tiempo. Hoy solo trabajamos dos".

"Lo siento, odio pedirlo, pero estamos en la cúspide de un gran avance en el caso".

Negó con la cabeza. "Eso es exactamente lo que dijo su socio cuando quería —no, lo exigió— un análisis de una muestra caligráfica".

"Oh, no me había dado cuenta. ¿Pudiste hacer el análisis de la escritura a mano?".

"No. Ryan no está trabajando hoy".

"Maldición. Esperaba no tener que esperar hasta el lunes".

Sonrió. "Va a tomar más que eso; Está fuera hasta el miércoles".

"¿Miércoles? ¿Es una broma?".

"Paciencia, detective. Después de todo, es un caso antiguo; ¿Cuál es la urgencia?".

Quería preguntarle si le gustaría decirle eso a la madre de Boyle. "¿Anda fuera?".

"No. Un par de amigos suyos están en la ciudad".

"Está bien, pero necesitaré el perfil de ADN del cigarrillo electrónico".

Asintió levemente y giró sobre los talones.

ERA POCO DESPUÉS DEL MEDIODÍA. Ryan jugaba al golf. Esperaba que a sus invitados les gustara jugar temprano. Me llevaría veinte minutos llegar a su casa en Naples Lakes. Estaba a punto de llamar a Mary Ann pero opté por enviarle un mensaje de texto. Salí del estacionamiento y conduje para ver a Ryan.

El sonido de mi cresta al caer probablemente llegó a Maine. Ryan había llevado a su amigo a La Playa para jugar una partida de golf. ¿Por qué iba a pagar por una ronda de golf? Naples Lake era una comunidad de paquetes, lo que significaba que todos tenían que pagar por el golf, lo usaran o no.

Era un reto ser cortés con su esposa. Uno de sus invitados era de Nueva Jersey y quería hablar sobre los impuestos que les quitaba a sus residentes. El impulso de huir de Jersey era casi tan poderoso como el sentimiento que tenía ahora. Invoqué asuntos urgentes de la policía y me despedí.

El tráfico se había vuelto denso y era la una y media cuando giré hacia Immokalee. Giré a la izquierda y crucé el puente donde habíamos encontrado a una de las víctimas del asesino en serie flotando en un canal de drenaje. Aceleré hacia el club de golf.

La Playa tenía un popular hotel y club de playa en Vanderbilt Drive, pero como no era golfista, nunca había estado en su campo de golf. Navegué hasta un edificio donde estaba estacionado un ejército de carritos de golf. Busqué a Ryan, pero como todos llevaban camisetas de golf y pantalones cortos de colores, tendrías que ser André el Gigante para destacar.

Había un gran patio al aire libre lleno de golfistas que buscaban un refrigerio. Me colé, pero Ryan no estaba por ninguna parte. Era hora de elevar las cosas.

El mostrar mi placa al conserje me valió una mirada de preocupación y reserva. Al explicarle que un asunto policial importante requería la necesidad de localizar a Ryan, el conserje llamó a un caddie, que se dirigió a los hoyos con números más altos.

Entró una llamada de Mary Ann. Faltaban un par de minutos para las dos. Desviando la llamada, envié un mensaje de texto diciendo que me reuniría con ella en la casa de nuestro vecino. No respondió.

Ryan se quitó la gorra de béisbol de la cabeza, haciendo una mueca al verme. Saltó del carrito, le dijo algo a su amigo y señaló la barra.

"Más vale que sea bueno, Luca".

"Lo siento, amigo, pero necesito que le eches un vistazo a algo por mí en el caso Boyle".

"¿Me sacaste del curso por el caso Boyle?". Señaló hacia el bar, a donde había ido su amigo. "¿Ves a ese tipo de allí? Fue mi padrino y no lo he visto en casi diez años".

"Lo siento, de verdad. Esto no llevará mucho tiempo. Me dijeron que no volverías hasta el miércoles y es imposible que aguante tanto".

"Bueno, vas a tener que hacerlo".

"Es solo una muestra. No necesito nada formal, solo tu opinión sobre si coincide con quién escribió el mensaje del anuario".

Sus ojos se clavaron en mí. "Está bien, pero solo algo

informal".

"Gracias".

Miró su reloj. "Estamos en el hoyo diecisiete. Terminaré en veinte minutos. Nos vemos en el laboratorio en cuarenta y cinco".

Mary Ann iba a estar enojada, pero yo no podía esperar hasta el miércoles. Era más fácil enviar un mensaje de texto diciéndole que iba a llegar tarde. Un segundo después de presionar enviar, ella respondió: "¿Cómo es posible? ¡BILLY te está esperando!". Le había dicho al niño que iba a jugar a la pelota con él, para enseñarle a atrapar lanzamientos.

Eran las cuatro y media cuando abrí la puerta mosquitera de la terraza cubierta de nuestro vecino. Todos estaban sentados alrededor de una mesa llena de frutas y postres. Billy estaba masticando un brownie. Sonrió al verme y empezó a levantarse. Mary Ann sacudió la cabeza, le dijo que se quedara y se reunió conmigo.

Susurró: "¿Dónde estabas? Billy ha estado buscándote toda la tarde".

"Tenemos una pista en el caso Boyle. La letra del anuario probablemente sea la de Culver".

"¿Probablemente? ¿Decepcionaste a Billy por una probabilidad?".

"No, no es... no es así".

"Entonces, ¿cómo es?".

Sonó una notificación de texto cuando Billy llegó corriendo con su guante y su pelota. Mary Ann dijo: "No debería haberlo hecho, pero te preparé un plato. Está en la cocina".

"¡Oye, Billy! Lo siento amigo. Surgió algo urgente en un caso en el que estoy trabajando". Saqué mi celular. El texto era del laboratorio forense.

51

Los domingos siempre pasaban rápido, pero ayer no. Estaba enojado con Miller. Su mensaje de texto decía que no había tenido tiempo de realizar las pruebas de ADN en el cigarrillo electrónico de Culver. ¿Cometí un error al presionarlo?

Dejé dos mensajes en el laboratorio antes de dirigirme al campo de tiro. Si pospongo más mis requisitos de recertificación, perderé mis privilegios sobre las armas de fuego. Teníamos un bonito campo de tiro en el sótano del edificio, al lado de la sala que albergaba el tanque balístico.

Al registrarme, me entregaron dos cajas de munición, orejeras y objetivos. Me puse la protección para los oídos y entré a la cámara. Un solo agente disparaba en la cabina central. Mi habilidad con la pistola siempre había sido buena, pero por alguna razón, con el rifle solo tenía una puntería aceptable.

Aguanté la respiración, disparé mi primer tiro: en el blanco. Siete de mis primeros ocho tiros fueron justo al centro. Recargué y disparé rápidamente. Se sintió bien concentrarse en disparar. Cambié objetivos y puse una silueta humana. Apunté y acerté en ambas rodillas. Luego pasé a cada uno de los hombros. Otra vez dos de dos.

El armero comentó por el altavoz mi puntería y le hice un gesto con el pulgar hacia arriba. Al apuntar al objetivo, supe que hoy era un buen día y deseé haber traído un rifle conmigo. El día había empezado bien. La pregunta que pasaba por mi mente mientras subía las escaleras era si seguiría así.

MIENTRAS ME SENTABA, Derrick dijo: "¿Cómo te fue?".

"Nada más que dianas".

"¿En serio?".

"Sí". Mi celular vibró. Lo saqué. Era Miller, del laboratorio. Me puse de pie y respondí. Al escuchar, apreté el puño.

Derrick saltó de su silla cuando se lo dije y dijo: ""¡Arrestémoslo!".

"Espera".

"¿Espera? Lo tenemos".

"Vamos a necesitar sacarle todo lo posible. Hablé con el fiscal del distrito ayer y está muy preocupado acerca de obtener una condena, incluso con la coincidencia del ADN de la uña".

"¿Por qué?".

"A, es evidencia de hace veinticinco años que no fue catalogada. La defensa afirmará que fue plantada. B, no podemos ubicarlo en la escena, y C, la motivación es circunstancial. Le dio menos de un cincuenta por ciento de posibilidades de que consiguiéramos una condena y dijo que, a menos que consiguiéramos más, no lo arrestáramos".

Dickson dijo: "Pero sabemos que se aprovechó de ella".

Asentí. "Lo sé. Al fin y al cabo, cuanto más tengamos, más fácil será conseguir una condena. Si lo arrestamos ahora, contratará a un abogado".

"¿Qué vamos a hacer?".

"Quiero hablar con él antes de que consiga un portavoz. A ver si nos da algo".

"Hombre, no puedo esperar. Lo haremos aquí, ¿verdad?".

"No. Buscaría un abogado si lo detuviéramos. Estoy tratando de decidir si debo hacerlo en su casa o en la escuela".

"Yo digo la escuela. Si vamos allí, se va a cagar en los pantalones".

"Lo necesitamos lo más relajado posible. Lo haremos en su casa. Tendremos más posibilidades de sacarle algo".

EL SOL BRILLABA, pero hacía frío. Era la primera semana de febrero y no era raro que hiciera fresco, especialmente por la mañana. Derrick tocó el timbre y me di la vuelta para mirar al sol.

Culver abrió la puerta. Lo único que se veía bien era su camisa. Era obvio que anoche no durmió mucho. Nos miró y luego miró su reloj. Culver quería que viniéramos después de que su esposa fuera a una clase de yoga. Estuve de acuerdo, pero como quería que su esposa aumentara la presión, incumplí mi palabra.

"Pasen." Lo seguimos hasta la cocina. "¿Quieren café?".

Dijimos que no los dos mientras su mujer entraba soste-niendo un tapete de yoga enrollado. "¿Está todo bien, Larry?".

"Sí, solo algunos asuntos escolares, eso es todo".

"Vale, te veo luego".

Culver besó la mejilla de su esposa y nos dijo: "Senté-monos aquí; el sol aún no ha calentado".

Le dije: "Dale una hora. Estará en los setenta".

Culver sacó un cigarrillo electrónico rojo. "¿Para qué querían verme? ¿El señor Stark?".

"No. Infirió que Peter Morgan era un maestro que pudo haber tenido una relación con una estudiante. ¿Era una mentira?".

Dio una larga calada, giró la cabeza y expulsó el humo. "Para nada. Me preguntó quién podría haber hecho tal cosa y él me vino a la mente. Era popular entre las chicas".

"Bueno, eso es gracioso, porque él dijo que tú y Larry Stark eran los populares".

"¿En serio? ¿Dijo eso?".

"También dijo que creía que usted estaba teniendo una rela-ción con Debbie Boyle".

Culver hizo girar el dispositivo para fumar con los dedos. "¿Qué le daría esa impresión?".

"Morgan dijo que los vio a los dos solos en un salón de clases y que Boyle estaba llorando".

"Oh, sí, lo recuerdo". Estaba triste porque su padre había muerto. Podría haber sido su cumpleaños".

"Muriel Tulch también los vio a los dos debajo de las gradas antes de un partido de futbol".

Dio una calada. "No tengo ningún recuerdo de eso".

"¿Recuerda haber escrito un mensaje en el anuario de Boyle?".

"Absolutamente no".

"¿Está seguro de eso?". Nuestro experto en caligrafía dijo que el mensaje dejado bajo el nombre de Fred coincide con el suyo".

"No puede ser".

"Los registros telefónicos documentan nueve llamadas entre su casa y la casa de los Boyle. ¿Para qué la llamaba?".

"No recuerdo haberla llamado, pero si lo hice, fue en relación con las tareas escolares".

"Pero ella no estaba en su clase en ese momento".

"Me pedía ayuda de vez en cuando".

"¿Estaba teniendo una aventura con Debbie Boyle?".

"No".

"¿Cómo explica el hecho de que Debbie Boyle tuviera su anillo de la escuela de Rutgers?".

"¿Lo tenía? ¿Cómo? No entiendo cómo puede decir que era mi anillo. Rutgers tiene miles de estudiantes. Incluso Fred fue a Rutgers. Probablemente sea suyo".

"Tiene su ADN".

"Eso no prueba nada. Probablemente lo robó de mi escritorio. Se me hinchan los dedos y me lo quitaba de vez en cuando".

"¿Cómo explica que su ADN estuviera debajo de la uña de Debbie Boyle cuando fue asesinada?".

Su rostro quedó en blanco, pero se recuperó rápidamente. "No tengo idea. Tal vez usted lo plantó, así como robó mi vapeador. Por cierto, su acción me ha costado cuarenta dólares".

"No necesitará dinero a donde va".

"¿Es una amenaza, detective? Le diré a mi abogado que me robó y me está amenazando".

"Me encantaría hablar con su abogado".

"Mire, este es un caso antiguo y ninguna de estas acusaciones se mantendrá en un tribunal de justicia".

"Tal vez no, pero le garantizo que una vez que la escuela se entere de todo esto, estará acabado".

"La escuela me apoyará. Lucharé contra estas acusaciones. No hay pruebas".

"LES MOSTRAREMOS la carta de amor que encontramos en la habitación de Debbie y que ella le escribió".

Culver entrecerró los ojos y se puso de pie. "Es hora de irse, caballeros".

52

"Todavía no puedo creer que hayas sacado lo de esa carta de amor. Cuando lo dijiste, pensé que habías estado ocultando algo".

"Nunca haría eso".

"Culver parecía que iba a morir allí mismo".

"Aguantó mejor de lo que esperaba, pero tuvo el efecto deseado. Definitivamente ahora se está volviendo loco".

"Me encantó, pero", se inclinó, "¿podemos realmente hacer ese tipo de cosas: mentirle a un sospechoso?".

"¿Por qué no? Ellos nos mienten todo el tiempo".

"Es cierto, pero ¿están de acuerdo los tribunales con esto?".

"Puedes hacer una declaración y ellos pueden refutarla. Simple y llanamente".

"Tiene sentido".

"Ya lo creo. Era algo que no esperaba, y se quedará despierto intentando averiguar qué puede haber escrito".

"No saber es lo peor. Te vuelve loco".

"Necesitamos una manera de agregar más presión sobre Culver. Si lo hacemos, puede que ceda".

"¿En qué estás pensando?".

"Creo que lo que ocurrió fue que él la dejó embarazada y ella iba a quedarse con el bebé o hacer pública su relación. Eso habría destruido a Culver; Iría a la cárcel por tener relaciones sexuales con un menor. Entonces, la confronta. La amenaza. Su pelea se sale de control y él la apuñala hasta matarla. Fue con un cuchillo. Puede que no haya sido completamente premeditado, pero no hay duda de que fue con alevosía".

"Exactamente, Frank. ¿Estás pensando en ofrecer un trato por homicidio involuntario?".

"Me gustaría, solo para ver cómo reacciona, pero no es mi decisión. Culver necesita saber que tomamos en serio presentar cargos contra él. Lo confirmaré arriba, pero podría ser el momento de traerlo".

"¿Cuándo estás pensando hacerlo?".

"Mañana. Voy a ver al fiscal del distrito y luego llamaré a Culver".

LLAMÉ A LA ESCUELA DOS VECES, pero me dijeron que Culver estaba ocupado. La tercera vez, le dije a la recepcionista que si no se ponía al teléfono, iría a hablar con él en persona. Culver se puso al teléfono.

"Detective Luca, estoy muy ocupado. Estamos en medio de los exámenes parciales esta semana".

"Esto no llevará mucho tiempo, señor Culver. Tendrá que venir mañana por la mañana. A las nueve en punto".

"¿Ir?".

"Sí, la oficina del sheriff".

"¿Pero por qué? Hablamos antes".

"El fiscal del distrito quiere hablar con usted".

"¿Acerca de qué?".

"No estoy seguro exactamente, pero tal vez para ofrecerle un trato, ya sabe, de asesinato en primer grado a homicidio involuntario".

"Dios mío, no".

"Realmente no estoy seguro, pero recomendaría contratar un abogado. Si no puede pagar uno, creo que el condado se lo proporcionará".

El día siguiente iba a ser interesante. Las preocupaciones del fiscal del distrito sobre la antigüedad de las pruebas y las circunstancias que rodearon el descubrimiento del fragmento de la uña fueron anuladas por el apoyo del sheriff Chester para traerlo.

Al final del día, me sorprendió no saber que Culver había contratado a un abogado. Me hizo sospechar, y esperaba que por la mañana me dieran una negativa a comparecer.

Por muy molesto que fuera recibir una petición para retrasar una comparecencia, me obligué a estar de acuerdo con ello. Si la señora Boyle pudo esperar veinticinco años, yo podría esperar un par de días más.

Tenía la mano en el interruptor de la luz cuando sonó el teléfono. Cogí el auricular y escuché. Todo acababa de cambiar.

53

UNA PEQUEÑA MULTITUD RODEABA A UNA MUJER QUE sollozaba desconsoladamente en la entrada. Dos agentes uniformados estaban apostados junto a la puerta principal. Me registré y me puse guantes y botines.

"¿Dónde está el cuerpo?".

"El garaje. Está a la izquierda".

Entré a la casa y cerré la puerta mientras la mujer soltaba un gemido. La primera puerta era la del cuarto de lavandería. Me detuve un momento, me armé de valor y abrí la puerta del garaje. Al entrar, me invadió una ola de calor y náuseas.

Una cuerda colgaba del acceso al ático. Estaba atado al cuello de un hombre que me daba la espalda.

Una imagen de Barrow, el chico inocente que se había ahorcado su primera noche en una celda, inundó mi mente. Mi primer caso estaba persiguiéndome nuevamente. Saqué al chico de mi mente y rodeé el cuerpo.

La caída no fue lo suficientemente larga como para romperle el cuello. Larry Culver había tenido una muerte atroz por estrangulamiento. Tragué saliva y me acerqué un paso.

Culver, en pantalones cortos y una camisa de golf azul, se balanceaba ligeramente. No había duda de que estaba muerto. Le palpé la pierna, fría, pero sin signos de rigor mortis. Llevaba muerto un par de horas, no más. ¿Cuánto tiempo había pasado desde que llamé? Una pizca de culpabilidad entraba y salía de mi cabeza. Culver era responsable de su muerte, no yo.

Era difícil mirarle a la cara. Rodeé el cuerpo. Un trozo de papel asomaba por su bolsillo trasero. ¿Nota de suicidio? Agarré una escalera que había usado y la apoyé junto a Culver. Al sacar el papel, el cuerpo de Culver quedó a una pulgada de mi cara. ¿Se suponía que a un detective de homicidios se le pusieran los pelos de punta?

Desdoblé la nota. Estaba dirigida a su esposa e hija. Me había olvidado de su hija. Me encontraba en un negocio desagradable.

Mis queridas Marilyn y Emily,

Espero que puedan encontrar en sus corazones la capacidad de perdonarme.

Dejarlas a ambas es lo más difícil que he hecho en mi vida.

Lamentablemente, me es imposible continuar sabiendo el dolor que les he causado y la vergüenza que he arrojado sobre mí y sobre mi querida escuela.

Aunque sea difícil de entender, mi decisión de partir de este mundo es lo mejor para todos nosotros.

No intento minimizar mis acciones, pero deben saber que fue accidental y que la indiscreción con Debbie Boyle fue de naturaleza singular.

Con todo mi amor, Lawrence.

Lo leí dos veces. ¿Era un cobarde o había tomado la salida valiente? De cualquier manera, me hizo un favor con su deseo de evitar la deshonra. Un abogado defensor experimentado habría tenido muchas posibilidades de sacarlo del apuro en un juicio.

Necesitábamos comprobar si había habido algún acto sucio, pero esto parecía un suicidio. Tomé una foto de la nota de Culver y embolsé el original. La señora Culver tenía derecho a ver la nota, pero era un asunto delicado. La familia de Culver era inocente y no se ganaría nada haciendo pública la razón por la que Larry Culver se quitó la vida.

Dejaría que el sheriff decidiera sobre la divulgación de información. Interrogaría a la señora Culver y compartiría la nota con ella. Como dije, era un asunto desagradable en el que estaba metido. El forense no llegaría hasta dentro de un rato, así que me subí al Jeep.

LA SONRISA de la señora Boyle se desvaneció rápidamente. Me miró a la cara cuando me paré en la puerta. Ella lo sabía y asentí en reconocimiento.

Se hizo a un lado y dijo en voz baja: "Por favor, pase".

Nos dirigimos a sus sofás. Yo, miraba una foto de Debbie en una montaña rusa, ella pregunta: "¿Quién lo hizo?".

"Creemos que fue Larry Culver, maestro y ahora director de Barron High".

"¿Está seguro?".

"Sí, tenemos pruebas. Aunque algunas son circunstancia-les, estoy seguro de que fue él".

"Ese bastardo. Lo mataré yo misma...".

"No hay necesidad de eso; se suicidó".

"¿Qué?".

"Se ahorcó en su garaje hace un par de horas".

"Entonces, ¿también es un maldito cobarde?".

Me encogí de hombros. "Dejó una nota haciendo referencia a su hija, pero no fue una confesión absoluta. Lo que creemos que ocurrió es que Culver y su hija tenían una relación romántica que incluía relaciones sexuales".

Sus hombros se hundieron. "¿Cómo pudo?".

"Es repugnante y él no era el único".

"¿Quieres decir que mi Debbie tenía otra relación con un maestro diferente?".

"No, no. Lo que quise decir es que descubrimos otros casos de irregularidades que involucraban a otras estudiantes y maestros. No se limitaba a su hija".

Sacudió la cabeza. "Increíble, de verdad. ¿Cómo diablos pudo haber estado pasando esto?".

No tuve respuesta, pero vaya, me alegré de no estar presente en ese entonces. "Lo siento".

"¿Por qué mi hija fue la única que terminó asesinada?".

"Creemos que iba a revelar su relación o que estaba embarazada de Culver y quería quedarse con el bebé".

Bajó la cabeza y empezó a sollozar. Le acerqué una caja de pañuelos y traté de consolarla. Deseaba que Mary Ann estuviera aquí y no tener que hablar con la señora Culver después de esto.

FUE UN DÍA TREMENDAMENTE EMOTIVO: dos familias destrozadas en pocas horas. Era tarde y estaba exhausto, pero ésta era mi última visita antes de regresar a casa. Toqué el timbre y se abrió. Fred Stark abrió los ojos de par en par.

Le dije: "Salga".

Vaciló antes de dar un solo paso hacia delante. Tomé su

muñeca y lo empujé hacia el corredor, Stark parecía estar a punto de vomitar. Puse mi nariz a un centímetro de la suya.

"Por la mañana, irás a Barron High y entregarás tus papeles. Te irás mañana. Quieres tu pensión, haz lo que te digo. ¿Me oyes?".

Stark asintió.

"Si te quedas hasta después del almuerzo, te juro que publicaré tu historia en los periódicos y tú no obtendrás nada. Si alguien pregunta por qué el repentino cambio de opinión, les dices que es por el suicidio de Culver. Ahora, ¿qué harás mañana?".

"¿Pero qué, qué le diré a mi esposa?".

"Me importa un carajo lo que le digas. Solo asegúrate de hacer lo que te digo, o lo lamentarás como nada en tu vida".

54

HacíA una semana que Culver se había ahorcado. Debería haberme sentido bien con la resolución de un caso sin resolver, pero no era así. Chester se había comportado como un pavo real y eso me enojó. Lo único bueno fue aprovecharme de Chester para que presionara sobre el cateo en el garaje de Papadakis.

Me disgustó que la atención se centrara en el escándalo sexual y no en el asesinato de Debbie Boyle. ¿Realmente necesitábamos más pruebas de que el sexo vende?

Los medios de comunicación habían pasado a hablar de un brote de enfermedad del legionario en el casino Immokalee, pero se estaban produciendo cambios en el distrito escolar del condado. Después de una tumultuosa audiencia pública, se debatieron nuevas reglas que rigen la interacción entre estudiantes y maestros, y se aprobó una autorización para financiar la instalación de cámaras en cada escuela.

Me preguntaba si era suficiente cuando sonó mi teléfono.

"Señora. Boyle, ¿cómo está?".

"En realidad estoy mucho mejor, detective Luca".

"Me alegro de oírlo".

"Solo quería agradecerte por todo lo que ha hecho por Debbie. Sin usted, nunca habríamos sabido lo que le pasó".

"Gracias, señora. Es mi trabajo y lo menos que podemos hacer por usted".

"Bueno, Brian y yo lo apreciamos; de verdad".

"Me alegro de que hayamos podido resolverlo, pero ojalá no hubieran pasado tantos años".

"Sé que les dije que no cambiaría las cosas, pero debo decirles que sí han cambiado. Siento que ahora puedo intentar seguir adelante. De hecho, estoy pensando en mudarme a algo más pequeño, algo más cercano al agua".

"Eso suena genial. Un nuevo hogar, un nuevo comienzo. Estoy seguro de que todo saldrá bien".

Había dos maletas abiertas en el suelo de nuestro dormitorio. ¿Dos maletas para cuatro días? Ni siquiera quería ir a Key West. No pesco y aquí tenemos playas estupendas. Lo único que evitó que perdiera el control fue el delicado camisón rosa que estaba encima de una pila de ropa.

"¿Qué estás haciendo, Mary Ann?".

"Empacando. No te oí entrar".

"¿Crees que tienes suficiente ropa?".

"No voy a llevar las dos, Frank. El cierre de la café está roto".

"Oh". Morderse la lengua tenía mérito de vez en cuando. "La señora. Boyle me llamó justo antes de que yo saliera".

"¿Qué dijo?".

"Quería darme las gracias. Dijo que iba a intentar seguir adelante con su vida, tal vez incluso mudarse de esa casa".

"No entiendo cómo alguien puede vivir en el mismo lugar. Es un recordatorio constante".

"Lo sé. Es bueno verla intentarlo".

"Oh, ¿viste el dibujo en el mostrador?".

"No, ¿qué dibujo?".

"El que Bert hizo para ti. Lo hice enmarcar. Se ve tan lindo. Realmente lo impresionaste".

Uh oh. ¿Es esta su introducción para empezar a hablar de tener un hijo? ¿No puedo tener un par de días libres antes de empezar a tomar decisiones que cambiarán mi vida?

"Gracias. Lo llevaré a la oficina cuando regresemos".

"¿A qué hora quieres salir mañana?".

"No sé, ¿tal vez a las ocho? Llegaremos allí alrededor de las dos".

"Suena bien". Voy a preparar la cena".

"Bien".

Cuando Mary Ann pasó junto a mí, sonó mi móvil. Lo saqué. "Oh, no".

"¿Qué te pasa?".

"Es Chester".

Con las manos en las caderas, dijo: "Nos vamos. No me importa lo que esté pasando".

"Hola, sheriff".

"Hola, Frank. Ha surgido algo".

"¿Qué es, señor?".

"Tenías razón sobre Papadakis. El cofre tenía los íconos desaparecidos".

EL PRÓXIMO LIBRO de esta serie es *¿Policía o asesino?* Encuéntrelo en libros electrónicos, en edición rústica y en audio.

Espero que haya disfrutado leyendo este libro tanto como yo escribiéndolo. Si es así, le agradecería que escribiera una reseña rápida en Amazon o en su sitio de libros favorito. Las reseñas son las mejores amigas de un autor e incluso una o dos líneas rápidas son útiles. Gracias, Dan

OTROS LIBROS DE DAN

Serie Los Misterios de Luca
Am I the Killer
Vanished
The Serenity Murder
Third Chances
Un caso frío y difícil
¿Policía o asesino?
Silencing Salter
A Killer Missteps
Uncertain Stakes
The Grandpa Killer
Dangerous Revenge
Where Are They
El misterio de la chica en el lago
The Preserve Killer
No One is Safe
Suspenseful Secrets
Cory's Dilemma
Cory's Flight

Cory's Shift
OTRAS OBRAS DE DAN PETROSINI
The Final Enemy
Complicit Witness
Push Back
Ambition Cliff

Puede mantenerse al día de mis escritos y acceder a libros a precio original suscribiéndose a mi boletín. Normalmente sale una vez al mes y también contiene notas sobre autoestima, piezas de motivación y artículos sobre el vino.

Es gratis. Consulte la parte inferior de mi sitio web: www.-danpetrosini.com

SOBRE EL AUTOR

Dan es uno de los autores más vendidos de USA Today y Amazon que escribió su primer cuento a los diez años y disfruta contando una historia o un chiste.

Dan obtiene sus ideas explorando la pregunta: ¿Qué pasaría si...?

En casi todas las situaciones en las que se encuentra, Dan explora qué pasaría si ocurriera esto o aquello. ¿Qué pasaría si esta persona muriera o hiciera algo inusual o ilegal?

La incesante actividad mental de Dan le proporciona abundante material para tejer interesantes historias.

Fan de los libros y las películas con giros y difíciles de predecir, Dan elabora sus historias para impedir que los lectores adivinen correctamente. Escribe todos los días, forzando las palabras cuando es necesario y hasta la fecha ha escrito más de veinticinco novelas.

No es cuestión de querer escribir, Dan simplemente tiene que hacerlo.

Dan cree fervientemente que la gente puede hacer realidad

sus sueños si se concentra y actúa, y eso es precisamente lo que él fomenta.

Su dicho favorito es: "El precio de la disciplina es siempre menor que el costo del arrepentimiento".

Dan recuerda a la gente que debe eliminar la negatividad de su vida. Cree que es contagiosa y aconseja alejarse de las personas negativas. Él sabe que tener una mentalidad verdadera y positiva te hace sentir como si la vida estuviera manipulada a tu favor. Cuando se despista, se dice a sí mismo: "No puedes tener un buen día con una mala actitud".

Casado, con dos hijas y un necesitado maltés, Dan vive en el suroeste de Florida. Nativo de Nueva York, Dan ha enseñado en universidades locales, escribe novelas y toca el saxofón tenor en varias bandas de jazz. También bebe demasiado vino y nunca se toma a sí mismo demasiado en serio.

Publica dos veces al mes un boletín con artículos, textos suyos y ofertas especiales.

Inscríbase en www.danpetrosini.com

www.ingramcontent.com/pod-product-compliance
Lightning Source LLC
Chambersburg PA
CBHW070534260626
47161CB00002B/379